Primo Levi:
Die Untergegangenen und die Geretteten

Deutsch von Moshe Kahn

Deutscher
Taschenbuch
Verlag

dtv

Von Primo Levi
sind im Deutschen Taschenbuch Verlag erschienen:
Wann, wenn nicht jetzt? (11117)
Das periodische System (11334)
Ist das ein Mensch? (11561)

Ungekürzte Ausgabe
April 1993
Deutscher Taschenbuch Verlag GmbH & Co. KG,
München

Titel der italienischen Originalausgabe:
›I sommersi e i salvati‹

ISBN 3-446-15144-3
Umschlagtypographie: Celestino Piatti
Umschlagbild: Thomas Bode
Satz: IBV Satz- und Datentechnik, Berlin
Druck und Bindung: C. H. Beck'sche Buchdruckerei,
Nördlingen
Printed in Germany · ISBN 3-423-11730-3

Das Buch

Was ist aus den Überlebenden von Auschwitz geworden? Wie lebt man mit dieser schrecklichen Erfahrung weiter, wenn man so etwas überlebt hat? Levi reflektiert die Veränderungen, die das menschliche Gedächtnis durchmacht. Die Mörder verdrängen das Geschehene, leugnen und spielen herunter, während die Opfer sich bemühen, grausige Erlebnisse zugunsten weniger häßlicher Episoden wegzuschieben. Levi schreibt von der Scham der Überlebenden: weil sie überlebt haben, weil sie sich nicht zur Wehr gesetzt haben und weil sie gegenüber den Gefährten zu wenig Solidarität geübt haben. Er schildert die systematisch angewendete »sinnlose« Gewalt, die Unmöglichkeit der Kommunikation und die »Grauzone«, jenen Bereich, in dem die Grenzen zwischen Opfern und Tätern verschwimmen und Schuldzuweisung nicht mehr möglich ist. »Levis geistiges Vermächtnis ›Die Untergegangenen und die Geretteten‹ ist ein bewegendes Buch von der Pflicht zur Erinnerung an das größte Verbrechen in der Geschichte der Menschheit«, schreibt Stephan Reinhardt in der ›Süddeutschen Zeitung‹, »eine Pflicht zur Erinnerung, um jede Wiederholung für immer auszuschließen.«

Der Autor

Primo Levi, am 31. Juli 1919 in Turin geboren, studierte Chemie. 1944 wurde er als Jude und Mitglied der Resistenza verhaftet und nach Auschwitz deportiert. Er überlebte und kehrte in einer endlosen Odyssee nach Italien zurück, wo er bis 1977 in der chemischen Industrie arbeitete. Danach freier Schriftsteller. Er starb am 11. April 1987 in Turin. Werke u. a.: ›Ist das ein Mensch?‹ (1958, dt. 1961), ›Atempause. Eine Nachkriegsodyssee‹ (1963, dt. 1964), ›Die Verdoppelung einer schönen Dame und andere Überraschungen‹ (1966, dt. 1968), ›Wann, wenn nicht jetzt?‹ (1982, dt. 1986).

Inhalt

Since then, at an uncertain hour,
That agony returns:
And till my ghastly tale is told
This heart within me burns.

S. T. Coleridge,
›The Rime of the Ancient Mariner‹,
582–585

Vorwort

Die ersten Berichte über die nationalsozialistischen Vernichtungslager begannen sich im Entscheidungsjahr 1942 zu verbreiten. Sie waren vage, stimmten aber untereinander überein: Sie ließen eine Massenvernichtung von einem derartig großen Ausmaß, von einer so unvorstellbaren Grausamkeit, mit so verworrenen Motivationen deutlich werden, daß die Öffentlichkeit, gerade wegen ihrer Ungeheuerlichkeit, dazu neigte, sie nicht zu glauben. Es ist bezeichnend, daß diese Ungläubigkeit von den Schuldigen selbst lange vorher vorausgesagt wurde. Viele Überlebende erinnern sich daran (unter anderem Simon Wiesenthal auf den letzten Seiten seines Buches ›Doch die Mörder leben‹ [Droemer/Knaur, München/Zürich 1967]), was für ein Vergnügen es den SS-Leuten bereitete, den Häftlingen zynisch vor Augen zu halten: »Stellen Sie sich nur vor, Sie kommen in New York an, und die Leute fragen Sie: ›Wie war es in diesen deutschen Konzentrationslagern? Was haben sie da mit euch gemacht?‹ [...] Sie würden den Leuten in Amerika die Wahrheit erzählen [...] Und wissen Sie, was dann geschehen würde? [...] Sie würden Ihnen nicht glauben, würden Sie für wahnsinnig halten, vielleicht sogar in eine Irrenanstalt stecken. Wie kann auch nur ein einziger Mensch diese unwahrscheinlich schrecklichen Dinge glauben – wenn er sie nicht selbst erlebt hat?«

Sonderbarerweise taucht dieser Gedanke (»Selbst wenn wir erzählten, würde uns niemand glauben«) in Gestalt nächtlicher Träume aus der Verzweiflung der Häftlinge auf. Beinahe alle Zurückgekehrten erinnern sich, entweder im Gespräch oder in ihren schriftlich festgehaltenen Erinnerungen, an einen Traum, der sich in den Nächten der Gefangenschaft häufig einstellte, unterschiedlich in den Einzelheiten, aber im wesentlichen immer gleichbleibend: Sie seien nach Hause zurückgekehrt, erzählten mit Leidenschaft und Erleichterung einer ihnen nahestehenden Person von den vergangenen Leiden und sähen, daß ihnen nicht geglaubt, ja nicht einmal zugehört würde. In der typischsten (und grausamsten) Version wandte sich der Angesprochene ab und ging schweigend weg. Das ist ein Thema, auf das wir noch zurückkommen werden, aber es ist wichtig, von Anfang an zu betonen, daß beiden Seiten, den Opfern wie den Unterdrückern, das unvorstellbare Ausmaß und die daraus folgende Unglaubhaftigkeit all dessen, was in den Lagern geschah, deutlich bewußt war, und wir können hier hinzufügen: nicht nur in den Lagern, sondern auch in den Ghettos, hinter der Ostfront, in den Polizeirevieren und in den Anstalten für Geisteskranke.

Glücklicherweise sind die Dinge nicht so gekommen, wie die Opfer es befürchteten und die Nazis erhofften. Auch die perfekteste Organisation hat ihre Lücken, und Hitler-Deutschland war, vor allem in den letzten Monaten vor dem Zusammenbruch, weit davon entfernt, eine perfekte Maschinerie zu sein. Viele handgreifliche Beweise für die Massenvernichtung wurden zerstört, oder man versuchte mehr oder weniger geschickt, sie zu zerstören: Im Herbst 1944 sprengten die Nazis die Gaskammern und Verbrennungsöfen von Auschwitz, aber die Trümmer stehen noch heute, und den Verdrehungen der Epigonen zum Trotz ist es schwierig, ihre Funktion durch Zuhilfenahme phantastischer Hypothesen zu rechtfertigen. Das Warschauer Ghetto wurde nach dem berühmten Aufstand vom Frühling 1943 dem Erdboden gleichgemacht, aber die übermenschliche Sorgfalt einiger Kämpfer, die zugleich Historiker waren (Historiker ihrer eigenen Geschichte!), führte dazu, daß andere Historiker unter den meterhohen Trümmern oder auch als Schmuggelgut außerhalb der Mauern Zeugnisse darüber auffanden, wie in diesem Ghetto Tag für Tag gelebt und gestorben wurde. Sämtliche Archive der Konzentrationslager sind in den letzten Kriegstagen verbrannt worden, und das ist ein wirklich unersetzbarer Verlust, zumal noch heute Diskussionen darüber geführt werden, ob die Opfer vier, sechs oder acht Millionen betrugen. Millionen aber waren es allemal. Bevor die Nazis die riesigen Verbrennungsöfen bauen ließen, konnten die unzähligen Leichen der Opfer, die vorsätzlich ermordet worden oder an Entbehrungen und Krankheiten zugrunde gegangen waren, einen Beweis darstellen und mußten daher auf irgendeine Weise verschwinden. Die erste Lösung, die so grauenhaft war, daß man zögert, darüber zu sprechen, bestand darin, die Leichen, Hunderttausende von Leichen, in großen Massengräbern einfach aufeinanderzuschichten. So geschah es vor allem in Treblinka, in anderen, kleineren Konzentrationslagern und im russischen Hinterland. Es handelte sich um eine vorläufige Lösung, die mit einer bestialischen Unbekümmertheit angewandt wurde, als die deutschen Truppen an allen Fronten erfolgreich waren und der Endsieg sicher schien: *danach* wollte man sich um alles weitere kümmern. Jedenfalls ist der Sieger auch der Herr über die Wahrheit, kann sie manipulieren, wie es ihm paßt, auf irgendeine Weise wären die Massengräber gerechtfertigt worden, oder man hätte sie verschwinden lassen oder sie den Sowjets in die Schuhe geschoben (die im übrigen in Katyn zeigten, daß sie den Nazis kaum nachstanden). Aber nach der Wende von Stalingrad trat ein Umdenken ein: besser, alles gleich verschwinden zu lassen. Man zwang die Häftlinge, die erbärmlichen Leichenreste wieder auszugraben und sie auf Scheiterhaufen im Freien zu verbrennen, als könnte ein Vorgang von diesen Ausmaßen und von so ungewöhnlicher Art vollkommen unbeobachtet bleiben.

Die SS-Kommandos und der Sicherheitsdienst verwandten dann die größte Sorgfalt darauf, daß kein Zeuge überlebte. Darin liegt der Sinn (und nur schwer könnte man sich einen anderen vorstellen) der mörderischen und nur vordergründig wahnsinnigen Überführungen, mit denen die Geschichte der nationalsozialistischen Konzentrationslager in den ersten Monaten des Jahres 1945 ihren Abschluß gefunden hat: Die Überlebenden von Majdanek kamen nach Auschwitz, die von Auschwitz nach Buchenwald und nach Mauthausen, die von Buchenwald nach Bergen-Belsen, die Frauen von Ravensbrück führte man in Richtung Schwerin. Alle, aber wirklich alle sollten der Befreiung entzogen werden und wurden ins Innere Deutschlands deportiert, das vom Westen und vom Osten her besetzt wurde. Ob sie unterwegs starben, hatte keinerlei Bedeutung, Bedeutung hatte einzig, daß sie nichts erzählten. Nachdem die Konzentrationslager zunächst als Zentren des politischen Terrors, dann als Todesfabriken und schließlich (oder gleichzeitig) als unerschöpfliches Reservoir an stets erneuerbaren versklavten Arbeitskräften gedient hatten, wurden sie für das sterbende Deutschland gefährlich, weil sie ihr eigenes Geheimnis enthielten, das größte Verbrechen in der Geschichte der Menschheit. Das Heer von Larven, das dort noch vor sich hin vegetierte, bestand aus *Geheimnisträgern**, deren man sich entledigen mußte. Die Vernichtungseinrichtungen, ihrerseits wiederum beredte Zeugnisse, wurden gesprengt, und man entschloß sich, die Häftlinge ins Innere des Landes zu verbringen, in der absurden Hoffnung, sie wieder in andere, von den heranrückenden Fronten weniger bedrohte Lager einsperren zu können, um aus ihnen noch den letzten Rest an Arbeitskraft herauszupressen, und in der anderen, weniger absurden Hoffnung, daß die Tortur dieser biblischen Märsche ihre Zahl noch einmal verringern würde. Die Zahl verringerte sich dann auch in erschreckendem Ausmaß, aber einige haben dennoch sowohl das Glück als auch die Kraft gehabt, zu überleben und Zeugnis abzulegen.

Weniger bekannt und weniger erforscht ist die Tatsache, daß sich viele Geheimnisträger auch auf der anderen Seite befanden, auf der Seite der Unterdrücker, auch wenn viele wenig wußten und wenige alles. Niemand wird je in der

* Hier und im folgenden sind alle im Original deutsch geschriebenen Wörter kursiv gesetzt und mit Sternchen versehen.

Lage sein, mit Genauigkeit festzustellen, wie viele im nationalsozialistischen Apparat *nicht nichts wissen konnten* von den unsagbaren Greueln, die begangen wurden, und wie viele etwas wußten, aber so tun konnten, als wüßten sie nichts, und wie viele wiederum die Möglichkeit hatten, alles zu wissen, aber sich entschlossen, den Weg der Vorsicht zu gehen und Augen und Ohren (aber vor allem den Mund) fest verschlossen zu halten. Wie immer dem auch sei, da man nicht einfach voraussetzen kann, daß die Mehrheit der Deutschen die Massenvernichtung leichten Herzens hinnahm, muß in der nicht erfolgten Verbreitung der Wahrheit über die Konzentrationslager eine schwerwiegende Kollektivschuld des deutschen Volkes gesehen werden und der deutlichste Beweis für die Feigheit, auf die der Hitler-Terror es reduziert hatte: eine Feigheit, die zur Gewohnheit wurde, und zwar so tiefgreifend, daß sie die Männer davon abhielt, ihren Frauen etwas zu erzählen, und die Eltern, mit ihren Kindern darüber zu sprechen – eine Feigheit, ohne welche die schlimmsten Auswüchse niemals möglich gewesen wären und ohne die Europa und die Welt heute anders aussehen würden.

Zweifelsohne hatten diejenigen, die die furchtbare Wahrheit kannten, weil sie dafür verantwortlich sind (oder waren), gute Gründe zu schweigen, aber als Geheimnisträger hatten sie, auch wenn sie schwiegen, nicht immer ein sicheres Leben. Das zeigt der Fall Stangl und der der anderen Schlächter von Treblinka, die nach dem Aufstand und der Auflösung des Lagers in eines der gefährlichsten Partisanengebiete versetzt worden sind.

Die willentliche Unwissenheit und die Furcht haben auch viele potentielle »zivile« Zeugen über die Greueltaten, die in den Lagern begangen wurden, Stillschweigen bewahren lassen. Vor allem während der letzten Kriegsjahre bildeten die Lager ein ausgedehntes, komplexes System, in das das tägliche Leben des Landes tief eindrang. Man hat zu Recht von einem »univers concentrationnaire« gesprochen, aber dieses Universum war nicht abgeschottet. Große und kleine Industrieunternehmen, landwirtschaftliche Betriebe und Rüstungsfabriken profitierten von der nahezu kostenlosen Arbeitskraft, die die Lager zur Verfügung stellten. Einige dieser Unternehmen beuteten die Häftlinge gnadenlos aus, indem sie dem unmenschlichen (und schwachsinnigen) Prinzip der SS folgten, nach dem ein Häftling so viel wert war wie ein anderer: starb er an Erschöpfung, konnte er auf der Stelle ersetzt werden. Andere, wenige, versuchten vorsichtig, die Qualen zu mildern. Wieder andere Unternehmen – und manchmal waren es dieselben – zogen Profit aus ihren Lieferungen an die Lager: Holz, Baumaterial, gestreifter Stoff für die Häftlingskleidung, Trockengemüse für die Suppe und so weiter. Und auch die Verbrennungsöfen sind von einer deutschen Firma, der Firma Topf in Wiesbaden (die bis ungefähr 1975 ununterbrochen tätig war: Sie baute Krematorien für den zivilen Gebrauch und hat es nicht für nötig erachtet, ihren Firmennamen zu ändern), entworfen, hergestellt, aufgebaut und getestet worden. Es ist schwer vorstellbar, daß das Personal dieser Firmen sich nicht über die Bedeutung im klaren war, die in der Qualität oder Quantität der Waren oder Anlagen zum Ausdruck kam, die von den SS-Kommandos geordert wurden. Dasselbe läßt sich über die Giftlieferungen sagen (und ist auch gesagt worden), die für die Gaskammern in Auschwitz bestimmt waren: Das Produkt, im wesentlichen Blausäure, war seit vielen Jahren als Ungeziefervertilgungsmittel für Laderäume in Gebrauch, aber der sprunghafte Anstieg der Bestellungen von 1942 an konnte nicht unbemerkt bleiben. Dadurch mußten Zweifel aufkommen, und sicher war das auch der Fall, aber sie wurden von der Angst unterdrückt, von der Gewinnsucht, von der gewollten Blindheit und Dummheit, über die bereits gesprochen worden ist, und in einigen (wahrscheinlich wenigen) Fällen von einem fanatischen Nazi-Gehorsam.

Es ist natürlich und selbstverständlich, daß das reichhaltigste Material für eine Rekonstruktion der Wahrheit über die Konzentrationslager die Erinnerungen der Überlebenden sind. Jenseits allen Mitleids und aller Empörung, die sie hervorrufen, müssen sie kritisch gelesen werden. Um die Lager zu kennen, waren gerade die Lager nicht in jedem Fall ein guter Beobachtungsstand: Bei den unmenschlichen Bedingungen, denen sie unterlagen, konnten die Häftlinge nur selten eine Gesamtschau ihres Universums erlangen. Es kam vor, vor allem bei denjenigen, die kein Deutsch verstanden, daß sie nicht einmal wußten, in welchem Teil Europas sich das Konzentrationslager befand, in dem sie nach einer zermürbenden Reise, auf vielen Umwegen, eingepfercht in versiegelte Viehwaggons, eingetroffen waren. Sie wußten nichts von der Existenz anderer Lager, die mitunter nur wenige Kilometer von ihnen entfernt waren. Sie wußten nicht, für wen sie arbeiteten. Sie verstanden nicht die Bedeutung bestimmter plötzlicher Veränderungen und den Zweck der Massenverbringungen. Überall vom Tod umgeben, war der Deportierte oftmals gar nicht in der Lage, das Ausmaß der Vernichtung abzuschätzen, die sich vor seinen Augen ereignete. Der Gefährte, der heute noch neben ihm gearbeitet hatte, war morgen nicht mehr da: Er konnte sich entweder in der Nachbarbaracke befinden oder ausgelöscht worden sein; es gab keine Möglichkeit, dies in Erfahrung zu bringen. Der Gefangene fühlte sich von einem riesigen Gebäude aus Gewalt und Bedrohung beherrscht, aber er konnte sich davon keine Vorstellung machen, weil sein Blick aufgrund der Erfordernisse jedes einzelnen Moments auf die Erde gerichtet war.

Dieser Umstand beeinflußt die mündlichen wie auch die schriftlich festgehaltenen Zeugnisse der »normalen« Gefangenen, der Nicht-Privilegierten, entscheidend, jener Häftlinge also, die den Kern der Lager ausmachten und dem Tod nur durch das Zusammenwirken unwahrscheinlicher Ereignisse entgingen. Sie stellten im Lager die Mehrheit dar, sind aber eine verschwindende Minderheit unter den Überlebenden. Unter diesen ist die Zahl derer weitaus größer, die in der Gefangenschaft irgendein Privileg genossen haben. Aus dem Abstand von Jahren läßt sich heute durchaus sagen, daß die Geschichte der Konzentrationslager fast ausschließlich von denen geschrieben wurde, die, wie ich, nicht den tiefsten Punkt des Abgrunds berührt haben. Wer ihn berührt hat, ist nicht mehr wiedergekommen, oder seine Beobachtungsgabe war durch das Leid und das Nichtbegreifen gelähmt.

Andererseits verfügten die »privilegierten« Zeugen zweifellos über einen Beobachtungsstand, der allein schon deshalb besser war, weil er höher gelegen war und mithin einen breiteren Horizont überblickte; freilich war er durch das Privileg selbst schon wieder mehr oder weniger verfälscht. Die Erörterung des Privilegs (nicht nur im Konzentrationslager!) ist heikel, und ich werde versuchen, das Thema etwas später mit der größtmöglichen Objektivität zu behandeln. Ich möchte hier lediglich darauf aufmerksam machen, daß die Privilegierten par excellence, also die, die ihr Privileg erhielten, weil sie sich den Lagerautoritäten verdingten, aus einleuchtenden Gründen kein Zeugnis abgelegt haben, oder aber ihre Zeugnisse waren lückenhaft, verzerrt oder völlig falsch. Die besten Historiker der Lager kommen also aus den Reihen jener ganz wenigen, die das Geschick und das Glück hatten, einen privilegierten Beobachtungsstand zu beziehen, ohne sich Kompromissen beugen zu müssen, und die Fähigkeit besaßen, das, was sie gesehen, durchlitten und getan hatten, mit der Demut des guten Berichterstatters zu erzählen, nämlich indem sie die Komplexität des Phänomens Lager und die Vielgestaltigkeit der Menschenschicksale berücksichtigten, die sich dort vollzogen. Es liegt in der Natur der Dinge, daß diese Historiker nahezu alle politische Häftlinge waren, und zwar deshalb, weil die Konzentrationslager ein politisches Phänomen waren; weil die Politischen, viel mehr als die Juden oder die Kriminellen (das waren bekanntlich die drei Kategorien von Häftlingen), über einen kulturellen Hintergrund verfügten, der ihnen die Interpretation der Geschehnisse ermöglichte, an denen sie selbst teilnahmen; weil es ihnen in ihrer Eigenschaft als ehemalige oder derzeitige Kämpfer gegen den Faschismus klar war, daß ein derartiges Zeugnis ein kriegerischer Akt gegen den Faschismus war; weil sie leichteren Zugang zu den statistischen Daten hatten, und schließlich, weil sie oftmals nicht nur wichtige Posten im Konzentrationslager innehatten, sondern auch Mitglieder der geheimen Verteidigungsorganisationen waren. Zumindest in den letzten Jahren waren ihre Lebensbedingungen erträglich, und zwar in einem Maß, das es ihnen beispielsweise gestattete, Notizen niederzuschreiben und aufzubewahren, was für die Juden unvorstellbar gewesen wäre und die Kriminellen nicht interessierte.

Aus all den hier angeführten Gründen ist die Wahrheit über die Konzentrationslager über eine lange Straße und durch eine enge Pforte ans Licht gekommen, und viele Aspekte der Welt der Lager sind noch nicht vertieft worden. Inzwischen sind mehr als vierzig Jahre seit der Befreiung der Nazilager vergangen; dieser beachtliche Zeitraum hat widersprüchliche Auswirkungen auf die Klärung hervorgebracht, die ich darzustellen versuchen werde.

Zunächst ist der wünschenswerte und normale Klärungsprozeß in Gang gekommen, dank dessen historische Fakten ihre Helldunkelzeichnung und ihre Perspektiven erst einige Jahrzehnte nach den Ereignissen gewinnen. Am Ende des Zweiten Weltkrieges waren die Daten über den Umfang der Deportationen und der nationalsozialistischen Massaker in den Lagern und anderswo noch nicht bekannt, und es war nicht einfach, sich eine Vorstellung von ihrer Reichweite und ihrer Besonderheit zu machen. Erst seit einigen Jahren beginnt man zu begreifen, daß die nationalsozialistische Massenvernichtung auf ungeheuerliche Weise »exemplarisch« war und daß sie, wenn in den kommenden Jahren nicht noch Schrecklicheres passiert, als das zentrale Ereignis, als der Makel dieses Jahrhunderts in der Erinnerung bleiben wird.

Indessen bringt das Verrinnen der Zeit auch andere, historisch negative Auswirkungen hervor. Die größte Zahl der Zeugen, sowohl der Verteidigung wie der Anklage, sind inzwischen verstorben, und die, die übriggeblieben sind und sich noch bereit erklären, als Zeugen aufzutreten (weil ihre Gewissensbisse nachgelassen haben beziehungsweise ihre Wunden vernarbt sind), verfügen über immer unschärfer werdende und stilisierte Erinnerungen, die mitunter, ohne daß ihnen dies bewußt wird, von Mitteilungen beeinflußt sind, die sie erst später der Lektüre von Büchern oder den Erzählungen anderer entnommen haben. In einigen Fällen sind die Erinnerungslücken natürlich nur vorgetäuscht, aber die vielen inzwischen vergangenen Jahre machen sie glaubhaft, auch vor Gericht: Das »Ich weiß nicht« oder »Ich wußte nicht«, das heute von vielen Deutschen vorgebracht wird, erregt keine Empörung mehr, während es Empörung erregte oder hätte erregen müssen, als die Ereignisse erst kurz zurücklagen.

Eine andere Stilisierung haben wir uns selbst zuzuschreiben, wir Zurückgekehrten oder, genauer gesagt, diejenigen unter uns, die sich entschlossen haben, ihre Heimkehrer-Situation auf die einfachste und unkritischste Art zu leben. Es ist nicht gesagt, daß Zeremonien und Feiern, Monumente und Fahnen immer und überall zu tadeln seien. Eine gewisse Dosis an Rhetorik ist wohl unumgänglich, wenn die Erinnerung überdauern soll. Daß Grabstätten, »die Urnen der Starken«, die Herzen für Erhabenes entflammen oder doch wenigstens die Erinnerung an bestandene Unternehmungen wachhalten, stimmte zu Foscolos Zeiten und stimmt auch heute noch, aber man muß sich vor allzu übertriebenen Vereinfachungen hüten. Jedes Opfer ist zu beweinen, und jeder Heimkehrer hat Anspruch auf Hilfe und Mitleid, aber nicht alle ihre Verhaltensweisen sollen als beispielhaft hingestellt werden. Das Innenleben der Konzentrationslager war ein verwickelter und vielschichtiger Mikrokosmos; die »Grauzone«, über die ich später noch ausführlicher sprechen werde, zu der jene Häftlinge gehörten, die in einem bestimmten Umfang, vielleicht sogar in guter Absicht, mit den offiziellen Stellen kollaboriert haben, war keine dünne Schicht, sie stellt im Gegenteil ein Phänomen von grundlegender Bedeutung für den Historiker, den Psychologen und den Soziologen dar. Es gibt keinen Häftling, der sich nicht daran erinnert und dem nicht sein Staunen von damals gegenwärtig ist: Die ersten Bedrohungen, die ersten Beleidigungen, die ersten Schläge kamen nicht von der SS, sondern von anderen Häftlingen, von »Kollegen«, von diesen geheimnisvollen Figuren, die doch die gleiche Zebrakleidung trugen, die sie, die Neuankömmlinge, gerade angezogen hatten.

Dieses Buch möchte dazu beitragen, einige Aspekte des Phänomens Konzentrationslager zu erläutern, die noch immer im dunkeln liegen. Es setzt sich darüber hinaus ein noch höheres Ziel: Es möchte auf die dringendste Frage antworten, auf die Frage, die alle diejenigen beängstigt, die Gelegenheit hatten, unsere Berichte zu lesen: Wieviel von der Welt des Konzentrationslagers ist tot und kehrt nicht mehr wieder, wie die Sklaverei oder der Ehrenkodex des Duells? Wieviel ist wiedergekehrt oder ist dabei wiederzukehren? Was kann jeder einzelne von uns tun, damit in dieser von vielen Gefahren bedrohten Welt zumindest diese eine gebannt wird?

Ich habe weder die Absicht verfolgt, noch wäre ich dazu in der Lage gewesen, die Arbeit eines Historikers zu tun, das heißt: die Quellen erschöpfend zu untersuchen. Ich habe mich beinahe ausschließlich auf die nationalsozialistischen Lager beschränkt, weil sich meine unmittelbare Erfahrung nur auf diese bezieht; darüber hinaus habe ich eine umfangreiche indirekte Erfahrung mit ihnen aufgrund der Bücher, die ich gelesen, der Berichte, die ich gehört habe, und der Begegnung mit den Lesern meiner ersten beiden Bücher. Außerdem bleibt bis zum Moment, da ich dieses schreibe – trotz des Grauens von Hiroshima und Nagasaki, der Schande des Gulags, der sinnlosen und blutigen Unternehmung in Vietnam, trotz des Völkerselbstmords in Kambodscha, der Desaparecidos in Argentinien und der vielen grausamen und sinnentleerten Kriege, die sich in der Folgezeit ereignet haben –, das nationalsozialistische System der Konzentrationslager ein Unikum, sowohl von seinem Umfang her als auch von seiner Beschaffenheit. An keinem anderen Ort und zu keiner anderen Zeit hat man ein derart unerwartetes und derart komplexes Phänomen beobachtet: Niemals sind so viele Menschenleben in so kurzer Zeit mit einer derart luziden Kombination von technischer Erfindungsgabe, Fanatismus und Grausamkeit ausgelöscht worden. Niemand spricht die spanischen Konquistadoren von den Massakern frei, die sie während des gesamten sechzehnten Jahrhunderts in Amerika veranstaltet haben. Allem Anschein nach verloren dabei mindestens sechzig Millionen Indios ihr Leben; aber die Konquistadoren handelten auf eigene Faust, ohne oder gegen die Anweisungen ihrer Regierung, und ihre Untaten, die letztlich kaum »geplant« waren, erstreckten sich über einen Zeitraum von mehr als hundert Jahren; zudem halfen ihnen auch Epidemien, die sie unfreiwillig mitbrachten. Und schließlich: Hatten wir uns nicht davon zu befreien versucht, indem wir verkündeten, daß es sich dabei um »Geschichten aus anderen Zeiten« handelte?

Das Erinnern der Wunde

Die menschliche Erinnerung ist ein wunderbares, aber unzuverlässiges Instrument. Das ist eine abgedroschene Wahrheit, die nicht nur den Psychologen, sondern auch jedem bekannt ist, der sein Augenmerk auf das Verhalten seiner Umgebung oder auf sein eigenes gerichtet hat. Die in uns schlummernden Erinnerungen sind nicht in Stein gemeißelt; sie zeigen nicht nur die Neigung, sich mit den Jahren zu verflüchtigen, oft verändern sie sich oder werden sogar umfangreicher, wobei sie fremdbestimmte Züge in sich aufnehmen. Richter kennen diese Erscheinung genau: Es kommt sehr selten vor, daß zwei Augenzeugen, die dasselbe Geschehen beobachtet haben, es auch auf die gleiche Weise schildern und dabei die gleichen Wörter benutzen, auch wenn der Vorgang erst kurz zurückliegt und keiner der beiden ein persönliches Interesse daran hat, ihn verzerrt darzustellen. Die geringe Zuverlässigkeit unseres Gedächtnisses wird erst dann zufriedenstellend erklärt sein, wenn wir wissen, in welcher Sprache, in welchem Alphabet es geschrieben ist, auf welches Material und mit welcher Feder: Auch heute ist das ein Ziel, von dem wir noch weit entfernt sind. Uns sind einige Mechanismen bekannt, die unter besonderen Umständen die Erinnerung verfälschen: Traumata, und keineswegs nur zerebrale; die Interferenz anderer, »konkurrierender« Erinnerungen; abnorme Bewußtseinszustände; Repressionen; Verdrängungen. Allerdings ist auch unter normalen Bedingungen ein langsamer Abbau am Werk, eine Trübung der Konturen, ein gewissermaßen physiologisches Vergessen, denen nur wenige Erinnerungen widerstehen. Wahrscheinlich kann man hierin eine der großen Kräfte der Natur erblikken, dieselbe, die die Ordnung in Ordnungslosigkeit zersetzt, Jugend in Alter verwandelt und das Leben im Tod auslöscht. Gewiß, Übung, das heißt in unserem Fall: die häufige Vergegenwärtigung, hält die Erinnerung frisch und lebendig, genauso wie man einen Muskel leistungsfähig erhält, wenn man ihn oft trainiert; aber es ist ebenso wahr, daß eine Erinnerung, die allzuoft heraufbeschworen und in Form einer Erzählung dargeboten wird, dahin tendiert, zu einem Stereotyp, das heißt zu einer durch die Erfahrung getesteten Form, zu erstarren, abgelagert, perfektioniert und ausgeschmückt, die sich an die Stelle der ursprünglichen Erinnerung setzt und auf ihre Kosten gedeiht.

Ich möchte hier die Erinnerungen an extreme Erfahrungen untersuchen, an erlittene oder zugefügte Kränkungen. In diesem Fall sind alle oder fast alle Faktoren am Werk, die die mnemotechnische Aufzeichnung wertlos machen oder verzerren können: Die Erinnerung an ein Trauma, ob es nun erlitten oder zugefügt wurde, ist an sich schon traumatisch, denn es schmerzt oder stört zumindest, wenn man es ins Gedächtnis zurückholt. Wer tief verletzt worden ist, neigt dazu, die Erinnerung daran zu verdrängen, um den Schmerz nicht zu erneuern; und derjenige, der diese Verletzung zugefügt hat, drängt seine Erinnerung in die Tiefe ab, um sich von ihr zu befreien, um sein Schuldgefühl zu beschwichtigen.

Hier befinden wir uns, wie auch bei anderen Phänomenen, vor einer paradoxen Analogie von Opfer und Unterdrücker, und es ist äußerst wichtig, daß wir das klar sehen: Beide sitzen in derselben Falle, aber es ist der Unterdrükker und nur er, der sie aufgestellt hat und zuschnappen läßt: Wenn er daran leidet, ist es nur gerecht, daß er daran leidet, aber es ist ungerecht, daß auch das Opfer daran leiden muß, wie es gezwungenermaßen daran leidet, auch nach Jahrzehnten noch. Wieder müssen wir, trauernd, feststellen, daß die Verletzung unheilbar ist: Sie überdauert die Zeiten, und die Erinnyen, an die man schließlich doch glauben muß, quälen nicht nur den Peiniger (wenn sie ihn überhaupt quälen, von der Strafe der Menschen unterstützt oder auch nicht), sondern führen sein Werk noch fort, indem sie dem Gepeinigten den Frieden versagen. Nicht ohne Entsetzen liest man die Worte, die der österreichische Philosoph Jean Améry hinterlassen hat, der von der Gestapo gefoltert wurde, weil er im belgischen Widerstand aktiv war, und später nach Auschwitz deportiert wurde, weil er Jude war:

»Wer gefoltert wurde, bleibt gefoltert [...] Wer der Folter erlag, kann nicht mehr heimisch werden in der Welt. Die Schmach der Vernichtung läßt sich nicht austilgen. Das zum Teil schon mit dem ersten Schlag, in vollem Umfang aber schließlich in der Tortur eingestürzte Weltvertrauen wird nicht wiedergewonnen.« [›Jenseits von Schuld und Sühne. Bewältigungsversuche eines Überwältigten‹. Szczesny, München 1966, S. 70]

Die Folter war für ihn ein nicht enden wollender Tod: Améry, auf den ich im sechsten Kapitel zurückkommen werde, hat sich 1978 das Leben genommen.

Wir wollen keine Verwirrung, keine billigen Freudismen, keine Morbiditäten und keine Nachsicht. Der Unterdrücker bleibt, was er ist, und das Opfer ebenfalls: Sie sind nicht austauschbar, der erstere muß bestraft werden, man muß Abscheu vor ihm empfinden (allerdings sollte man auch versuchen, ihn zu verstehen), der zweite ist zu bemitleiden, und ihm muß geholfen werden. Aber vor der Ungeheuerlichkeit des Faktums, das sich unwiderruflich ereignet hat, brauchen beide Schutz und Zuflucht, und sie gehen instinktiv auf die Suche danach. Nicht alle, aber die meisten, und oft ihr ganzes Leben lang.

Wir verfügen inzwischen über zahlreiche Bekenntnisse, Aussagen, Eingeständnisse von seiten der Unterdrücker (ich spreche dabei nicht nur von den deutschen Nationalsozialisten, sondern von all denen, die im Namen des Gehorsams gegenüber einer Disziplin vielfache abscheuliche Verbrechen begehen). Einige wurden im Verlauf von Gerichtsverfahren abgelegt, andere während eines Interviews, wieder andere finden sich in Büchern oder Memoiren. Ich bin der Ansicht, daß es sich hierbei um Dokumente von äußerster Wichtigkeit handelt. Im allgemeinen interessieren dabei nicht so sehr die Beschreibungen des Gesehenen und der vollzogenen Handlungen: Das entspricht im großen und ganzen dem, was die Opfer berichtet haben. Nur sehr selten werden diese Berichte bestritten, sie sind rechtskräftig geworden und inzwischen Teil der Geschichte. Oft werden sie als bekannt vorausgesetzt. Viel wichtiger sind die Motive und Rechtfertigungen: Warum hast du das getan? War dir klar, daß du ein Verbrechen begehst?

Die Antworten auf diese beiden oder auf gleichartige Fragen sind sich ziemlich ähnlich, ganz unabhängig von der Persönlichkeit des Befragten – handle es sich nun dabei um einen ehrgeizigen, intelligenten Menschen wie Speer oder um einen eiskalten Fanatiker wie Eichmann, um kurzsichtige Verwaltungsbeamte wie Stangl in Treblinka und Höß in Auschwitz oder um stumpfsinnige Gewalttäter wie Boger und Kaduk, die Erfinder neuer Foltermethoden. Sie formulieren verschieden, mehr oder weniger hochmütig, das hängt vom jeweiligen geistigen und kulturellen Niveau dessen ab, der spricht, aber sie sagen im Grunde alle das gleiche: Ich habe es getan, weil es mir befohlen worden ist; andere (meine Vorgesetzten) haben noch viel schlimmere Dinge als ich getan; aufgrund meiner Erziehung und meiner Herkunft konnte ich nicht anders handeln; wenn ich es nicht getan hätte, dann hätte es irgendein anderer mit noch größerer Härte an meiner Stelle getan. Wer nun diese Rechtfertigungen liest, empfindet zunächst Abscheu: Die lügen doch, die können doch nicht wirklich glauben, daß man ihnen glaubt, sie können nicht ihre Augen verschließen vor dem Mißverhältnis zwischen ihren Entschuldigungen und der Last des Schmerzes und des Todes, die sie verursacht haben. Sie lügen und wissen, daß sie lügen: Sie sprechen wider besseres Wissen.

Jeder, der ausreichend Erfahrung mit menschlichen

Dingen hat, weiß, daß die Unterscheidung (oder, wie der Linguist sagen würde: die Opposition) zwischen Treu-und-Glaube und Wider-besseres-Wissen optimistisch und aufklärerisch ist, und das noch viel mehr und aus viel tieferem Grund, wenn sie auf Menschen wie die gerade genannten angewandt wird. Sie setzt eine geistige Klarheit voraus, die nur wenige besitzen und die auch diese wenigen sofort verlieren, sobald die vergangene oder die augenblickliche Wirklichkeit, aus welchen Gründen auch immer, in ihnen Angst oder Unbehagen hervorruft. Unter solchen Umständen findet man durchaus Menschen, die ganz bewußt lügen und auf diese Weise die Wirklichkeit kaltblütig verfälschen, aber es gibt weitaus mehr Menschen, die die Anker lichten, sich für den Augenblick oder auch für immer von den ursprünglichen Erinnerungen lösen und sich eine bequemere Wirklichkeit zurechtzimmern. Ihre Vergangenheit belastet sie; sie empfinden Abscheu vor den Handlungen, die sie begangen oder erlitten haben, und neigen deshalb dazu, etwas anderes an ihre Stelle zu setzen. Das kann bei vollem Bewußtsein der realen Zusammenhänge einsetzen, mit einem erfundenen, verlogenen, wiederhergestellten Handlungsablauf, der aber weniger schmerzhaft ist als der wirkliche. Beschreibt man diesen Ablauf oft genug gegenüber anderen und sich selbst, verliert die Unterscheidung zwischen Wahrheit und Lüge allmählich ihre Konturen, und der Mensch glaubt schließlich mit voller Überzeugung an seine Geschichte, die er so oft erzählt hat und noch immer erzählt, wobei er die weniger glaubhaften oder die nicht miteinander übereinstimmenden oder die nicht zu dem später erworbenen Bild von den Ereignissen passenden Details glättet und bearbeitet: Aus dem anfänglichen »Wider-besseres-Wissen« ist »Treu-und-Glaube« geworden. Der lautlose Übergang von der Lüge zum Selbstbetrug ist nützlich: Wer auf »Treu-und-Glaube« lügt, lügt besser, spielt seine Rolle besser, findet leichter Glauben beim Richter, beim Historiker, beim Leser, bei Frau und Kindern.

Je weiter die Ereignisse in die Zeit zurücktreten, um so mehr wächst und vervollkommnet sich die Konstruktion einer bequemen Wahrheit. Ich glaube, man kann nur vermittels dieses geistigen Mechanismus beispielsweise die Äußerungen von Louis Darquier de Pellepoix – der um 1942 zuständig war für Jüdische Angelegenheiten in der Vichy-Regierung und als solcher persönlich verantwortlich für die Deportation von 70000 Juden – interpretieren, die er im Jahr 1978 im *Express* gemacht hat. Darquier leugnet alles: Die Fotos mit den Leichenbergen sind Montagen; die Statistiken von Abermillionen Toten sind von den Juden fabriziert worden, die ja schon immer reklamesüchtig, mitleidheischend und entschädigungsgierig waren; Deportationen gab es möglicherweise (das wäre ihm auch schwergefallen zu leugnen, denn immerhin erscheint seine Unterschrift unter zahlreichen Briefen, die Anweisungen für die Deportationen enthielten, auch die von kleinen Kindern), aber er hatte keine Ahnung, wohin die Deportierten gebracht wurden und welches Ende sie fanden; es ist richtig, daß es in Auschwitz Gaskammern gab, aber die dienten nur der Vernichtung von Läusen, und überhaupt (man beachte die Kohärenz!) sind sie aus propagandistischen Gründen erst nach dem Krieg gebaut worden. Es geht mir nicht darum, diesen Feigling, diesen Dummkopf zu verteidigen, und es kränkt mich zu wissen, daß er so lange unbehelligt in Spanien leben konnte, aber mir scheint, ich kann in ihm den typischen Fall desjenigen erkennen, der, gewohnt, in der Öffentlichkeit zu lügen, schließlich auch im privaten Kreis lügt, sich sogar selbst belügt und sich so eine bequeme Wahrheit aufbaut, die es ihm ermöglicht, in Frieden weiterzuleben. »Treu-und-Glaube« streng vom »Wider-besseres-Wissen« zu trennen ist eine kostspielige Angelegenheit: Es verlangt eine rückhaltlose Aufrichtigkeit sich selbst gegenüber, es fordert eine ununterbrochene intellektuelle und moralische Anstrengung. Aber wie kann man von Männern wie Darquier eine derartige Anstrengung erwarten?

Wenn man die Erklärungen liest, die Eichmann während des Prozesses in Jerusalem gemacht hat, und die, die Rudolf Höß (der vorletzte Kommandant von Auschwitz und Erfinder der Blausäure-Kammern) in seiner Autobiographie abgab, erkennt man einen Prozeß der Vergangenheitsaufbereitung, der viel subtiler ist als der eben genannte. Im wesentlichen haben sich die beiden in der klassischen Art der nationalsozialistischen Mitläufer, genauer gesagt, in der Art aller Mitläufer verteidigt: Wir sind zu absolutem Gehorsam, zu hierarchischem Denken und zum Nationalismus erzogen worden; wir sind mit Propagandasprüchen bearbeitet worden, wir waren berauscht von Zeremonien und Demonstrationen; man hat uns gelehrt, daß die einzige Gerechtigkeit die war, die unserem Volke nützte; und die einzige Wahrheit waren die Worte des Führers. Was also wollt ihr von uns? Wie kommt ihr dazu, von uns und auch von allen anderen, die wie wir waren, jetzt, da die Dinge geschehen sind, ein anderes Verhalten zu erwarten als das, was unser Verhalten damals war? Wir sind zuverlässige Ausführungsorgane gewesen, und für unsere Zuverlässigkeit sind wir belobigt und befördert worden. Die Entscheidungen haben nicht wir getroffen, denn das Regime, in dem wir aufgewachsen sind, erlaubte keine persönlichen Entscheidungen: Andere haben die Entscheidungen für uns getroffen, und anders war es auch gar nicht möglich, denn wir waren der Fähigkeit, Entscheidungen zu treffen, beraubt worden. Nicht nur war es uns untersagt, Entscheidungen zu treffen, sondern wir waren dazu auch unfähig. Deshalb sind wir nicht verantwortlich und können daher auch nicht bestraft werden.

Selbst wenn man diese Argumentationsweise vor dem Hintergrund der Schornsteine von Birkenau betrachtet, kann sie nicht als das Ergebnis reiner Unverschämtheit gedeutet werden. Der Druck, den ein moderner totalitärer Staat auf ein Individuum ausüben kann, ist erschreckend. Er bedient sich im wesentlichen dreier Waffen: der direkten Propaganda oder der durch Erziehung, Bildung und

Volkstraditionen verschleierten; der Verhängung einer Nachrichtensperre; des Terrors. Dennoch ist es nicht gerechtfertigt zu behaupten, man könne diesem Druck nicht widerstehen, schon gar nicht, wenn es sich um einen so kurzen Zeitraum handelt wie die zwölf Jahre, in denen das Dritte Reich Bestand hatte: In den Behauptungen und Entschuldigungen von Männern, die außerordentlich große Schuld auf sich geladen hatten und zu denen Höß und Eichmann gehörten, schwingt deutlich die Übertreibung und mehr noch die Manipulation der Erinnerung mit. Beide wurden geboren und erzogen, lange bevor das Reich wirklich »totalitär« wurde, und ihre Beteiligung war eine Entscheidung, die stärker von opportunistischen Gesichtspunkten als von Enthusiasmus geprägt war. Die Aufarbeitung ihrer Vergangenheit ist nachträglich erfolgt, langsam und (wahrscheinlich) unmethodisch. Es wäre naiv, die Frage zu stellen, ob dies in »Treu-und-Glauben« oder »Wider-besseres-Wissen« geschehen ist. Auch sie, die doch angesichts des Leidens anderer Menschen so stark waren, haben, als sie vor ihren Richtern standen und vor ihrem Tod, den sie verdient hatten, sich eine bequeme Vergangenheit konstruiert und schließlich selbst daran geglaubt: besonders Höß, der kein subtiler Mensch war. So, wie er uns aus seinen Aufzeichnungen entgegentritt, war er eigentlich eine Person, der Selbstkontrolle und Selbstbeobachtung dermaßen fremd waren, daß es ihm nicht einmal auffiel, wie sehr er seinen grobschlächtigen Antisemitismus noch im Akt des Widerrufs und der Verneinung bestätigte, und daß er sich nicht bewußt war, wie aalglatt sein Selbstbildnis von einem guten Beamten, Vater und Ehemann ausfiel.

Man muß bei diesen Versuchen einer Rekonstruktion der Vergangenheit feststellen (aber nicht nur bei diesen: Es handelt sich hier um eine Beobachtung, die alles Erinnern betrifft), daß die Verbiegung der Tatsachen oft von der Objektivität ebendieser Tatsachen verhindert wird, über die es Zeugnisse dritter Personen gibt, Dokumente, »Beweisstücke«, historisch gewonnene Zusammenhänge. Im allgemeinen ist es schwer zu leugnen, daß man eine bestimmte Tat begangen hat oder daß diese Tat begangen worden ist. Dagegen ist es unglaublich leicht, die Motivierungen zu verfälschen, die uns zu einer bestimmten Handlungsweise veranlaßt haben, und die Leidenschaften in uns, die diese Handlungsweise begleitet haben. Das ist eine außerordentlich fließende Materie, die bereits unter leichtestem Druck der Verformung ausgesetzt ist. Auf die Fragen »Warum hast du das getan?« oder »Was dachtest du dir, als du das tatest?« gibt es keine zuverlässigen Antworten, weil Seelenzustände von Natur aus labil sind, und noch labiler ist die Erinnerung an sie.

Ein Grenzfall der Verformung einer Erinnerung an eine begangene Schuld ist ihre Unterdrückung. Auch hier kann die Abgrenzung zwischen »Treu-und-Glaube« einerseits und »Wider-besseres-Wissen« andererseits ungenau sein. Hinter dem »Ich weiß nicht« und dem »Ich erinnere mich nicht«, das man in den Gerichtssälen zu hören bekommt, steht manchmal der entschiedene Vorsatz zu lügen, aber andere Male handelt es sich um versteinerte, zur Formel erstarrte Lügen. Das Erinnern hat zum Nichterinnern werden wollen, und es ist ihm gelungen: So sehr hat es die eigene Existenz verleugnet, daß schließlich die schädliche Erinnerung ausgeschieden wurde, so wie eine Absonderung oder ein Parasit ausgeschieden wird. Die Verteidiger wissen genau, daß Gedächtnisschwund oder die vermeintliche Wahrheit, die sie ihren Mandanten empfehlen, dahin tendieren, tatsächlich Vergeßlichkeit und tatsächlich Wahrheit zu werden. Man muß gar nicht erst bis in die Mentalpathologie ausgreifen, um eine Spezies von Menschen zu finden, deren Äußerungen einem die Sprache verschlagen: Sie sind mit Sicherheit unwahr, aber wir sind nicht in der Lage zu sagen, ob es dem Betreffenden bewußt ist, daß er die Unwahrheit sagt. Nehmen wir einmal gegen alle Logik an, der Lügner würde für einen Augenblick die Wahrheit sagen: Selbst er könnte nicht das Dilemma lösen.

Im Akt des Lügens nämlich ist er ein Schauspieler, der mit seiner Rolle eins geworden, der nicht mehr davon unterscheidbar ist. Ein besonders augenfälliges Beispiel dafür ist in den Tagen, in denen ich dies schreibe, das Verhalten Alì Agcas vor Gericht, des Türken, der das Attentat auf Johannes Paul II. verübt hat.

Der beste Weg, sich vor dem Ansturm belastender Erinnerungen zu schützen, ist der, sie gar nicht erst hereinzulassen und eine Hygieneschranke entlang der Grenze zu errichten. Es ist leichter, einer Erinnerung den Eintritt zu verwehren, als sie loszuwerden, wenn sie erst einmal registriert worden ist. Diesem Zweck dienten im wesentlichen viele der von den Nazi-Kommandos ausgeklügelten Kniffe, die das Gewissen derer schützten, die die Dreckarbeit verrichteten, und die ihnen gleichzeitig auch weiterhin ihre Mitarbeit sichern sollten, die selbst den hartgesottensten Schurken unangenehm war. An die *Einsatzkommandos**, die während der verschiedenen Etappen an der russischen Front die Zivilbevölkerung am Rand der Massengräber, die sie vorher auch noch selbst schaufeln mußte, mit Maschinengewehren niederschossen, wurde Alkohol in Strömen verteilt, damit das Massaker im Zustand des Rauschs vernebelt wurde. Die allzugut bekannten Euphemismen (»Endlösung«, »Sonderbehandlung«, der eben erwähnte Begriff »Einsatzkommando«, hinter dem sich eine grauenhafte Wirklichkeit verbarg) dienten nicht nur dazu, die Opfer zu täuschen und Verteidigungsreaktionen zuvorzukommen, sie dienten auch, im Rahmen des Möglichen, dazu, daß weder die öffentliche Meinung noch die Teile der Wehrmacht, die damit direkt nichts zu tun hatten, Kenntnis davon erhielten, was in allen vom Dritten Reich besetzten Gebieten vor sich ging.

Im übrigen kann die gesamte Geschichte des kurzlebigen »Tausendjährigen Reiches« als Krieg gegen das Erinnern neu gelesen werden, als Orwellsche Fälschung der Erinnerung, Fälschung der Wirklichkeit, Verleugnung der Wirklichkeit, bis hin zur endgültigen Flucht vor ebendieser Wirklichkeit. Alle Biographen Hitlers, die sich nicht darüber einig sind, wie das Leben dieses so schwer einzuordnenden Mannes interpretiert werden soll, stimmen überein, was die Flucht vor der Wirklichkeit angeht, die Hitlers letzte Jahre bestimmt hat, besonders seit dem ersten russischen Winter. Er hatte seinen Untergebenen den Zugang zur Wahrheit verboten und verweigert und betrieb so eine Verseuchung ihrer Moral und ihrer Erinnerung. Aber in zunehmendem Maße, bis hin zum Verfolgungswahn im Bunker, hatte er den Weg der Wahrheit auch für sich selbst verbaut. Wie alle Glücksspieler hatte auch er um sich herum ein Szenarium aus abergläubischen Lügen konstruiert, dem er schließlich mit dem gleichen fanatischen Glauben anhing, den er auch von jedem Deutschen verlangte. Sein Sturz bedeutete nicht nur eine Rettung für das Menschengeschlecht, sondern bewies zugleich, welchen Preis man zahlt, wenn man die Wahrheit antastet.

Auch im weitaus größeren Lager der Opfer beobachtet man ein Abdriften der Erinnerung, aber hier fehlt ganz offenkundig der Vorsatz. Wem eine Ungerechtigkeit oder eine Kränkung zugefügt wird, der braucht keine Lügen zu erfinden, um sich von einer Schuld zu befreien, die er nicht auf sich geladen hat (auch wenn es aufgrund eines paradoxen Mechanismus geschehen kann, daß er darüber Scham empfindet). Aber das schließt noch nicht aus, daß auch seine Erinnerungen verformt sein können. Es wurde zum Beispiel beobachtet, daß viele Kriegsheimkehrer und überhaupt Menschen, die äußerst komplexe und traumatische Erfahrungen hinter sich haben, dazu neigen, ihre Erinnerungen unbewußt zu filtern. Wenn sie sie untereinander wieder heraufbeschwören oder dritten Personen erzählen, ziehen sie es vor, sich bei den Waffenstillständen, den Atempausen, bei den grotesken oder merkwürdigen oder entspannten Momenten aufzuhalten und über die schmerzlicheren Episoden hinwegzugehen. Diese letzteren werden nicht gerne aus dem Speicher der Erinnerung hervorgeholt, und deshalb neigen sie dazu, sich im Lauf der Zeit im Dunst aufzulösen, ihre Konturen zu verlieren. Das Verhalten des Grafen Ugolino ist psychologisch völlig glaubwürdig, wenn er sich scheut, Dante von seinem grauenvollen Tod zu erzählen. Er tut es dann zwar doch, aber nicht aus Entgegenkommen, sondern ausschließlich aus postumer Rache an seinem ewigen Feind. Wenn wir sagen »Das werde ich niemals vergessen« und uns damit auf ein Ereignis beziehen, das uns zwar tief verletzt, aber weder in uns noch um uns eine sichtbare Spur oder eine dauernde Abwesenheit hinterlassen hat, dann sind wir unbesonnen: Auch im täglichen Leben vergessen wir gern die Einzelheiten einer schweren Krankheit, von der wir genesen sind, oder einer Operation, die einen guten Verlauf genommen hat.

Zum Zweck der Verteidigung braucht die Wirklichkeit nicht erst in der Erinnerung umgebogen zu werden, sondern das kann bereits in dem Augenblick einsetzen, in dem sie sich ereignet. Während des ganzen Jahres meiner Gefangenschaft in Auschwitz war Alberto D. mein brüderlicher Freund: Er war jung, robust und mutig, besaß eine überdurchschnittliche Klarsichtigkeit und war daher äußerst kritisch gegenüber den vielen, die sich tröstliche Illusionen zurechtzimmerten und diese untereinander austauschten (»Der Krieg ist in zwei Wochen aus«, »Es wird keine Selektion mehr geben«, »Die Engländer sind in Griechenland gelandet«, »Die polnischen Widerstandskämpfer sind dabei, das Lager zu befreien« und so weiter: Das waren Gerüchte, die fast täglich umliefen und regelmäßig von der Wirklichkeit widerlegt wurden). Alberto war zusammen mit seinem fünfundvierzigjährigen Vater deportiert worden. Als die große Selektion vom Oktober 1944 bevorstand, haben Alberto und ich dieses Ereignis mit Schrecken, mit ohnmächtiger Wut, mit Auflehnung und Resignation kommentiert, ohne jedoch Zuflucht bei einer bequemen Wahrheit zu suchen. Dann kam die Selektion, Albertos »alter« Vater wurde für die Gaskammer selektioniert, und Alberto veränderte sich innerhalb weniger Stunden. Er hatte Gerüchte gehört, die ihm glaubwürdig schienen: Die Russen seien nah, die Deutschen würden es nicht mehr wagen, weiterhin Blutbäder zu veranstalten, das sei keine Selektion wie die anderen, sie sei nicht für die Gaskammern bestimmt, dabei sollten nur die schwachen, aber noch verwendungsfähigen Gefangenen ausgesondert werden, wie sein Vater eben, der sehr müde, aber keineswegs krank sei; ja, er wisse sogar, wohin sie geschickt würden, nach Jaworzno, nicht weit, in ein Sonderlager für Rekonvaleszenten, die nur für leichte Arbeiten herangezogen werden konnten.

Selbstverständlich sah man den Vater nie wieder, und Alberto verschwand auf dem Evakuierungsmarsch aus dem Lager im Januar 1945. Sonderbarerweise benahmen sich auch Albertos Verwandte, die in Italien vor der Verhaftung geflohen waren und sich versteckt gehalten hatten, wie er selbst, ohne daß sie von Albertos Verhalten wußten, indem sie eine unerträgliche Wahrheit von sich wiesen und sich eine neue schufen. Sobald ich nach Hause zurückgekehrt war, hielt ich es für meine Pflicht, in die Stadt zu gehen, in der Alberto gelebt hatte, um seiner Mutter und seinem Bruder alles mitzuteilen, was ich wußte. Ich wurde mit großer Freundlichkeit empfangen, aber kaum hatte ich meine Erzählung begonnen, bat mich die Mutter aufzuhören: Sie wisse bereits alles, wenigstens soweit es Alberto betreffe, und es sei unnötig, daß ich dieselben Schreckensgeschichten wiederholte: Sie *wußte*, daß es ihrem Sohn, ihm allein, gelungen war, sich von der Marschkolonne zu entfernen, ohne daß die SS auf ihn geschossen hätte, er hatte sich im Wald versteckt und war jetzt in Sicherheit bei den Russen; er hatte noch keine Nachrichten schicken können, aber bald würde er es tun, dessen war sie sich ganz sicher. Und jetzt sollte ich bitte das Thema wechseln und ihr erzählen, wie ich überlebt hatte.

Ein Jahr später befand ich mich zufällig auf der Durchreise in dieser Stadt und besuchte die Familie wieder. Die Wahrheit hatte sich ein bißchen gewandelt: Alberto war in einer sowjetischen Klinik, und es ging ihm gut, aber er hatte das Gedächtnis verloren, er konnte sich nicht einmal mehr an seinen Namen erinnern, doch befand er sich auf dem Weg der Genesung und würde bald zurückkommen. Sie wußte das aus sicherer Quelle.

Alberto ist nie wiedergekommen. Über vierzig Jahre sind inzwischen vergangen. Ich hatte nicht mehr den Mut, noch einmal hinzugehen und meine schmerzliche Wahrheit der tröstlichen »Wahrheit« gegenüberzustellen, die sich Albertos Verwandte in gegenseitiger Hilfestellung konstruiert hatten.

Eine Apologie muß hier angebracht werden. Das vorliegende Buch ist durchdrungen von Erinnerung, einer fernen zumal. Es schöpft also aus einer verdächtigen Quelle und muß gegen sich selbst verteidigt werden. Kurzum, es enthält mehr Erwägungen als Erinnerungen, es hält sich lieber bei der gegenwärtigen Lage der Dinge auf als bei einer in die Vergangenheit gerichteten Chronik. Darüber hinaus sind die Daten, die es enthält, gestützt durch eine umfangreiche Literatur, die zum Thema des untergegangenen (oder des »geretteten«) Menschen entstanden ist, auch unter der freiwilligen oder erzwungenen Mitarbeit der Schuldigen von damals. In diesem Corpus findet man vorwiegend Übereinstimmungen, Abweichungen kann man außer acht lassen. Was meine persönlichen Erinnerungen betrifft und einige noch nicht bekannte Details, die ich zitiert habe und noch zitieren werde, so habe ich sie alle gründlich gesichtet: Mit der Zeit sind sie ein bißchen verblaßt, aber sie passen zum Hintergrund und sind, meine ich, unbeschädigt von den Abweichungen, die ich beschrieben habe.

Die Grauzone

Sind wir, die wir überlebt haben, imstande gewesen, unsere Erfahrung zu verstehen und verständlich zu machen? Wenn wir »verstehen« sagen, meinen wir damit im allgemeinen »vereinfachen«: Ohne tiefgreifende Vereinfachung wäre die uns umgebende Welt ein unendliches, undefiniertes Durcheinander, das unserer Orientierungs- und Handlungsfähigkeit hohnsprechen würde. Wir sind daher gezwungen, das Erkennbare auf ein Schema zu reduzieren; diesem Zweck dienen die wunderbaren Instrumente, die wir uns im Verlauf unserer Evolution geschaffen haben und die nur der menschlichen Gattung eigen sind: die Sprache und das begriffliche Denken.

Wir neigen dazu, auch die Geschichte zu vereinfachen; doch ist das Schema, innerhalb dessen die Fakten geordnet werden, nicht in jedem Fall eindeutig erkennbar, und es kann daher vorkommen, daß verschiedene Historiker Geschichte in einer sich gegenseitig widersprechenden Weise verstehen und konstruieren. Jedenfalls ist das Bedürfnis (das möglicherweise auf Ursachen beruht, die auf unseren Ursprung als *animal sociale* zurückverweisen), die Welt in »wir« und »sie« aufzuteilen, in uns dermaßen stark, daß dieses Schema einer Freund-Feind-Einteilung jedes andere überlagert. Die populärwissenschaftliche Geschichtsbetrachtung und auch die Geschichte, wie sie uns herkömmlicherweise in der Schule vermittelt wird, stehen unter dem Einfluß dieser manichäischen Tendenz, die die Zwischentöne scheut und der Komplexität aus dem Weg geht. Sie neigt dazu, den Strom der Ereignisse in der Menschheitsgeschichte auf Konflikte zu reduzieren, Konflikte auf Zweikämpfe, auf »wir« und »sie«, hie Athener und dort Spartaner, hie Römer und dort Karthager. Das ist gewiß auch der Grund für die ungeheure Popularität spektakulärer Sportarten wie Fußball, Baseball oder Boxen, bei denen die Gegner zwei Mannschaften oder zwei Personen sind, eindeutig und klar unterscheidbar, und am Ende einer Begegnung gibt es Gewinner oder Verlierer. Wird ein Unentschieden erzielt, fühlt sich der Zuschauer betrogen und enttäuscht: Mehr oder minder unbewußt wünschte er sich Sieger und Besiegte, und die wiederum identifiziert er mit den Guten und den Bösen, wobei die Guten die Oberhand behalten müssen, sonst wird die Welt auf den Kopf gestellt.

Dieser *Wunsch* nach Vereinfachung ist berechtigt, dagegen ist es die Vereinfachung selber nicht immer. Dies ist eine Arbeitshypothese, die insofern brauchbar ist, als sie nichts weiter als das sein will und nicht mit der Wirklichkeit verwechselt werden darf. Der größte Teil der historischen und natürlichen Phänomene ist nicht einfach oder zumindest nicht so einfach, wie wir es gerne hätten. Nun war das Netz menschlicher Beziehungen innerhalb der Lager nicht einfach: Es war nicht auf zwei Blöcke reduzierbar, auf Opfer und Verfolger. Bei denen, die heute über die Geschichte der Konzentrationslager lesen (oder darüber schreiben), wird die Neigung, ja geradezu das Bedürfnis offenkundig, das Böse vom Guten zu trennen, Partei zu ergreifen, die Geste Christi beim Jüngsten Gericht zu wiederholen: hier die Gerechten und dort die Verdammten. Vor allem junge Menschen wollen Klarheit, einen sauberen Schnitt; da ihre Erfahrung mit der Welt noch gering ist, lieben sie keine Doppelbödigkeit. Ihre Erwartungshaltung spiegelt im übrigen genau jene der Neuankömmlinge im Konzentrationslager wider, ob sie nun jung waren oder nicht: Alle, mit Ausnahme jener, die bereits eine ähnliche Erfahrung durchgemacht hatten, erwarteten sich eine zwar grauenhafte, aber doch immer noch entzifferbare Welt, die jenem einfachen Modell entsprach, das wir atavistischerweise in uns tragen, wobei »wir« drinnen sind und der Feind draußen, abgetrennt durch eine klare geographische Grenzlinie.

Statt dessen war der Eintritt ins Lager ein Zusammenprall, und zwar wegen des Unerwarteten, das er mit sich brachte. Die Welt, in die man hineinstürzte, war nicht nur grauenvoll, sondern darüber hinaus auch noch unentzifferbar: Sie entsprach keinem der bekannten Modelle, der Feind war draußen und zugleich drinnen, das »wir« verlor seine Grenzen, es gab keine zwei gegnerischen Parteien, man erkannte nicht nur eine Grenzlinie, sondern viele und unklare, vielleicht unzählige, jeweils eine zwischen dem einen und einem anderen. Beim Eintritt hoffte man zumindest auf die Solidarität der Schicksalsgenossen, aber die erhofften Verbündeten – ausgenommen ganz besondere Fälle – gab es nicht. Statt dessen gab es tausend versiegelte Monaden und zwischen diesen einen verzweifelten, verborgenen, fortwährenden Kampf. Diese jähe Entdeckung machte man von den ersten Stunden der Gefangenschaft an und oftmals in der unmittelbaren Form einer konzentrischen Aggression von seiten gerade derjenigen, in denen man die zukünftigen Verbündeten zu erkennen hoffte. Diese Entdeckung war so übermächtig, daß jede Widerstandsfähigkeit auf der Stelle zusammenbrach. Für viele war sie mittelbar oder unmittelbar tödlich: Es ist schwer, sich vor einem Schlag zu schützen, auf den man nicht vorbereitet ist.

Diese Aggression hat unterschiedliche Aspekte. Dabei muß daran erinnert werden, daß das System der Konzentrationslager (das mit dem Aufstieg des Nationalsozialismus in Deutschland einhergeht) als wichtigstes Ziel das Zerbrechen der Widerstandsfähigkeit des Gegners von allem Anfang an im Auge hatte: Für die Lagerleitung war der Neuankömmling ein Gegner *per definitionem*, was immer auch das Etikett gewesen sein mag, das man ihm angeheftet hatte. Dieser Gegner mußte augenblicklich vernichtet werden, damit er nicht zu einem Beispiel oder sogar zu einer Keimzelle für organisierten Widerstand werden konnte. In dieser Hinsicht hatte die SS klare Vorstellungen, und unter diesem Aspekt mußte das gesamte unheimliche Ritual verstanden werden, das den Eintritt begleitete;

auch wenn es sich von Lager zu Lager unterschied, in seinem Kern war es immer gleich: als erstes die Fußtritte und Faustschläge, oft direkt ins Gesicht; die Orgie der mit echter oder gespielter Wut gebrüllten Befehle; die völlige Entkleidung; das Kahlscheren der Köpfe; die Einkleidung mit Lumpen. Es ist schwer zu sagen, ob all diese Einzelheiten von einem Experten ausgeklügelt worden waren oder sich erst auf der Grundlage der Erfahrungen methodisch entwickelten, aber sicher ist, daß sie beabsichtigt und nicht zufällig waren: In alldem gab es eine Regie, und die war erkennbar.

Zum Eintrittsritual und zum moralischen Zusammenbruch, den dieses Ritual begünstigte, trugen mehr oder weniger bewußt allerdings auch die übrigen Glieder des Lagers bei: die gewöhnlichen Häftlinge und die Privilegierten. Nur selten kam es vor, daß der Neuankömmling, ich sage nicht, wie ein Freund, aber zumindest wie ein Schicksalsgefährte aufgenommen wurde. Meistens zeigten sich die Alten (und alt wurde man innerhalb von drei bis vier Monaten: Der Wechsel vollzog sich schnell!) irritiert, wenn nicht sogar feindlich. Der *Zugang** (man beachte, daß dieses Wort im Deutschen ein abstrakter, aus der Verwaltung kommender Begriff ist) wurde beneidet, weil er noch den Geruch seiner ursprünglichen Umgebung an sich zu tragen schien. Das war natürlich ein absurder Neid, denn in Wirklichkeit litt man weitaus mehr in den ersten Tagen der Gefangenschaft als später, denn dann war es einerseits durch die Gewöhnung, andererseits durch die Erfahrung möglich, einen schützenden Bereich um sich herum aufzubauen. Er wurde verlacht, und man trieb grausame Scherze mit ihm, wie es in allen Gemeinschaften bei Rekruten oder Neuimmatrikulierten oder bei den Initiationszeremonien der Naturvölker vorkommt: Es steht außer Zweifel, daß das Leben im Lager eine Regression mit sich brachte und entsprechend primitive Verhaltensweisen förderte.

Es ist möglich, daß die Feindseligkeit gegenüber dem *Zu-*

*gang** im wesentlichen wie jede andere Intoleranz begründet war, nämlich in dem unbewußten Versuch, das »wir« auf Kosten der »anderen« zu festigen, also jene Solidarität unter den Unterdrückten zu schaffen, deren Nichtvorhandensein Ursache zusätzlicher Leiden war, auch wenn sie nicht deutlich wahrgenommen wurde. Ein Teil dieses Mechanismus war auch das Streben nach Ansehen, das in unserem Kulturbereich ein nicht ausrottbares Bedürfnis zu sein scheint: Die verachtete Masse der Alten neigte dazu, den Neuankömmling als Sündenbock zu betrachten, an dem man die eigene Demütigung rächen konnte; auf Kosten des Neulings suchte man nach einer Kompensation, auf seine Kosten konstruierte man sich eine niedriger stehende Person, auf die man das ganze Gewicht der von oben empfangenen Entwürdigungen abladen konnte.

Bei den privilegierten Gefangenen wird die Argumentation noch komplexer und auch wichtiger – meiner Ansicht nach ist sie geradezu grundlegend. Die Vermutung, ein abgefeimtes System, wie es der Nationalsozialismus war, spreche seine Opfer heilig, ist naiv, absurd und historisch falsch; im Gegenteil: Es degradiert sie und verleibt sie sich ein, und zwar um so mehr, je disponibler die Opfer sind, je ahnungsloser, je weniger politisches oder moralisches Rüstzeug sie besitzen. Viele Anzeichen deuten darauf hin, daß die Zeit gekommen ist, den Raum näher zu erforschen, der die Opfer von den Verfolgern trennt (nicht nur in den nazistischen Lagern!), und zwar mit einer leichteren Hand und einem weniger getrübten Blick, als dies beispielsweise in einigen Filmen geschehen ist. Nur eine schematische Rhetorik kann die Ansicht vertreten, daß dieser Raum leer sei: Das ist er in keinem Fall, er ist besetzt von infamen oder bewegenden Gestalten (manchmal besitzen sie diese beiden Eigenschaften gleichzeitig), die wir notwendig kennenlernen müssen, wenn wir die Gattung Mensch kennenlernen wollen, wenn wir unser Gewissen für den Fall verteidigen wollen, daß noch einmal eine ähnliche Prüfung bevorstehen sollte, oder auch, wenn wir uns lediglich darüber klar werden wollen, was sich innerhalb eines großen Industriebetriebs abspielt.

Die privilegierten Gefangenen stellten unter den Lagerinsassen eine Minderheit dar, bilden aber unter den Überlebenden eine starke Mehrheit; auch wenn man die Mühsal, die Schläge, die Kälte, die Krankheiten einmal außer acht läßt, so muß doch daran erinnert werden, daß die Essensration auch für den genügsamsten Gefangenen absolut unzureichend war: Nachdem er innerhalb von zwei bis drei Monaten die physiologischen Reserven des Organismus aufgezehrt hatte, waren der Hungertod oder durch Hunger verursachte Krankheiten das normale Schicksal des Gefangenen. Das konnte nur durch eine größere Nahrungsmenge verhindert werden, und um die zu bekommen, brauchte man ein Privileg, egal, ob groß oder klein. Mit anderen Worten: Man brauchte irgend etwas, das einen über die Norm stellte, ganz gleichgültig, ob das nun aufoktroyiert war oder ergattert, mit Gerissenheit an sich gebracht oder mit Gewalt, rechtmäßig oder unrechtmäßig.

Nun darf man nicht vergessen, daß die mündlich erzählten oder die aufgeschriebenen Erinnerungen der Rückkehrer größtenteils folgendermaßen beginnen: Der Zusammenprall mit der Wirklichkeit des Konzentrationslagers geht einher mit der unerwarteten und unverstandenen Aggression seitens eines neuen, merkwürdigen Feindes: des Gefangenen als Vollzugsangestellten, der sich, in einer dir fremden Sprache brüllend, auf dich stürzt und dir ins Gesicht schlägt, statt dich an die Hand zu nehmen, dich zu beruhigen, dir den Weg zu weisen. Er will dich zähmen, den Funken von Würde, den du vielleicht noch behalten hast, er aber schon längst verloren hat, in dir zum Erlöschen bringen. Aber wehe dir, wenn dich diese deine Würde dazu verleitet zu reagieren: das *Zurückschlagen**, das Antworten auf Schläge mit Schlägen, ist eine nicht duldbare Überschreitung eines zwar ungeschriebenen, aber dennoch unumstößlichen Gesetzes, die nur einem »Neuen« in den Sinn kommen kann. Wer eine solche Tat begeht, an dem muß ein Exempel statuiert werden: Andere Vollzugspersonen eilen zur Verteidigung der bedrohten Ordnung herbei, und der Schuldige wird mit Mut und Methode solange geschlagen, bis er gezähmt ist oder tot. Das Privileg verteidigt und schützt, *per definitionem*, das Privileg. Ich erinnere mich, daß der örtliche jiddische und polnische Begriff für Privileg »protekcja« hieß, den man »protekzia« ausspricht und der offenkundig italienisch-lateinischen Ursprungs ist. Mir ist die Geschichte eines italienischen »Neuen« erzählt worden, eines Widerstandskämpfers, der als politischer Gefangener in ein Arbeitslager gesteckt wurde, als er noch im Vollbesitz seiner Kräfte war. Während des Austeilens der Suppe war er mißhandelt worden, und er hatte es gewagt, dem für die Essenverteilung zuständigen Gefangenen einen Stoß zu versetzen: Sofort eilten dessen Kollegen herbei und tauchten den Kopf des Schuldigen in den Suppenkübel, um ein Exempel zu statuieren.

Der Aufstieg der Privilegierten ist nicht nur in den Konzentrationslagern, sondern in allen menschlichen Lebensverbänden ein beängstigendes, aber unabänderliches Phänomen: Sie fehlen nur in den Utopien. Es ist die Aufgabe eines jeden rechtsbewußten Menschen, jedem auf keinerlei Verdienst beruhenden Privileg den Kampf anzusagen, aber man darf nicht vergessen, daß es sich hierbei um einen Kampf ohne Ende handelt. Wo es eine von wenigen oder von einem einzelnen ausgeübte Macht über viele gibt, entsteht und vermehrt sich das Privileg, auch gegen den Willen der Macht selbst; aber es ist normal, daß die Macht es toleriert oder fördert. Beschränken wir uns auf die Lagersituation, die freilich (auch in ihrer sowjetischen Ausprägung) gut als »Laboratoriums«-Situation dienen kann: Die hybride Klasse der Häftlinge als Vollzugspersonen bildet das Knochengerüst und weist gleichzeitig die am stärksten beunruhigenden Züge auf. Sie ist eine Grauzone mit unscharfen Konturen, die die beiden Bereiche von Herren und Knechten voneinander trennt und zugleich miteinander verbindet. Sie besitzt eine unvorstellbar komplizierte innere Struktur und enthält in sich soviel, wie ausreicht, um unser Bedürfnis nach einem Urteil durcheinanderzubringen.

Die Grauzone der »protekcja« und der Kollaboration entsteht aus vielfältigen Wurzeln. Vor allem der Machtbereich braucht, je enger er ist, um so mehr Helfer von außen; die Nazis konnten in den letzten Jahren nicht ohne sie auskommen, da sie entschlossen waren, ihre Macht im Inneren des unterworfenen Europa aufrechtzuerhalten und gleichzeitig die durch den wachsenden militärischen Widerstand der Gegner ausgebluteten Kriegsfronten zu versorgen. Es wurde unumgänglich, nicht nur Arbeits-, sondern auch Ordnungskräfte in den besetzten Ländern zu rekrutieren, das heißt Bevollmächtigte und Verwalter deutscher Macht, die ihrerseits inzwischen an anderen Orten bis zur Erschöpfung beansprucht war. Innerhalb dieses Bereichs müssen, mit unterschiedlichen Schattierungen im Hinblick auf Eigenart und Bedeutung, Quisling in Norwegen, die Vichy-Regierung in Frankreich, der Judenrat in Warschau, die Republik von Salò aufgelistet werden bis hin zu den ukrainischen und baltischen Söldnern, die überall mit den schmutzigsten Aufgaben (nie jedoch mit militärischen Kampfhandlungen) beauftragt wurden, und den Sonderkommandos, über die noch zu sprechen sein wird. Aber die aus dem gegnerischen Lager stammenden Kollaborateure, die Exfeinde, sind ihrem Wesen nach nicht vertrauenswürdig: Sie haben einmal Verrat begangen und können es wieder tun. Es bringt nichts, sie mit zweitrangigen Aufgaben zu betrauen; der beste Weg, sie an sich zu binden, besteht darin, sie mit Schuld zu beladen, sie mit Blut zu beflecken, sie bloßzustellen, wo immer es möglich ist: Auf diese Weise werden sie mit den Auftraggebern das Bündnis der Mittäterschaft eingehen, so daß sie nicht mehr zurück können. Diese Vorgehensweise ist den kriminellen Vereinigungen aller Zeiten und Orte bekannt, wird seit eh und je von der Mafia angewandt und ist übrigens die einzige Möglichkeit, die sonst nicht dechiffrierbaren Auswüchse des italienischen Terrorismus der siebziger Jahre zu erklären.

Weiterhin läßt sich sagen – und dies sei im Gegensatz zu einer gewissen rhetorischen und verklärenden Stilisierung festgestellt –, daß, je härter die Unterdrückung, um so verbreiteter unter den Unterdrückten die Bereitschaft ist, mit den Machthabern zu kollaborieren. Auch diese Bereitschaft ist in unendlich vielen Schattierungen und Beweggründen abgestuft: Schrecken, ideologische Verlockung; sklavische Nachahmung des Siegers; kurzsichtiger Wille zu einer wie auch immer beschaffenen Macht, und sei sie noch so lächerlich auf Raum und Zeit beschränkt; Feigheit, die sogar von einer messerscharfen Berechnung sein konnte und darauf aus war, die Befehle und die aufgezwungene Ordnung zu umgehen. Alle diese einzelnen oder auch untereinander verbundenen Beweggründe haben dazu beigetragen, diese Grauzone entstehen zu lassen, deren Angehörige gegenüber den Nichtprivilegierten durch den Willen, ihre Privilegien zu bewahren und zu sichern, miteinander verbunden waren.

Bevor die Beweggründe, die einige Häftlinge dazu gebracht haben, auf verschiedene Weise mit der Lagerleitung zu kollaborieren, im einzelnen diskutiert werden, muß ich nachdrücklich darauf hinweisen, daß es angesichts derartiger Menschenschicksale unbesonnen wäre, ein vorschnelles moralisches Urteil zu fällen. Es muß uns klar sein, daß die Hauptschuld das System, die eigentliche Struktur des totalitären Staates trifft; die Mitschuld der einzelnen großen oder kleinen Kollaborateure (die niemals sympathisch, niemals durchsichtig waren!) ist immer schwer zu bewerten. Wir wollen das Urteil ausschließlich denjenigen überlassen, die sich selber in ähnlichen Umständen befunden haben und Gelegenheit hatten, an sich selbst festzustellen, was es bedeutet, unter Zwang zu handeln. Manzoni wußte einiges darüber: »Die Hetzer, die Überwältiger, all diejenigen, die einem anderen auf irgendeine Art

Unrecht zufügen, sind schuldig, und zwar nicht nur wegen der von ihnen begangenen Schandtat, sondern auch wegen der moralischen Verkommenheit, zu der sie Geist und Seele der Leidtragenden treiben.« Der Umstand, daß einer ein Leidtragender ist, schließt seine Schuld nicht aus, und oftmals ist sie objektiv schwerwiegend, aber ich kenne kein menschliches Tribunal, dem man die Aufgabe der Bemessung der Schuld zuweisen könnte.

Wäre ich gezwungen, zu Gericht zu sitzen, hinge ein Urteil von mir ab – ich spräche alle leichten Herzens frei, deren Mitschuld gering war, während der Zwang, unter dem sie handelten, sehr groß war. Um uns Häftlinge ohne Rang herum wimmelte es von privilegierten Häftlingen der niederen Ebene. Sie stellten eine bunt zusammengewürfelte Fauna dar: Kehrer, Kesselwäscher, Nachtwächter, Pritschenkontrolleure (die zu ihrem winzig kleinen Vorteil die deutsche Schrulle ausnutzten, daß die Pritschen völlig glatt und rechteckig gemacht werden mußten), Läuse- und Krätzekontrolleure, Befehlsüberbringer, Dolmetscher, Knechte der Knechte. Im allgemeinen waren sie genauso arme Teufel wie wir, die genauso lange arbeiteten wie alle anderen auch, die aber für einen zusätzlichen halben Liter Suppe bereit waren, diese und andere »drittrangige« Aufgaben zu übernehmen: harmlose, manchmal nützliche, oft aus dem Nichts erfundene kleine Tätigkeiten. Diese privilegierten Häftlinge waren selten gewalttätig, aber sie neigten dazu, eine typische Bruderschaftsmentalität zu entwickeln und energisch ihren »Arbeitsplatz« gegen den zu verteidigen, der ihn ihnen – sei es von unten oder von oben – streitig machen wollte. Ihr Privileg, das im übrigen zusätzliche Entbehrungen und Beschwerlichkeiten bedeutete, brachte ihnen kaum etwas ein und befreite sie keineswegs von der Disziplin und dem Leiden der anderen; ihre Hoffnung auf Leben entsprach eigentlich genau der der anderen, der Nichtprivilegierten. Sie waren primitiv und anmaßend, aber man empfand sie nicht als Feinde.

Das Urteil wird subtiler und facettenreicher, wenn es um die geht, die eine Kommando-Tätigkeit ausübten: Die Kapos der Arbeitskolonnen (der deutsche Begriff »Kapo« stammt unmittelbar aus dem Italienischen; die von den französischen Häftlingen eingeführte Betonung des Worts auf der letzten Silbe hat sich erst viele Jahre später durchgesetzt, und zwar mit dem gleichnamigen Film von Pontecorvo, und wird in Italien wegen seiner unterschiedlichen Bedeutung bevorzugt), die Barackenältesten, die Schreiber in den Schreibstuben bis hin zur Welt jener Gefangenen (von der ich damals nicht das geringste ahnte), die verschiedene, zum Teil höchst heikle Tätigkeiten in den Verwaltungsbüros der Lager ausübten, in der Politischen Abteilung (de facto eine Abteilung der Gestapo), in den Büros des Arbeitsdienstes und in den Strafzellen. Einige von ihnen hatten dank ihrer Gewandtheit oder ihres Glücks Zugang zu den geheimsten Berichten der verschiedenen Lager und sind später, wie etwa Hermann Langbein in Auschwitz, Eugen Kogon in Buchenwald und Hans Marsalek in Mauthausen, deren Historiker geworden. Man weiß nicht, was man an ihnen mehr bewundern soll, ihren persönlichen Mut oder ihre Gerissenheit, die es ihnen ermöglicht hat, ihren Gefährten ganz konkret auf vielerlei Weise zu helfen, indem sie die einzelnen Offiziere der SS, zu denen sie Kontakt hatten, aufmerksam beobachteten, um herauszufinden, wer von ihnen bestochen, wer von den grausamsten Entscheidungen abgehalten, wer erpreßt, wer getäuscht und wer von der Aussicht auf ein *redde rationem* nach Beendigung des Kriegs erschreckt werden konnte. Einige dieser Männer, wie beispielsweise die drei eben genannten, waren außerdem Mitglieder von geheimen Verteidigungsorganisationen, und daher wurde die Macht, über die sie einerseits dank ihrer Stellung verfügten, durch die große Gefahr, der sie andererseits ausgesetzt waren, ausgeglichen, weil sie nämlich gleichzeitig Widerstandskämpfer und Geheimnisträger waren.

Die hier beschriebenen Funktionäre waren entweder

überhaupt keine Kollaborateure oder waren es nur dem Augenschein nach: Sie waren getarnte Gegner. Nicht so verhielt es sich mit den meisten anderen Inhabern von »leitenden« Positionen, die sich als menschliche Exemplare zwischen mittelmäßig und miserabel erwiesen haben. Macht verschleißt nicht, sie korrumpiert, und die Macht dieser Individuen, die einen eigentümlichen Charakter besaß, korrumpierte in noch weitaus stärkerem Maß.

Macht gibt es innerhalb aller Varianten der gesellschaftlichen Ordnung der Menschen. Sie wird mehr oder weniger einer Kontrolle unterstellt, usurpiert, von oben her belehnt, von unten her anerkannt, aufgrund von Verdiensten, gemeinschaftlicher Solidarität, Blutsverwandtschaft oder Volksentscheid verliehen: Es ist wahrscheinlich, daß ein bestimmtes Maß an Herrschaftsansprüchen vom Menschen gegenüber dem Menschen in unserem genetischen Erbgut, dem Erbgut von Herdentieren, festgelegt ist. Es ist nicht bewiesen, daß Macht an sich der Gemeinschaft schadet. Aber die Macht, über die die hier zur Debatte stehenden privilegierten Häftlinge auch niederer Ränge verfügten, wie etwa die Kapos der Arbeitskolonnen, war im Grunde unbeschränkt, oder besser gesagt: Ihrer Gewalttätigkeit war eine Grenze nach unten gesetzt, und zwar in dem Sinn, daß sie bestraft oder ihres Postens enthoben wurden, wenn sie sich nicht als ausreichend hart erwiesen, aber nach oben gab es keine Grenze. Mit anderen Worten: Es stand ihnen völlig frei, an ihren Untergebenen zur Strafe für jede wie auch immer geartete Übertretung oder auch völlig grundlos die gemeinsten Bestialitäten zu begehen. Bis zum Ende des Jahres 1943 war es durchaus keine Seltenheit, daß ein Häftling durch Schläge der Kapos starb, ohne daß dieser irgendeine Bestrafung fürchten mußte. Erst später, als sich der Mangel an Arbeitskräften stärker spürbar machte, wurden einige Auflagen eingeführt: Die Mißhandlungen, die die Kapos ihren Gefangenen zufügen konnten, durften deren Arbeitsfähigkeit nicht dauerhaft beeinträchtigen; aber mittlerweile war der Mißbrauch längst eingerissen, und so wurde die Norm nicht immer respektiert.

Auf diese Weise wurde innerhalb der Lager die hierarchische Struktur des totalitären Staates, in dem alle Macht von oben her verliehen wird und eine Kontrolle von unten her nahezu ausgeschlossen ist, in kleinerem Maßstab, aber mit vergrößerten Merkmalen reproduziert. Aber dieses »nahezu« ist bedeutsam: Es hat niemals einen Staat gegeben, der in dieser Hinsicht tatsächlich »totalitär« war. An bestimmten Formen der Gegenwirkung, an Korrektiven gegenüber der totalen Willkür, hat es nie gefehlt, auch im Dritten Reich und in der Sowjetunion Stalins nicht: Hier wie dort haben die öffentliche Meinung, die Justiz, die ausländische Presse, die Kirchen, das Gefühl für Menschlichkeit und Gerechtigkeit, das auch eine zehn- oder zwanzigjährige Tyrannis nicht ausrotten kann, eine mehr oder minder starke Bremswirkung gehabt. Nur innerhalb des Lagers war die Kontrolle von unten gleich Null, und die Macht der kleinen Satrapen war absolut. Es ist begreiflich, daß eine Macht von dieser Größenordnung gerade jenen Menschentypus anzog, der machtgierig ist; daß sich sogar Menschen von maßvollem Wesen, angezogen von den vielfältigen materiellen Vorteilen eines solchen Postens, danach drängten und auf fatale Weise von der Macht vergiftet wurden, die sie in Händen hielten.

Wer wurde Kapo? Wieder müssen wir eine Unterscheidung treffen. Zunächst einmal wurden es die, denen die Möglichkeit dazu angeboten wurde, das heißt, es waren Menschen, in denen der Lagerkommandant oder seine Beauftragten (die in den meisten Fällen gute Psychologen waren) einen potentiellen Kollaborateur vermuteten: gewöhnliche Straffällige, die aus den Gefängnissen geholt wurden und denen die Karriere eines Kerkermeisters eine hervorragende Alternative zu ihrem eigenen Gefangenendasein bot; politische Häftlinge, die durch fünf oder zehn Jahre Leiden erschöpft oder auf sonst irgendeine Weise moralisch geschwächt worden waren; später kamen auch

Juden dazu, die in dem kleinen Stückchen Autorität, das ihnen angeboten wurde, die einzige Möglichkeit sahen, der »Endlösung« zu entgehen. Viele aber strebten, wie bereits angedeutet, aus freien Stücken nach der Macht: Sadisten, die zwar nicht sehr zahlreich, dafür aber äußerst gefürchtet waren, da ihre privilegierte Stellung ihnen die Möglichkeit bot, den ihnen Unterstellten Schmerzen und Demütigungen zuzufügen. Frustrierte drängten ebenfalls danach, und auch das ist ein Merkmal, das im Mikrokosmos eines Konzentrationslagers den Makrokosmos einer totalitären Gesellschaft reproduziert: In beiden wird – jenseits jeglicher Fähigkeit und jeglichen Verdienstes – die Macht großzügig dem verliehen, der bereit ist, der übergeordneten Autorität Achtung zu erweisen, womit sich ein sonst nie erreichbarer gesellschaftlicher Aufstieg verbindet. Schließlich und endlich drängten auch viele der Unterdrückten nach dieser Macht; sie waren von den Unterdrückern infiziert worden und entwickelten unbewußt die Neigung, sich mit ihnen zu identifizieren.

Über diese Mimesis, diesen Identifizierungs- oder Imitierungsprozeß, diesen Rollentausch von Überwältiger und Opfer ist viel diskutiert worden. Dabei wurde Richtiges und Erfundenes, Verwirrendes und Banales, Scharfsichtiges und Unsinniges vorgetragen: Es ist kein unbeackertes Land mehr, im Gegenteil, es ist ein ungeschickt bearbeitetes Feld, plattgetreten und verwüstet. Die Regisseurin Liliana Cavani sagte in einer kurzen Stellungnahme zu einem schönen falschen Film, den sie gedreht hatte: »Wir alle sind Opfer oder Mörder, und wir spielen diese Rollen freiwillig. Nur de Sade und Dostojewski haben das richtig verstanden.« Außerdem sagte sie, sie glaube, »daß es in jeder Gesellschaft, in jeder Beziehung eine mehr oder minder deutlich zum Vorschein kommende Opfer-Henker-Dynamik gibt, die im allgemeinen nicht bewußt ausgelebt wird«.

Ich verstehe nichts vom Unbewußten und von der verborgenen Tiefe, aber ich weiß, daß nur wenige etwas davon verstehen und diese wenigen vorsichtiger sind. Ich weiß nicht, und es interessiert mich eigentlich auch nicht, ob in meinen innersten Tiefen ein Mörder haust, aber ich weiß, daß ich ein schuldloses Opfer und kein Mörder gewesen bin. Ich weiß, daß es Mörder gegeben hat, nicht nur in Deutschland, und daß es sie noch gibt, sowohl im Ruhestand als auch noch im aktiven Dienst, und daß sie mit ihren Opfern zu vermengen auf eine kranke Moral, ein ästhetisierendes Getue oder ein unheimliches Anzeichen für Komplizenschaft hindeutet; aber vor allem wird damit jenen, die die Wahrheit bestreiten, ein wertvoller Dienst erwiesen – ob beabsichtigt oder nicht. Ich weiß, daß im Lager und ganz allgemein auf der Bühne des Lebens alles passieren kann und daß daher das einzelne Beispiel nur wenig beweist. Nachdem ich das klar und deutlich gesagt habe und indem ich noch einmal betone, daß die beiden Rollen miteinander zu vermengen bedeutet, unser Gerechtigkeitsbedürfnis von seinen Grundlagen her mystifizieren zu wollen, will ich noch ein paar Erwägungen anschließen.

Es ist und bleibt eine Tatsache, daß es innerhalb und außerhalb des Lagers graue, zwielichtige, kompromißbereite Gestalten gibt. Die unerträgliche Spannung, die im Lager herrscht, führt zwangsläufig zu einer Zunahme dieser Personengruppe; sie tragen für sich einen Teil der Schuld (der um so größer ist, je größer die Freiheit der Wahl gewesen ist), und darüber hinaus sind die Träger und Werkzeug der Schuld des Systems. Es ist und bleibt eine Tatsache, daß es dem größten Teil der Unterdrücker während oder (was häufiger der Fall war) nach ihren Handlungen bewußt wurde, daß das, was sie taten oder getan hatten, bösartig und ungerecht war, daß sich in ihnen vielleicht sogar Zweifel oder Unbehagen geregt haben oder daß sie bestraft wurden; aber diese Qualen reichen nicht aus, daß man sie unter die Opfer zählen könnte. Genausowenig reichen die Fehler oder die Schwächen der Gefangenen aus, daß man sie in eine Reihe mit ihren Bewachern stellen könnte: Die

Lagerinsassen waren Hunderttausende von Menschen aller sozialen Schichten aus beinahe allen Ländern Europas und stellten einen durchschnittlichen, aber keinen repräsentativen Ausschnitt der Menschheit dar; auch wenn man nicht der höllischen Umgebung Rechnung tragen wollte, in die sie unvermittelt verfrachtet wurden, wäre es unlogisch, von ihnen zu erwarten, daß sie sich allesamt immer so verhalten hätten, wie man das bei Heiligen und Stoikern voraussetzt, und falsch und rhetorisch, dieses zu behaupten. In Wirklichkeit wurde ihnen in den allermeisten Fällen ihr Verhalten mit eiserner Unbeugsamkeit aufgezwungen: Die Entbehrungen, denen sie ausgesetzt waren, der tägliche Kampf gegen den Hunger, die Kälte, die Müdigkeit, die Schläge hatten sie innerhalb weniger Wochen und Monate in einen Zustand versetzt, bei dem es nur noch um das nackte Überleben ging, wobei sich der Bereich der Entscheidungen (vor allem der moralischen) auf ein Nichts reduzierte. Von ihnen haben nur sehr wenige die Prüfung überlebt, und wenn, dann nur dank einer Reihe von unwahrscheinlichen Ereignissen: Letzten Endes sind sie vom Glück gerettet worden, und es hat nicht viel Sinn, unter ihren verschiedenen Schicksalen nach etwas Gemeinsamem zu suchen – der einzige gemeinsame Nenner wäre höchstens, daß sie sich zunächst bei guter Gesundheit befunden hatten.

Ein Grenzfall der Kollaboration sind die Sonderkommandos von Auschwitz und der anderen Vernichtungslager. Hier zögert man, von Privilegien zu sprechen: Wer zu ihnen gehörte, war nur insoweit privilegiert (aber zu welchem Preis!), als er für ein paar Monate ausreichend zu essen bekam, und gewiß nicht, weil er zu beneiden gewesen wäre. Mit der bewußt vage gehaltenen Bezeichnung »Sonderkommando« wurde von der SS die Gruppe von Gefangenen bezeichnet, die die Krematorien zu überwachen hatten. Ihnen fiel die Aufgabe zu, die Ordnung unter den Neuzugängen aufrechtzuerhalten, die in die Gaskammern gebracht werden mußten und oft gar nicht ahnten, welches Schicksal sie erwartete; die Leichen aus den Gaskammern zu entfernen; die Goldzähne aus den Kieferknochen herauszubrechen; den Frauen die Haare zu scheren; die Kleidungsstücke, Schuhe und Kofferinhalte auszusortieren und zu klassifizieren; die Leichen zum Krematorium zu bringen und die Öfen zu warten; die Asche herauszuholen und zu entfernen. Das Sonderkommando von Auschwitz zählte zu unterschiedlichen Zeiten zwischen 700 und 1000 ständige Arbeiter.

Diese Sonderkommandos entgingen nicht dem Schicksal der anderen Häftlinge, im Gegenteil, von seiten der SS wurde jede erdenkliche Sorgfalt darauf verwendet, daß keiner, der zu ihnen gehört hatte, überleben und erzählen könnte. In Auschwitz folgten zwölf Sonderkommandos aufeinander; jedes von ihnen arbeitete einige Monate, dann wurde es vernichtet, und jedesmal auf andere Weise, um einem möglichen Widerstand zuvorzukommen; die folgende Einheit verbrannte – sozusagen zur Einführung – die Leichen der vorhergehenden. Das letzte Sonderkommando machte im Oktober 1944 einen Aufstand gegen die SS, sprengte eines der Krematorien und wurde in einem ungleichen Kampf, auf den ich später noch zurückkommen werde, vernichtet. Es gibt daher nur ganz wenige Überlebende der Sonderkommandos, und sie entrannen dem Tod durch ein unvorhersehbares Spiel des Schicksals. Nach der Befreiung hat sich niemand von ihnen gerne geäußert, und niemand spricht gerne über ihre grauenhaften Lebensbedingungen. Die Informationen über diese Kommandoeinheiten, über die wir verfügen, entstammen den wortkargen Aussagen dieser Überlebenden; den Geständnissen ihrer »Auftraggeber«, die vor verschiedene Gerichte gestellt wurden; den Andeutungen in den Aussagen »ziviler« Deutscher und Polen, die zufällig in Berührung mit den Einheiten gekommen waren; und schließlich auch den Tagebuchaufzeichnungen, die von einigen Mitgliedern der Sonderkommandos fieberhaft für das zukünftige

Gedächtnis niedergeschrieben und mit außergewöhnlicher Sorgfalt in der Nähe der Krematorien von Auschwitz vergraben worden waren. Alle diese Quellen stimmen miteinander überein, und trotzdem fällt es schwer, ist es geradezu unmöglich, sich eine Vorstellung davon zu machen, wie diese Männer Tag für Tag lebten, sich selbst sahen und ihre Lebensbedingungen hinnahmen.

Am Anfang wurden sie von der SS unter jenen Gefangenen ausgesucht, die bereits im Lager vorhanden waren, und es ist bezeugt, daß die Auswahl nicht nur aufgrund körperlicher Robustheit vorgenommen wurde, sondern auch aufgrund eingehender Beobachtung der Physiognomie. In sehr seltenen Fällen wurde man zur Bestrafung dazu ausgewählt. Später zog man es vor, die Kandidaten nach Ankunft der einzelnen Transporte direkt an der Rampe auszusuchen: Die »Psychologen« der SS hatten beobachtet, daß die Rekrutierung leichter war, wenn man die Kandidaten unter diesen verschreckten und desorientierten Menschen herausnahm, die die Reise zermürbt hatte und die keine Widerstandskraft mehr besaßen, also im entscheidenden Augenblick der Ankunft, als wirklich jeder Neuankömmling das Gefühl hatte, auf der Schwelle des Dunkels und des Grauens in einem nicht mehr irdischen Bereich angelangt zu sein.

Die Sonderkommandos wurden zum größten Teil von Juden gestellt. Das ist insofern nicht verwunderlich, als das hauptsächliche Ziel der Konzentrationslager gerade die Vernichtung der Juden war. Zudem bestand die Bevölkerung von Auschwitz seit 1943 zu 90–95 Prozent aus Juden. Dennoch ist man fassungslos angesichts dieses Paroxysmus von Hinterhältigkeit und Haß: Juden mußten es sein, die die Juden in die Verbrennungsöfen transportierten, man mußte beweisen, daß die Juden, die minderwertige Rasse, die Untermenschen, sich jede Demütigung gefallen ließen und sich sogar gegenseitig umbrachten. Andererseits ist verbürgt, daß nicht alle SS-Angehörigen die Massenvernichtung als tägliche Aufgabe gerne hinnahmen; das

Delegieren eines Teils der Arbeit, und zwar des schmutzigsten, an die Opfer selber sollte helfen (und wahrscheinlich half es auch) –, manches Gewissen zu erleichtern.

Wohlgemerkt: Es wäre unbillig, diese Nachgiebigkeit einer typisch jüdischen Wesensart zuzuschreiben: Zu den Sonderkommandos gehörten auch nichtjüdische Häftlinge, Deutsche und Polen – allerdings mit den »würdigeren« Aufgaben von Kapos beauftragt – und russische Kriegsgefangene, die die Nazis nur wenig besser als die Juden einstuften. Es waren nur wenige, weil es in Auschwitz kaum Russen gab (zum größten Teil wurden sie gleich nach ihrer Gefangennahme umgebracht, indem man sie am Rand riesiger Massengräber mit Maschinengewehren erschoß), aber sie verhielten sich nicht anders als die Juden.

Die Sonderkommandos wurden von den anderen Gefangenen und der Außenwelt streng abgeschirmt, da sie Mitwisser eines grauenhaften Geheimnisses waren. Aber jeder, der ähnliche Erfahrungen durchgemacht hat, weiß, daß jede Absperrung Lücken hat: Informationen haben, auch wenn sie unvollständig oder entstellt sind, eine ungeheure Durchschlagskraft, und irgend etwas sickert immer durch. Über diese Kommandos zirkulierten schon während unserer Gefangenschaft vage, verstümmelte Gerüchte, die später von den bereits erwähnten Quellen bestätigt wurden; aber das mit diesen Lebensbedingungen verbundene Grauen hat allen Zeugnissen eine Art Zurückhaltung aufgezwungen. Deshalb ist es auch heute noch schwer, sich eine Vorstellung davon zu machen, »was es heißen wollte«, gezwungen zu sein, über Monate hin diese Tätigkeit auszuüben. Einige Zeugen haben berichtet, daß diesen Unglücksmenschen große Mengen Alkohol zur Verfügung gestellt wurden und sie sich permanent in einem Zustand totaler Abgestumpftheit und Niedergeschlagenheit befanden. Einer von ihnen hat erklärt: »Wenn man diese Arbeit verrichtet, dreht man entweder am ersten Tag durch, oder man gewöhnt sich daran.« Ein anderer sagte: »Natürlich, ich hätte mich umbringen oder mich umbringen lassen können. Aber ich wollte überleben, weil ich mich rächen und Zeugnis ablegen wollte. Sie dürfen uns nicht für Monster halten: Wir sind wie Sie, nur viel unglücklicher.«

Es ist offenkundig, daß diese Äußerungen und die unzähligen anderen, die von ihnen und unter ihnen sicher ausgesprochen worden sind, ohne sich uns überliefert zu haben, nicht wörtlich genommen werden dürfen. Von Menschen, die diese äußerste Erniedrigung kennengelernt haben, ist keine Zeugenaussage im juristischen Sinn zu erwarten, sondern etwas, das zwischen Klage, Fluch, Sühne und dem Bemühen um Rechtfertigung und Wiedererlangung der eigenen Würde liegt. Man muß sich von ihren Aussagen eher einen befreienden Aufschrei als eine medusenhäuptige Wahrheit erwarten.

Die Erfindung und Aufstellung der Sonderkommandos ist das dämonischste Verbrechen des Nationalsozialismus gewesen. Hinter dem pragmatischen Gesichtspunkt (arbeitsfähige Männer einsparen; anderen die schauerlichsten Aufgaben aufzwingen) kommen noch weitere, subtilere Gründe zum Vorschein. Mit Hilfe dieser Einrichtung wurde der Versuch unternommen, das Gewicht der Schuld auf andere, nämlich auf die Opfer selbst, abzuwälzen, so daß diesen – zur eigenen Erleichterung – nicht einmal mehr das Bewußtsein ihrer Unschuld bleiben würde. Es ist weder leicht noch angenehm, diesen Abgrund von Niedertracht auszuloten, aber dennoch bin ich der Meinung, daß man es tun muß; denn was gestern verübt werden konnte, könnte morgen noch einmal versucht werden und uns selbst oder unsere Kinder betreffen. Man ist versucht, den Blick abzuwenden und die Gedanken in eine andere Richtung zu lenken, aber dieser Versuchung müssen wir widerstehen. Denn die Existenz der Sonderkommandos hatte eine Bedeutung, sie enthielt eine Botschaft: »Wir, das Herrenvolk, sind euere Vernichter, aber ihr seid nicht besser als wir. Wenn wir es wollen, und wir wollen es, sind wir nicht nur in der Lage, euere Körper zu vernichten, sondern auch euere Seelen, so wie wir unsere eigenen Seelen vernichtet haben.«

Unter den ganz wenigen Überlebenden des letzten Sonderkommandos von Auschwitz war Miklos Nyiszli, ein ungarischer Arzt. Er war ein bekannter Anatom, Pathologe und Autopsie-Experte, und der Chefarzt der SS in Birkenau, jener Mengele, der vor wenigen Jahren gestorben ist und sich der Justiz entzogen hat, hatte sich seine Mitarbeit gesichert. Er räumte Nyiszli eine Vorzugsbehandlung ein und betrachtete ihn fast als Kollegen. Nyiszli mußte sich besonders der Untersuchung von Zwillingen widmen: Birkenau war ja der einzige Ort auf der Welt, wo die Möglichkeit bestand, Leichen von Zwillingen zu untersuchen, die zur selben Zeit gestorben waren. Neben dieser besonderen Aufgabe, gegen die er sich, nebenbei bemerkt, allem Anschein nach nicht mit besonderem Nachdruck gewehrt hat, war Nyiszli der behandelnde Arzt des Sonderkommandos, zu dem er engen Kontakt hatte. Er nun erzählt eine Begebenheit, die mir bezeichnend erscheint.

Die SS suchte, wie ich bereits sagte, mit großer Sorgfalt in den Lagern oder unter den ankommenden Transporten die Kandidaten für die Sonderkommandos aus und zögerte nicht, diejenigen an Ort und Stelle zu liquidieren, die sich weigerten oder sich als untauglich für ihre Tätigkeiten erwiesen. Gegenüber den gerade erst eingestellten Mitgliedern zeigten die SS-Leute dasselbe verächtliche und gleichgültige Verhalten, das sie allen Häftlingen gegenüber an den Tag legten, besonders gegenüber den Juden: Ihnen war eingehämmert worden, daß es sich um verabscheuungswürdiges Gesindel handelte, um Feinde Deutschlands, die deshalb auch kein Recht hätten zu leben; im günstigsten Fall konnte man sie zwingen zu arbeiten, bis zum Tod durch Erschöpfung. Anders verhielten sie sich gegenüber den Veteranen des Sonderkommandos: Sie betrachteten sie in gewisser Hinsicht als Kollegen, die bereits ebenso entmenschlicht waren wie sie selber, vor denselben Karren gespannt, an sie gefesselt durch das infame Band der aufgezwungenen Mittäterschaft. Nyiszli berichtet also, daß er während einer »Arbeitspause« bei einem Fußballspiel der SS gegen das SK (Sonderkommando) zugegen gewesen sei, das heißt bei einem Fußballspiel zwischen einer Mannschaft der SS, die für die Bewachung der Krematorien zuständig war, und einer Mannschaft des Sonderkommandos. Bei diesem Spiel sind auch noch andere SS-Angehörige und das ganze übrige Sonderkommando anwesend, sie ergreifen Partei, schließen Wetten ab, klatschen, feuern die Spieler an – gerade so, als würde das Spiel nicht vor den Toren der Hölle, sondern auf dem Fußballplatz irgendeines Dorfes ausgetragen.

Etwas Ähnliches hatte sich nie zuvor ereignet, und mit einer anderen Kategorie von Häftlingen wäre es auch nicht vorstellbar gewesen. Aber mit ihnen, mit den »Raben des Krematoriums«, konnte die SS aufs Spielfeld laufen, gleichberechtigt oder doch beinahe gleichberechtigt. Hinter diesem Waffenstillstand wird ein satanischer Hohn sichtbar: Es ist vollbracht, wir haben es erreicht, ihr seid nicht mehr die andere Rasse, die Anti-Rasse, der Erzfeind des Tausendjährigen Reiches; ihr seid nicht mehr das götzenverachtende Volk. Wir haben euch in unsere Arme geschlossen, euch korrumpiert, euch mit uns in den Abgrund gezogen. Ihr seid wie wir, ihr Stolzen: von euerem Blut besudelt wie wir; auch ihr habt wie wir und Kain eueren Bruder getötet. Kommt, wir können zusammen spielen.

Nyiszli erzählt eine weitere nachdenkenswerte Begebenheit. In der Gaskammer sind die Angehörigen eines kurz zuvor eingetroffenen Transports zusammengepfercht und getötet worden. Das Sonderkommando verrichtet die grauenerregende Arbeit eines jeden Tags, die darin besteht, den Leichenknäuel zu entwirren, die Leichen mit Wasser abzuspritzen und sie ins Krematorium zu transportieren. Aber auf dem Boden finden sie ein junges Mädchen, das noch lebt. Das ist ein außergewöhnliches, einzigartiges Vorkommnis; vielleicht hatten die Menschenleiber eine Schutzmauer um sie herum aufgerichtet und ein Luftloch gebildet, so daß sie noch atmen konnte. Die Männer sind ratlos. Der Tod ist ihre Arbeit Stunde um Stunde, der Tod ist ihnen zur Gewohnheit geworden, denn, wie gesagt, »entweder dreht man am ersten Tag durch, oder man gewöhnt sich daran«, aber diese junge Frau lebt. Sie verstecken sie, wärmen sie auf, bringen ihr Fleischbrühe, stellen ihr Fragen: Das Mädchen ist sechzehn Jahre alt, es hat kein Empfinden für Zeit und Ort, es weiß nicht, wo es ist, es hat, ohne etwas zu begreifen, den langen Weg im plombierten Zug durchgestanden, hat die brutale Vor-Selektion mitgemacht, die Prozedur der Entkleidung, ist durch die Tür zur Gaskammer gegangen, aus der noch niemals jemand lebendig herausgekommen ist. Das junge Mädchen hat nichts begriffen, aber es hat gesehen. Deshalb muß es sterben, und die Männer des Sonderkommandos wissen es, so wie sie wissen, daß auch sie selbst sterben müssen, aus demselben Grund. Jedoch sind diese vom Alkohol und durch das tägliche Massaker abgestumpften Sklaven wie umgewandelt; vor ihnen steht nicht mehr die anonyme Masse, der Strom verängstigter, verwirrter Menschen, der aus den Güterwaggons steigt: Vor ihnen steht ein Mensch.

Wie käme einem an dieser Stelle nicht der »ungewöhnliche Respekt« und das Zögern des »schimpflichen Leichenträgers« angesichts des Einzelschicksals, angesichts der kleinen Cecilia aus Manzonis ›Verlobten‹ in den Sinn, die an der Pest gestorben ist und deren Mutter sich dagegen wehrt, daß sie zu den anderen Toten auf den Karren geworfen wird? Solche Ereignisse erregen Staunen, weil sie dem Bild widersprechen, das wir in uns tragen, dem Bild vom Menschen, der mit sich selbst in Einklang lebt, der konsequent ist, aus einem Stück. Und doch dürften sie zu keinerlei Staunen Anlaß geben, weil der Mensch so nicht ist. Mitgefühl und Brutalität können in ein und demselben Menschen zu ein und derselben Zeit existieren, wider alle Logik; und im übrigen entzieht sich das Mitgefühl jeglicher Logik. Es gibt kein proportionales Verhältnis zwischen dem Mitgefühl, das wir empfinden, und dem Ausmaß des Schmerzes, der unser Mitgefühl erregt: Eine Einzelperson wie Anne Frank erweckt mehr Anteilnahme als die Ungezählten, die wie sie gelitten haben, deren Bilder aber im dunkeln geblieben sind. Vielleicht muß es so sein; müßten oder könnten wir die Leiden aller erleiden, könnten wir nicht leben. Vielleicht ist nur den Heiligen die schreckliche Gabe des Mitleidens gegenüber den vielen gegeben. Den Leichenträgern, den Mitgliedern des Sonderkommandos und uns allen bleibt im günstigsten Fall nichts anderes als das gelegentliche Mitleid gegenüber dem einzelnen, dem *Mitmenschen**, dem Menschen aus Fleisch und Blut, der vor unseren Augen steht, die dank der Vorsehung kurzsichtig sind.

Man ruft einen Arzt, der das Mädchen mit Hilfe einer Injektion wiederbelebt: Ja, das Gas hat seine Wirkung verfehlt, sie wird überleben können, aber wo und wie? In diesem Augenblick erscheint Muhsfeld, einer der für die Todesmaschinerie zuständigen SS-Leute, der Arzt nimmt ihn beiseite und setzt ihm diesen Fall auseinander. Muhsfeld zögert, dann trifft er die Entscheidung: Nein, das Mädchen muß sterben. Wäre sie älter, würde sich die Frage anders stellen, dann wäre sie einsichtiger, und man könnte sie möglicherweise dazu überreden, über das, was ihr zugestoßen ist, zu schweigen. Aber sie ist erst sechzehn Jahre alt: Ihr kann man nicht vertrauen. Allerdings tötet er sie nicht eigenhändig, er ruft einen Untergebenen, der sie durch Genickschuß beseitigt. Nun war dieser Muhsfeld kein mitfühlender Mensch; sein tägliches Massenvernichtungsquantum war durchsetzt von Episoden der Willkür und der Launenhaftigkeit und gekennzeichnet durch Erfindungen von raffinierter Grausamkeit. 1947 wurde er vor Gericht gestellt, zum Tode verurteilt und in Krakau gehängt, und das war nur gerecht. Aber nicht einmal er war ein Monolith. Hätte er in einer anderen Umgebung und zu einer anderen Zeit gelebt, hätte er sich wahrscheinlich wie jeder andere verhalten.

In den ›Brüdern Karamasow‹ erzählt Gruschenka das Märchen von der Zwiebel. Eine böse Alte stirbt und kommt in die Hölle, aber ihr Schutzengel erinnert sich nach angestrengtem Nachdenken, daß sie einmal, ein einziges Mal, einem Bettler eine Zwiebel geschenkt hatte, die sie aus ihrem Gemüsegarten ausgegraben hatte. Der Schutzengel hält ihr die Zwiebel hin, und die Alte klammert sich daran fest und wird aus dem Höllenfeuer herausgezogen. Ich habe dieses Märchen immer abstoßend gefunden: Wo ist denn das menschliche Ungeheuer, das niemals in seinem Leben eine Zwiebel hergeschenkt hätte, und wenn schon nicht an einen Fremden, dann doch zumindest an seine Kinder, seine Frau oder seinen Hund? Dieser einzige Augenblick des Mitleids, der unmittelbar darauf wieder ausgelöscht wird, genügt sicherlich nicht, um Muhsfeld freizusprechen, reicht allerdings, auch ihn der Grauzone zuzuordnen – wenngleich am äußersten Rand –, jener Zone der Zwielichtigkeit, die den Regimen eigen ist, die sich auf Terror und Unterwürfigkeit stützen.

Muhsfeld zu beurteilen ist nicht schwierig, und ich glaube nicht, daß das Gericht, das ihn verurteilte, irgendwelche Zweifel hatte. Dagegen versagen unser Urteilsbedürfnis und unsere Urteilsfähigkeit angesichts der Sonderkommandos. Sofort tauchen Fragen auf, verworrene Fragen, auf die es schwer ist, in einer Weise zu antworten, daß wir über die Natur des Menschen beruhigt werden. Warum haben sie diese Aufgabe übernommen? Warum haben sie dagegen nicht rebelliert, warum haben sie nicht den Tod vorgezogen?

Die Tatsachen, von denen wir Kenntnis haben, ermöglichen es uns, eine Antwort in einem gewissen Rahmen zu versuchen. Nicht alle haben die Aufgabe akzeptiert. Ein paar haben rebelliert, obwohl sie wußten, daß sie sterben würden. Zumindest über einen Fall besitzen wir einen genauen Bericht: Eine Gruppe von vierhundert Juden aus Korfu, die im Juli 1944 in das Sonderkommando eingegliedert wurde, verweigerte ohne Ausnahme die Arbeit und wurde auf der Stelle vergast. Man weiß von einzelnen anderen Aufständen, die alle unverzüglich mit einem grausamen Tod bestraft wurden (Filip Müller, einer der wenigen Überlebenden der Sonderkommandos, berichtet von einem seiner Kameraden, der von SS-Leuten lebendig in einen Verbrennungsofen gesteckt wurde), und von zahlreichen Fällen von Selbstmord im Augenblick der Aufnahme in die Sonderkommandos oder unmittelbar darauf. Und schließlich soll noch daran erinnert werden, daß gerade vom Sonderkommando im Oktober 1944 der einzige verzweifelte Versuch einer Revolte in der Geschichte der Lager von Auschwitz organisiert wurde, worauf ich bereits hingewiesen habe.

Die uns überlieferten Berichte dieses Unternehmens sind weder vollständig, noch stimmen sie überein. Man weiß, daß die Revoltierenden (es waren die Mannschaften von zwei der fünf Krematorien in Auschwitz-Birkenau) – schlecht bewaffnet und ohne jeden Kontakt zu den polnischen Widerstandskämpfern außerhalb des Lagers und zu der geheimen Widerstandsorganisation innerhalb des Lagers – das Krematorium Nr. 3 sprengten und der SS einen Kampf lieferten, der nicht lange dauerte. Einigen von ihnen gelang es, den Stacheldraht durchzuschneiden und zu flüchten, sie wurden aber bald wieder eingefangen. Keiner von ihnen hat überlebt; ungefähr 450 wurden von der SS auf der Stelle umgebracht; von den SS-Leuten wurden drei getötet und zwölf verletzt.

Die, von denen wir Kenntnis haben, die erbarmungswürdigen Handlanger der Massenvernichtung, sind also die anderen, diejenigen, die von Mal zu Mal ein paar Wochen Leben (und was für ein Leben!) dem sofortigen Tod vorzogen, die sich aber in keinem Fall dazu hergaben, mit eigener Hand zu töten, und auch nicht dazu veranlaßt wurden. Ich betone noch einmal: Ich glaube, niemand ist dazu berechtigt, über sie zu Gericht zu sitzen, weder jemand, der die Erfahrung des Lagers durchgemacht hat, geschweige denn jemand, der eine solche Erfahrung nicht durchgemacht hat. Ich möchte jeden, der es wagt, ein Urteil zu fällen, auffordern, ein theoretisches Experiment in aller Aufrichtigkeit an sich selber durchzuführen: Er soll sich, sofern er dazu in der Lage ist, vorstellen, er habe monate- oder jahrelang in einem Ghetto gelebt, wo er unter ständigem Hunger litt, unter Strapazen, drangvoller Enge und Demütigungen; wo er seine engsten Angehörigen einen nach dem anderen wegsterben sah; wo er von der übrigen Welt abgeschnitten war und keinerlei Informationen empfangen oder übermitteln lassen konnte; am Ende wird er auf einen Zug verfrachtet, zu achtzig, zu hundert in einem Güterwagen; er fährt blindlings ins Unbekannte, tagelang, nächtelang, ohne jeden Schlaf; und schließlich findet er sich hinter die Mauern einer undechiffrierbaren Hölle geschleudert. Hier wird ihm eine Überlebenschance geboten und eine grausige, aber nicht genau definierte Arbeit angetragen oder besser: aufgezwungen. Das, so scheint mir, ist der wirkliche *Befehlsnotstand**, und nicht der von den vor Gericht gestellten Nazis systematisch und dreist beschworene, den später (jedoch auf ihren Spuren) auch Kriegsverbrecher vieler anderer Länder für sich beansprucht haben. Im ersten Fall handelt es sich um ein unerbittliches Entweder-Oder: bedingungsloser Gehorsam oder Tod. Im zweiten Fall haben wir es mit einem internen Problem im Kernbereich der Macht zu tun, das durch irgendwelche Manöver, durch eine verzögerte Karriere, durch eine harmlose Bestrafung oder schlimmstenfalls durch die Versetzung des Starrsinnigen an die Front hätte gelöst werden können, und oft wurde es ja auch auf diese Weise gelöst.

Das von mir vorgeschlagene Experiment ist nicht angenehm. Vercors hat versucht, es in seiner Erzählung ›Waffen der Nacht‹ [Aufbau, Berlin 1949] darzustellen, in der vom Tod der Seele gesprochen wird. Nachdem ich Vercors' Erzählung wiedergelesen habe, scheint sie mir aus heutiger Sicht an unerträglichem Ästhetizismus und literarischer Schwelgerei zu leiden. Aber es steht außer Zweifel, daß es sich um den Tod der Seele handelt; allerdings kann niemand wissen, wie lange und welchen Prüfungen die eigene Seele zu widerstehen vermag, ehe sie sich beugt oder zerbricht. Jeder Mensch besitzt eine Kraftreserve, deren Ausmaß er nicht kennt: Sie kann groß, klein oder gleich Null sein, und nur die äußerste Zerreißprobe ermöglicht ihre Einschätzung. Auch ohne den Grenzfall der Sonderkommandos zu bemühen: Es passiert uns Überlebenden, wenn wir von unseren Erfahrungen berichten, daß der Gesprächspartner sagt: »Wäre ich an deiner Stelle gewesen, ich hätte keinen Tag überlebt.« Diese Behauptung ergibt keinen rechten Sinn: Man steht ja niemals an der Stelle eines anderen. Jedes Individuum ist ein so komplexes Wesen, daß es sinnlos ist, sich einzubilden, man könne sein Verhalten voraussagen, besonders in extremen Situationen. Deshalb bitte ich, daß die Geschichte der »Raben des Krematoriums« sowohl mitfühlend als auch streng überdacht werde, daß jedoch das Urteil über sie in der Schwebe bleibe.

Die gleiche *impotentia judicandi* lähmt uns auch im Fall Rumkowski. Die Geschichte Chaim Rumkowskis ist eigentlich keine Lager-Geschichte, obwohl sie im Lager ihr Ende findet: Es handelt sich um eine Ghetto-Geschichte, doch sagt sie zu dem grundsätzlichen Thema der durch Unterdrückung verhängnisvollerweise aufbrechenden Zwiespältigkeit des Menschen so viel aus, daß sie mir in diesem Zusammenhang fast schon allzu passend erscheint. Ich will sie hier wiederholen, auch wenn ich sie an anderer Stelle bereits erzählt habe.

Nach meiner Rückkehr aus Auschwitz fand ich in meiner Jackentasche eine merkwürdige Münze aus einer Leichtmetallegierung. Diese Münze besitze ich noch heute. Sie ist zerkratzt und zerfressen; auf der einen Seite trägt sie den Davidstern (den »Schild Davids«), die Jahreszahl 1943 und das Wort *Ghetto*. Auf der Rückseite steht QUITTUNG ÜBER 10 MARK und DER ÄLTESTE DER

Juden in Litzmannstadt: Es handelte sich also um eine der Münzen, wie sie innerhalb der Ghettos als Währung kursierten. Viele Jahre lang hatte ich sie völlig vergessen, dann aber, etwa um 1974, habe ich ihre Geschichte rekonstruieren können, die faszinierend und düster zugleich ist.

Die Nazis hatten zu Ehren des im Ersten Weltkrieg gegen die Russen siegreichen Generals Litzmann die polnische Stadt Lodz in Litzmannstadt umgetauft. In den letzten Monaten des Jahres 1944 waren die letzten Überlebenden des Ghettos von Lodz nach Auschwitz deportiert worden. Ich muß die damals bereits wertlos gewordene Münze auf der Erde im Konzentrationslager gefunden haben.

1939 hatte Lodz 750000 Einwohner und war die polnische Stadt mit der meisten Industrie, die »modernste« und gleichzeitig die häßlichste. Sie lebte von der Textilindustrie, wie Manchester oder Biella, und war abhängig von unzähligen großen und kleinen Betrieben, die schon zur damaligen Zeit großenteils rückständig waren. Wie in allen Städten im besetzten Osteuropa, die eine gewisse Bedeutung hatten, machten sich die Nazis auch dort an den zügigen Aufbau eines Ghettos und führten wieder ein Ghettosystem ein, wie es das im Mittelalter und zur Zeit der Gegenreformation gegeben hatte, verschärft durch die neuzeitliche nationalsozialistische Brutalität. Das Ghetto von Lodz wurde bereits im Februar 1940 errichtet und war zeitlich das erste, von seinem numerischen Fassungsvermögen her das zweite nach Warschau: Zeitweise lebten dort mehr als 160000 Juden, und es wurde erst im Herbst 1944 aufgelöst. Es war somit das am längsten existierende aller Nazi-Ghettos, und das ist auf zwei Gründe zurückzuführen: zum einen auf seine wirtschaftliche Bedeutung und zum anderen auf die verwirrende Persönlichkeit seines Vorstehers.

Er hieß Chaim Rumkowski: Ein ehemaliger Kleinunternehmer, der bankrott gegangen war, ließ er sich nach mehreren Reisen und verschiedenen Wechselfällen des Lebens 1917 in Lodz nieder. 1940 war er fast sechzig Jahre alt, ein kinderloser Witwer. Er genoß eine gewisse Achtung und war bekannt als Leiter wohltätiger jüdischer Einrichtungen und als ein energischer, ungebildeter und autoritärer Mann. Das Amt eines Ghetto-Vorstehers (oder Ältesten) war im Grunde genommen furchtbar, aber es war immerhin ein Amt, es brachte gesellschaftliches Ansehen, stellte seinen Inhaber eine Stufe über die anderen und brachte Rechte und Privilegien ein, das heißt Autorität. Und Rumkowski liebte Autorität über alles. Wie er zu diesem Amt gekommen ist, weiß man nicht. Vielleicht war es eine Posse im bösartigen Stil der Nazis (Rumkowski war ein seriös wirkender Dummkopf oder schien es wenigstens zu sein, also die ideale Zielscheibe des Spotts); vielleicht intrigierte er auch selbst, um gewählt zu werden: Sein Machthunger muß enorm gewesen sein. Es ist erwiesen, daß die vier Jahre seines Vorsteheramts – oder besser: seiner Diktatur – ein verblüffendes Gewirr aus größenwahnsinnigen Träumen, barbarischer Vitalität und echter diplomatischer und organisatorischer Fähigkeit waren. Er sah sich ziemlich bald als aufgeklärten absolutistischen Monarchen und wurde mit Sicherheit von seinen deutschen Dienstherren, die zwar nur ihr Spiel mit ihm trieben, aber doch auch seine Begabung für die Verwaltung und die Aufrechterhaltung der Ordnung schätzten, in dieser Vorstellung bestärkt. Von ihnen erhielt er die Genehmigung für ein eigenes Münzrecht, das heißt, er durfte sowohl Münzen schlagen (wie die, die ich besitze) als auch Papiergeld drucken, und zwar auf Papier mit Wasserzeichen, das ihm offiziell geliefert wurde. Mit diesem Geld, das sie in den Läden zum Kauf ihrer Lebensmittelrationen ausgeben konnten, wurden die entkräfteten Arbeiter des Ghettos ausbezahlt. Diese Rationen beliefen sich auf durchschnittlich 800 Kalorien pro Tag (ich erinnere nur beiläufig daran, daß mindestens 800 Kalorien zum Überleben im Zustand völliger Ruhe notwendig sind).

Von seinen hungernden Untertanen erwartete Rumkowski nicht nur Gehorsam und Respekt, sondern auch

Liebe: In diesem Punkt unterscheiden sich die modernen Diktaturen von denen der Antike. Da er über ein Heer ausgezeichneter Künstler und Handwerker verfügte, die für ein Stück Brot auf einen Wink von ihm zu allem bereit waren, ließ er Briefmarken entwerfen und drucken, die sein Konterfei trugen, Haupthaar und Bart schneeweiß im Lichte der Hoffnung und des Glaubens. Er besaß eine Kutsche, die von einem Klepper gezogen wurde, und in ihr fuhr er durch die Straßen seines winzigen Königreichs, die von Bettlern und Bittstellern überquollen. Er besaß auch einen Königsmantel, und er umgab sich mit einem Hofstaat von Schmeichlern und Meuchelmördern; von seinen Hofpoeten ließ er Hymnen dichten, in denen sowohl seine »starke und machtvolle Hand« als auch der Friede und die Ordnung gefeiert wurden, die dank seiner Gaben und Fähigkeiten im Ghetto herrschten. Er gab in den erbärmlichen Schulen Anweisung, daß den Kindern, die Tag für Tag durch Epidemien, Unterernährung und Razzien der Deutschen hingerafft wurden, Aufsatzthemen zum Lob »unseres geliebten und weisen Vorstehers« gestellt würden. Wie alle Alleinherrscher organisierte er eilig eine leistungsstarke Polizei – offiziell zur Wahrung der Ordnung, de facto zum Schutz seiner Person und zur Durchsetzung seines Regiments; sie bestand aus 600 mit Knüppeln bewaffneten Männern und einer nicht genau bezifferbaren Anzahl von Spionen. Er hielt viele Reden, von denen einige erhalten sind und deren Stil unverwechselbar ist: Er hatte die Redetechnik Mussolinis und Hitlers übernommen, die des inspirierten Vortrags, des Pseudogesprächs mit der Menge und der Herstellung eines Konsenses mittels Suggestion und Beifall. Vielleicht lag in seiner Imitation Absicht, vielleicht war es aber auch eine unbewußte Identifikation mit dem Modell des »notwendigen Helden«, das Europa damals beherrschte und von D'Annunzio besungen worden war; aber wahrscheinlicher ist es, daß sein Verhalten seiner Veranlagung zu einem kleinen Tyrannen entsprang, der nach oben hin machtlos, nach unten hin jedoch allmächtig ist. Wer Thron und Zepter besitzt, wer nicht befürchten muß, daß man ihm widerspricht oder ihn verlacht, der spricht so.

Dennoch war seine Persönlichkeit wesentlich komplexer, als sie bis hierher erscheint. Rumkowski war nicht nur Abtrünniger und Komplize; in gewisser Weise hat er nicht nur andere glauben gemacht, er sei ein Messias, sondern er muß sich nach und nach selbst für einen Messias gehalten haben, einen Erretter seines Volkes, dessen Wohlergehen er – zumindest hin und wieder – doch auch gewollt haben muß. Man muß Wohltaten tun, wenn man sich als Wohltäter fühlen will, und das Bewußtsein, ein Wohltäter zu sein, ist auch für einen korrupten Satrapen ein angenehmes Gefühl. Paradoxerweise wechselt seine Identifizierung mit den Unterdrückern ab mit seiner Identifizierung mit den Unterdrückten, oder beides vollzieht sich gleichzeitig. Denn der Mensch ist, wie Thomas Mann sagt, ein widersprüchliches Geschöpf, und wir können hinzufügen, daß er um so widersprüchlicher wird, je stärker die Spannungen sind, denen er ausgesetzt ist: An diesem Punkt entzieht er sich unserem Urteil in der gleichen Weise, wie ein Kompaß am Magnetpol plötzlich nicht mehr funktioniert.

Obwohl er von den Deutschen immer verachtet und verlacht wurde, ist es wahrscheinlich, daß Rumkowski sich selber keineswegs als Erfüllungsgehilfe verstand, sondern als ein autonomer Herr. Er muß die eigene Autorität wirklich ernst genommen haben: Als die Gestapo sich ohne Vorankündigung »seiner« Ratgeber bemächtigte, kam er ihnen mutig zu Hilfe und setzte sich Hohngelächter und Schlägen aus, die er mit Würde zu ertragen verstand. Auch bei anderen Gelegenheiten versuchte er, mit den Deutschen handelseinig zu werden, die immer größere Tuchmengen aus Lodz forderten und von ihm eine immer größere Anzahl unnützer Mäuler (Alte, Kinder, Kranke) für die Gaskammern in Treblinka und später in Auschwitz. Auch die Härte, mit der er unverzüglich jede Widersetzlichkeit seiner Untertanen unterdrückte (in Lodz wie in anderen Ghettos existierten Kerngruppen eines tollkühnen politischen Widerstands zionistischer, bundistischer oder kommunistischer Prägung), entsprang nicht so sehr seiner Servilität gegenüber den Deutschen als vielmehr der Empörung über die »Majestätsbeleidigung«, über die seiner königlichen Person zugefügte Schmach.

Im September 1944 begannen die Nazis, da die russische Front näher rückte, mit der Auflösung des Ghettos von Lodz. Zehntausende Männer und Frauen wurden nach Auschwitz deportiert, zum »anus mundi«, dem Ort der letzten Säuberung des deutschen Universums. Sie waren völlig entkräftet und wurden fast alle auf der Stelle umgebracht. Im Ghetto blieben an die tausend Menschen zurück, die den Abbau der Fabrikanlagen besorgen und die Spuren der Massenvernichtung verwischen sollten: Sie wurden kurz darauf von der Roten Armee befreit, und ihnen verdanken wir die hier wiedergegebenen Berichte.

Über das Ende Chaim Rumkowskis gibt es zwei Versionen, so als hätte die Zwiespältigkeit, unter deren Zeichen er lebte, überdauert und seinen Tod verhüllt. Nach der ersten Version hat er im Zug der Auflösung des Ghettos versucht, sich der Deportation seines Bruders entgegenzustellen, von dem er sich nicht trennen wollte. Ein deutscher Offizier soll ihm daraufhin den Vorschlag gemacht haben, freiwillig mit dem Bruder zu gehen, und er habe diesen Vorschlag angenommen. Demgegenüber behauptet die zweite Version, daß die Rettung Rumkowskis von Hans Biebow versucht worden sei, einer anderen zwielichtigen Person. Dieser undurchsichtige deutsche Unternehmer war der für die Ghetto-Verwaltung verantwortliche Beamte und gleichzeitig der Auftraggeber des Ghettos. Sein Amt war also heikel, weil die Textilfabriken von Lodz für die Wehrmacht arbeiteten. Biebow war keine Bestie, er war weder daran interessiert, unnötige Leiden zu schaffen, noch daran, die Juden dafür zu bestrafen, daß sie Juden waren; ihn interessierten nur die auf legale und andere Weise erzielten Gewinne aus den Lieferungen. Das

Leid im Ghetto berührte ihn, aber nur auf indirekte Weise. Er wollte, daß die Arbeitssklaven arbeiteten, und wollte daher nicht, daß sie an Hunger starben: Aber hier hörte sein moralisches Empfinden auch schon auf. Er war der eigentliche Chef des Ghettos und mit Rumkowski durch die Beziehungen zwischen Hersteller und Lieferant verbunden, die oftmals in einer rauhen Freundschaft ihren Ausdruck finden. Biebow, ein kleiner Schakal, war viel zu zynisch, um den Rassenwahn ernst zu nehmen, und hätte die Auflösung des Ghettos am liebsten auf unbestimmte Zeit verschoben, da es für ihn eine hervorragende Einnahmequelle war, und Rumkowski, dessen Komplizenschaft er traute, vor der Deportation bewahrt: Woraus man ersieht, daß ein Realist oft objektiv besser ist als ein Theoretiker. Aber die Theoretiker der SS waren anderer Meinung, und sie waren die stärkeren. Sie waren *gründlich**: Verschwindet das Ghetto, verschwindet auch Rumkowski.

Da Biebow keine anderen Möglichkeiten offenstanden, gab er, der über gute Beziehungen verfügte, Rumkowski einen Brief für den Kommandanten des Lagers mit, in das er gebracht werden sollte, und versicherte ihm, daß ihm dieses Schreiben Schutz und eine bevorzugte Behandlung verschaffen würde. Rumkowski soll Biebow gebeten haben, daß er und seine Familie bis Auschwitz mit jenem Anstand reisen dürften, der seinem Rang entspräche, und das hieß in einem Sonderwaggon, der am Ende des Zugs an die Güterwagen angehängt wurde, in denen die Deportierten ohne Privilegien zusammengepfercht worden waren. Biebow hat angeblich seinem Wunsch entsprochen. Aber die Juden in deutscher Hand hatten ein und dasselbe Schicksal, ob sie nun feig waren oder heldenhaft, bescheiden oder stolz. Weder der Brief noch der Sonderwaggon retteten ihn vor dem Gas, ihn, Chaim Rumkowski, König der Juden.

Eine Geschichte wie diese ist in sich nicht abgeschlossen. Sie ist komplex, sie wirft mehr Fragen auf, als sie beantwortet, sie faßt in sich die gesamte Thematik der Grauzone zusammen und läßt vieles in der Schwebe. Sie schreit und ruft, weil sie begriffen werden will, damit man in ihr ein Symbol erkennt wie in den Träumen oder in den Zeichen am Himmel.

Wer ist Rumkowski? Er ist kein Ungeheuer, aber auch kein gewöhnlicher Mensch; freilich ähneln ihm viele Personen aus unserer Umgebung. Die Pleiten, die seiner »Karriere« vorausgingen, sind bedeutungsvoll: Es gibt wenige Menschen, die aus einem Bankrott auch noch moralische Kraft ziehen. Mir scheint, daß man in Rumkowskis Geschichte beispielhaft die geradezu physische Notwendigkeit erkennen kann, die unter politischem Zwang den undefinierten Bereich der Zwiespältigkeit und des Kompromisses entstehen läßt. Zu Füßen eines jeden absolutistischen Throns drängen sich Männer wie er, um ihren kleinen Anteil an der Macht zu ergattern. Dieses Schauspiel wiederholt sich: Man erinnert sich der Kämpfe bis aufs Messer in den letzten Kriegsmonaten am Hofe Hitlers und unter den Ministern von Salò. Auch sie gehörten der Grauzone an, waren in erster Linie blind, erst danach kriminell, verbissen um die Überreste einer niederträchtigen, moribunden Autorität kämpfend. Die Macht ist wie eine Droge: Das Verlangen nach der einen oder der anderen ist dem unbekannt, der sie nie ausprobiert hat, aber nach der Initiation, die (wie bei Rumkowski) rein zufällig sein kann, setzt die Abhängigkeit ein und der Zwang, die Dosis ständig zu erhöhen. Auch die Ablehnung der Wirklichkeit setzt dann ein und die Rückkehr zu den Allmachtsträumen aus Kindertagen. Wenn die Deutung Rumkowskis als eines von der Macht vergifteten Menschen Gültigkeit hat, dann muß man einräumen, daß seine Vergiftung nicht wegen, sondern trotz der Umgebung des Ghettos eingetreten ist, das heißt, das Gift ist so stark, daß es sogar noch unter Bedingungen wirkt, die eigentlich dazu angetan wären, jede individuelle Willensregung auszulöschen. Tatsächlich war bei ihm wie seinen berühmteren Vorbildern das Syndrom der fortdauernden und unwidersprochenen Macht deutlich erkennbar: die gestörte Sicht der Welt, die dogmatische Arroganz, das Bedürfnis nach Schmeicheleien, das krampfhafte Festhalten an den Schalthebeln der Macht, die Verachtung der Gesetze.

Alles das entbindet Rumkowski nicht von seiner Verantwortlichkeit. Daß aus dem Leiden von Lodz jemand wie Rumkowski hervorgegangen ist, schmerzt und brennt; hätte er seine Tragödie und die des Ghettos, die er dadurch befleckt hat, daß er ihr sein Persönlichkeitsbild, nämlich das eines Schmierenkomödianten, aufgezwungen hat, überlebt, hätte ihn kein Gericht freigesprochen, und auch wir können es nicht auf moralischer Ebene. Aber er hat mildernde Umstände: Ein niederträchtiges System, wie der Nationalsozialismus es war, übt eine entsetzlich korrumpierende Wirkung aus, der man sich schwer entziehen kann. Es erniedrigt seine Opfer und macht sie sich ähnlich, weil es auf große wie auf kleine Komplizenschaften angewiesen ist. Um ihm zu widerstehen, bedarf es eines festen moralischen Gerüsts, und das von Chaim Rumkowski, dem Kaufmann aus Lodz, und das seiner ganzen Generation war marode. Aber wie stark ist unser eigenes, das von uns heutigen Europäern? Wie würde sich jeder einzelne von uns verhalten, wenn er von der Notwendigkeit getrieben und gleichzeitig von der Verführung verlockt würde?

Rumkowskis Geschichte ist die unerfreuliche und beunruhigende Geschichte der Kapos und Lagerfunktionäre, der kleinen Bonzen, die einem Regime dienen, vor dessen Schuld sie die Augen verschließen; der Untergebenen, die alles unterschreiben, weil eine Unterschrift wenig kostet; die Geschichte dessen, der zwar der Kopf schüttelt, aber dennoch zustimmt; dessen, der sagt: »Wenn ich es nicht täte, dann täte es ein anderer, der schlimmer wäre als ich.«

In diesen Bereich des verminderten Gewissens muß man Rumkowski einordnen, als Symbolfigur und Inbegriff. Ob oben oder unten, ist schwer zu sagen: Er allein könnte uns Klarheit verschaffen, wenn er vor uns aussagen könnte, selbst wenn er löge, wie er vielleicht ständig gelogen hat, auch vor sich selber. Er würde uns dennoch helfen, ihn zu begreifen, so wie jeder Angeklagte seinem Richter hilft, auch wenn er es gar nicht will, auch wenn er lügt; denn die Fähigkeit des Menschen, anderen etwas vorzumachen, ist nicht unbegrenzt.

Aber das alles reicht nicht aus, das Gefühl der Bedrängnis und der Bedrohung zu erklären, das diese Geschichte vermittelt. Vielleicht ist ihre Bedeutung viel umfassender: In Rumkowski spiegeln wir uns alle, seine Zwiespältigkeit ist unsere eigene von Geburt an, die Zwiespältigkeit hybrider Wesen aus Lehm und Hauch des Lebens; sein Fieber ist unser eigenes, das unserer abendländischen Kultur, die »in die Hölle hinabsteigt mit Pauken und Trompeten«, und ihr armseliger Flitter ist das verzerrte Bild unserer Statussymbole. Sein Wahnsinn ist der des anmaßenden sterblichen Menschen, wie ihn Isabella in *Maß für Maß* beschreibt, des Menschen, der

> [...] In kleine, kurze Majestät verkleidet,
> Vergessend, was am mind'sten zu bezweifeln,
> Sein gläsern Element – wie zorn'ge Affen,
> Spielt solchen Wahnsinn gaukelnd vor dem Himmel,
> Daß Engel weinen [...]

Genau wie Rumkowski sind auch wir von der Macht und vom Prestige so sehr geblendet, daß wir darüber unsere innerste Zerbrechlichkeit vergessen: Mit der Macht arrangieren wir uns, ob gerne oder nicht, wobei wir vergessen, daß wir alle im Ghetto eingeschlossen sind, daß das Ghetto umzäunt ist, daß außerhalb der Umzäunung die Herren des Todes stehen und ein wenig weiter der Zug auf uns wartet.

Die Scham

Es gibt ein Klischee, das unzählige Male bemüht, von Romanliteratur und Dichtung geheiligt und vom Film aufgegriffen worden ist: Nach dem Unwetter, wenn »die Ruhe nach dem Sturm« eintritt, werden alle Herzen wieder heiter. »Befreiung vom Leiden / die Freude ist groß.« Nach der Krankheit kehrt die Gesundheit zurück; die Gefangenschaft hat ein Ende, denn die Unseren sind gekommen, die Befreier, mit wehenden Fahnen; der Soldat kehrt zurück in den Schoß der Familie und des Friedens.

Den Berichten und Erzählungen vieler Heimkehrer und auch meinen eigenen Erinnerungen nach zu urteilen, hat sich Leopardi, der Pessimist, bei dieser Vorstellung auf der anderen Seite der Wahrheit befunden: Ganz gegen seine Einstellung hat er sich als Optimist erwiesen. In den meisten Fällen ist der Augenblick der Befreiung weder fröhlich noch sorglos gewesen: Zumeist fand sie vor dem tragischen Hintergrund der Zerstörung, der Massenvernichtung und des Leids statt. In jenem Augenblick, in dem man sich wieder zum Menschen, das heißt verantwortungsbewußt werden fühlte, kehrten auch die Schmerzen der Menschen zurück: der Schmerz über eine auseinandergerissene oder verschwundene Familie, über den auf allen lastenden Kummer, über die eigene, nicht mehr heilbar, sondern endgültig erscheinende Erschöpfung, über ein neu zu beginnendes Leben inmitten der Trümmer und zumeist allein. Nicht »die Freude ist das Kind des Leids«: Leid ist das Kind des Leids. Die Befreiung vom Leiden ist nur für einige wenige Glückliche eine Freude gewesen, oder nur für wenige Augenblicke oder aber für ziemlich schlichte Gemüter; meistens ging damit eine Phase der Angst einher.

Angst ist jedem seit den Tagen der Kindheit vertraut, und jedem ist bekannt, daß sie oftmals farblos ist, unbestimmbar. Nur selten trägt sie ein deutlich geschriebenes Etikett, das ihren Grund benennt, und wenn sie eins trägt, ist es zumeist verlogen. Man kann glauben, man habe aus einem bestimmten Grund Angst, oder das zumindest erklären, in Wahrheit aber ist der Grund ein völlig anderer: Man kann glauben, an Angst vor der Zukunft zu leiden, statt dessen hat man Angst vor der eigenen Vergangenheit; man kann glauben, aus Mit-Leid, aus Erbarmen mit dem Nächsten zu leiden, und statt dessen leidet man aus mehr oder weniger tiefen, mehr oder weniger einzugestehenden oder eingestandenen persönlichen Gründen. Bisweilen sitzen die verschiedenen Gründe so tief, daß nur ein Spezialist, ein Seelenanalytiker, sie auszugraben in der Lage ist.

Selbstverständlich wage ich nicht zu behaupten, daß das von mir erwähnte Szenario in jedem Fall unrichtig sei. Oft ist die Befreiung mit überschäumender, aufrichtiger Freude erlebt worden, vor allem auf der Seite der Kämpfenden, der Soldaten oder Politiker, die in jenem Augenblick die Ideale, für die sie gekämpft und gelebt hatten, Wirklichkeit werden sahen, aber auch auf seiten derer, die weniger gelitten hatten, weil sie entweder weniger lange oder nur für sich selbst und nicht für Angehörige, Freunde oder geliebte Menschen Leid ertragen mußten. Und dann sind zum Glück nicht alle Menschen gleich: Unter uns leben auch solche, die die Gabe und das Privileg besitzen, diese Augenblicke der Freude herauszuschälen, sie für sich zu nehmen und voll auszukosten, wie jemand, der pures Gold aus einer Gesteinsader herausbricht. Und schließlich befinden sich unter den mündlichen und schriftlichen Zeugenberichten auch solche, die unbewußt stilisiert wurden, in denen die Konvention die unverfälschte Erinnerung überlagert: »Wer aus der Sklaverei befreit ist, empfindet Freude darüber. Ich bin daraus befreit worden, also empfinde auch ich Freude darüber. In sämtlichen Filmen, in sämtlichen Romanen, auch im *Fidelio*, ist der Augenblick, in dem die Ketten gesprengt werden, ein Augenblick feierlicher oder überschäumender Freude, also war auch meine Freude so.« Hier handelt es sich um einen besonderen Fall des Abdriftens von Erinnerungen, wie ich es im ersten Kapitel angedeutet habe. Eine solche Haltung tritt im Lauf der Jahre immer deutlicher hervor, auch weil sich die wirklichen und vermeintlichen Erfahrungen anderer auf der Schicht der eigenen ansammeln. Aber wer sich bewußt oder von seinem Temperament her von jeder Rhetorik fernhält, äußert sich im allgemeinen anders. So beschreibt beispielsweise der schon erwähnte Filip Müller, der immerhin eine weitaus grauenhaftere Erfahrung als ich selber durchgemacht hat, auf der letzten Seite seines Erinnerungsbuchs ›Sonderbehandlung, 3 Jahre in den Krematorien und Gaskammern von Auschwitz‹ [Steinhausen, München 1979] seine Befreiung folgendermaßen:

> So unglaubhaft es auch scheinen mag: Ich hatte das Gefühl einer völligen Niedergeschlagenheit. Dieser Augenblick, auf den sich seit drei Jahren alle meine Gedanken und geheimen Wünsche konzentriert hatten, weckte in mir weder die Empfindung von Glück noch sonst irgendein Gefühl. Ich ließ mich von meiner Pritsche fallen und kroch auf allen vieren zur Tür. Als ich erst einmal draußen war, versuchte ich vergeblich weiterzukriechen. Dann streckte ich mich einfach auf dem Waldboden aus und schlief ein.

Ich lese jetzt wieder eine Stelle aus meinem Buch ›Die Atempause‹. Es wurde erst 1963 veröffentlicht, aber diese Sätze hatte ich bereits 1947 geschrieben. Der Abschnitt erzählt von den ersten russischen Soldaten in Sichtweite unseres Lagers, das von Leichen und Sterbenden überfüllt war:

> Sie grüßten nicht, lächelten nicht; sie schienen befangen, nicht so sehr aus Mitleid, als aus einer unbestimmten Hemmung heraus, die ihnen den Mund verschloß

> und ihre Augen an das düstere Schauspiel gefesselt hielt. Es war die gleiche wohlbekannte Scham, die uns nach den Selektionen und immer dann überkam, wenn wir Zeuge einer Mißhandlung sein oder sie selbst erdulden mußten, jene Scham, die die Deutschen nicht kannten, die der Gerechte empfindet vor einer Schuld, die ein anderer auf sich lädt und die ihn quält, weil sie existiert, weil sie unwiderruflich in die Welt der existenten Dinge eingebracht ist und weil sein guter Wille nichts oder nicht viel gilt und ohnmächtig ist, sie zu verhindern.

Ich glaube nicht, in diesem Text irgend etwas streichen oder verbessern zu müssen, vielmehr habe ich einiges hinzuzufügen. Daß viele (auch ich selbst) während der Gefangenschaft und danach »Scham« empfunden haben, das heißt ein Bewußtsein von Schuld, steht fest und wird durch viele Zeugenaussagen bestätigt. Das mag absurd erscheinen, aber es ist so. Ich will versuchen, selbst eine Erklärung dafür zu geben und die Erklärungen anderer zu kommentieren.

Wie ich eingangs schon gesagt habe, war das undefinierbare Unbehagen, das mit der Befreiung einherging, möglicherweise keine eigentliche Scham, aber als solche wurde sie empfunden. Warum? Man kann verschiedene Erklärungen versuchen.

Von dieser Betrachtung schließe ich ein paar ungewöhnliche Fälle aus: die Häftlinge, zumeist Politische, die die Kraft und die Möglichkeit hatten, innerhalb des Lagers für den Schutz und den Vorteil ihrer Kameraden einzutreten. Wir, das heißt nahezu alle gewöhnlichen Häftlinge, kannten sie nicht, wir wußten nicht einmal, daß es sie überhaupt gab. Das ist insofern verständlich, als sie aus offenkundiger politischer Notwendigkeit und aus Vorsicht vor der Polizei (die Politische Abteilung in Auschwitz war nichts anderes als eine Nebenstelle der Gestapo) im geheimen agieren mußten, nicht nur den Deutschen, sondern allen gegenüber. In Auschwitz, einem Lager-Imperium, das zu meiner Zeit zu 95 Prozent aus Juden bestand, war dieses politische Netz verschwindend klein. Eine einzige Begebenheit habe ich beobachtet, die mich etwas hätte erahnen lassen müssen, wäre ich von der täglichen Mühsal nicht so völlig erschöpft gewesen.

Gegen Mai 1944 wurde unser geradezu harmloser Kapo ersetzt, und der neue erwies sich als jemand, den man fürchten mußte. Alle Kapos prügelten. Das gehörte ganz offensichtlich zu ihrer Arbeit, darin bestand ihre Art, sich auszudrücken, und das wurde auch mehr oder weniger hingenommen. Es war im übrigen die einzige Sprache, die in diesem ständigen babylonischen Sprachengewirr von allen begriffen wurde. In ihren verschiedenen Abstufungen konnten die Schläge als Antrieb zur Arbeit, als Warnung oder Strafe verstanden werden, und in der Hierarchie der Quälereien besetzten sie die letzten Stellen. Der neue Kapo hingegen prügelte anders, verkrampft, bösartig, pervers: auf die Nase, aufs Schienbein, auf die Geschlechtsteile. Er prügelte, um weh zu tun, um Schmerzen hervorzurufen, um zu demütigen. Nicht, wie viele andere, aus blindem Rassenhaß, sondern in der eindeutigen Absicht, allen ihm Unterstellten, unterschiedslos und ohne jeden Vorwand, Schmerzen zuzufügen. Möglicherweise war er geistesgestört, aber es ist begreiflich, daß unter den herrschenden Umständen die Nachsichtigkeit, die wir heute gegenüber diesen Kranken als angebracht empfinden, dort fehl am Platz gewesen wäre. Ich sprach darüber mit einem Kollegen, einem jüdischen Kommunisten aus Kroatien: Was sollen wir tun? Wie uns verteidigen? Sollten wir gemeinsam handeln? Er setzte ein merkwürdiges Lächeln auf und sagte nur: »Du wirst schon sehen, es dauert nicht mehr lange.« Und tatsächlich verschwand der Schläger innerhalb einer Woche. Jahre später, während einer Tagung von Überlebenden, erfuhr ich jedoch, daß einige politische Häftlinge, die beim Arbeitsdienst innerhalb des Lagers ihren Dienst versahen, die erschreckende Macht besaßen, die

Lagernummern in den Listen jener Häftlinge zu ersetzen, die für das Gas bestimmt waren. Wer die Möglichkeit und den Willen hatte, so zu handeln, sich in dieser oder einer anderen Weise gegen die Lager-Maschinerie aufzulehnen, war vor der »Scham« sicher, oder zumindest vor der, von der ich hier spreche, denn es ist durchaus möglich, daß er eine Scham anderer Art empfand. In ähnlicher Weise sicher mußte Sivadjan sein, ein stiller ruhiger Mann, den ich beiläufig in ›Ist das ein Mensch?‹ erwähnt habe, und zwar im Kapitel *Der Gesang des Odysseus*, und über den ich bei derselben Gelegenheit erfuhr, daß er für einen möglichen Aufstand Sprengstoff ins Lager geschmuggelt hatte.

Meiner Ansicht nach war das Gefühl der Scham oder das der Schuld, das mit der wiedergewonnenen Freiheit aufkam, überaus komplex: Es schloß verschiedenartige Elemente in sich ein, deren Proportionen für jeden einzelnen anders waren. Es soll hier in Erinnerung gerufen werden, daß jeder von uns, objektiv wie subjektiv, das Konzentrationslager auf seine Weise durchlebt hat.

Beim Heraustreten aus der Dunkelheit litt man an dem wiedergewonnenen Bewußtsein, behindert gewesen zu sein. Weder aus freiem Willen noch aus Trägheit oder eigener Schuld hatten wir monatelang, jahrelang auf der Stufe von Tieren gelebt: Unsere Tage waren vom Morgengrauen bis in die Nacht vom Hunger, von Erschöpfung, von Kälte, von Angst beherrscht, und der Raum zum Nachdenken, zum Ordnen von Gedanken, zum Empfinden von Regungen war vernichtet. Wir hatten den Dreck ertragen, das beengte Nebeneinanderleben und die Erniedrigung und weit weniger darunter gelitten, als wir im normalen Leben darunter gelitten hätten, weil sich unsere moralischen Maßstäbe verändert hatten. Zudem hatten wir alle gestohlen: in den Küchen, in der Fabrik, im Lager, kurzum »bei den anderen«, bei der Gegenpartei, aber es blieb trotzdem Diebstahl. Einige (wenige) waren so tief gesunken, daß sie den eigenen Leidensgenossen das Brot wegstahlen. Wir hatten nicht nur unser Land und unsere

Kultur, sondern auch unsere Familien, unsere Vergangenheit und die Zukunft vergessen, die wir uns ausgemalt hatten, weil wir, wie Tiere, auf den gegenwärtigen Augenblick beschränkt waren. Aus diesem Zustand der Abgestumpftheit waren wir nur selten herausgetreten, an den wenigen arbeitsfreien Sonntagen, in den flüchtigen Minuten vor dem Einschlafen, während die Luftangriffe tobten, aber es waren schmerzliche Augenblicke, ebendeshalb, weil sie uns die Möglichkeit gaben, unseren Niedergang von außen her zu ermessen.

Ich vermute, daß gerade in diesem Rückblick auf das »tückische Wasser« der Grund für die zahlreichen Selbstmordfälle nach (und manchmal unmittelbar nach) der Befreiung liegt. Es war immer ein kritischer Augenblick, der einherging mit einer Welle von Erinnerungen und Depressionen. Demgegenüber stimmen alle Historiker der Lager, auch die sowjetischen, darin überein, daß Selbstmorde *während* der Gefangenschaft selten waren. Diesen Umstand hat man nun auf verschiedene Weise zu erklären versucht. Ich möchte meinerseits drei Erklärungen vorbringen, die sich gegenseitig nicht ausschließen.

Erstens: Der Selbstmord ist dem Menschen eigen, nicht dem Tier, er ist daher ein überlegter Akt und keine instinktive, natürliche Wahl. Im Lager gab es nur wenige Gelegenheiten zu wählen, man lebte dort wie hörige Tiere, die manchmal des Lebens überdrüssig sind, sich aber nicht selbst umbringen. Zweitens: »Man hatte an anderes zu denken«, wie es gemeinhin heißt. Der Tag war vollgestopft: Man mußte daran denken, den Hunger zu stillen, sich auf irgendeine Weise der Mühsal und der Kälte zu entziehen und Prügel zu vermeiden; und eben weil der Tod immer gegenwärtig war, fehlte es an der Zeit, sich mit dem Gedanken an den Tod abzugeben. Svevos Bemerkung in *Zeno Cosini*, an der Stelle, wo er schonungslos den Todeskampf des Vaters beschreibt, hat etwas von der Unerbittlichkeit der Wahrheit: »Wenn man stirbt, hat man ganz anderes zu tun, als an den Tod zu denken. Sein ganzer Organismus war mit der Atmung beschäftigt.« Drittens: In den meisten Fällen entsteht der Selbstmord aus einem Schuldgefühl, das von keiner Strafe abgeschwächt werden konnte. Nun wurde zwar die Härte der Gefangenschaft als Strafe empfunden und das Schuldgefühl (wenn es eine Strafe gibt, muß es vorher eine Schuld gegeben haben) in den Hintergrund abgedrängt, aber nach der Befreiung tauchte es wieder auf. Mit anderen Worten: Man brauchte sich nicht mit Selbstmord für eine (wirkliche oder vermeintliche) Schuld zu bestrafen, da man sie ja bereits mit der täglichen Qual abbüßte.

Was für eine Schuld? Nachdem alles vorbei war, wurde man sich bewußt, nichts oder nicht genug gegen das System unternommen zu haben, in das wir hineingezerrt worden waren. Über den fehlenden Widerstand in den Lagern (oder genauer gesagt: in einigen Lagern) ist viel und ziemlich leichtfertig geredet worden, vor allem von seiten derer, die eine ganz andere Schuld zu verantworten hatten. Wer es durchgemacht hat, weiß, daß es kollektive und persönliche Situationen gab, in denen aktiver Widerstand möglich war. Es ist bekannt, daß vor allem im Jahr 1941 Millionen sowjetischer Kriegsgefangener in deutsche Hände fielen. Sie waren jung, meist gut genährt und robust; sie besaßen eine militärische und politische Ausbildung, und oft bestanden sie aus organischen Einheiten mit Zugführern, Unteroffizieren und Offizieren; sie haßten die Deutschen, die in ihr Land eingedrungen waren, und doch hielten sie nur selten stand. Unterernährung, Entkleidung und andere körperliche Unbilden, die so leicht und billig zu erzeugen sind und in deren Erzeugung die Nazis Meister waren, wirken rasch zerstörend, und noch bevor sie zerstören, lähmen sie; und das um so mehr, wenn ihnen Jahre der Absonderung, der Demütigungen, der Mißhandlungen, der Deportationen, des Abbruchs familiärer Bande und aller Beziehungen mit der Außenwelt vorausgegangen sind. Genau dies war nun die Lage der meisten

Häftlinge, die nach der Vorhölle der Ghettos und der Sammellager in Auschwitz ankamen.

Daher hätte es vernünftigerweise nicht viel gegeben, dessen man sich hätte schämen müssen, aber dennoch blieb die Scham, vor allem angesichts der wenigen leuchtenden Beispiele derer, die die Kraft und die Möglichkeit zum Widerstand gehabt hatten. Darauf habe ich in dem Kapitel *Der Letzte* meines Buchs ›Ist das ein Mensch?‹ aufmerksam gemacht, in dem die öffentliche Hinrichtung eines Widerstandskämpfers durch den Strang beschrieben wird, vor einer eingeschüchterten und apathischen Menge von Häftlingen. Der Gedanke an Widerstand hat uns damals nur von weitem gestreift, aber »nachher« ist er wiedergekehrt: Auch du hättest vielleicht gekonnt, sicher aber hättest du gemußt. Und das ist ein Vorwurf, den der Überlebende in den Augen jener liest oder zu lesen glaubt (vor allem in den Augen der Jüngeren), die seinen Berichten zuhören und aus der einfachen Position dessen urteilen, der es im nachhinein stets besser weiß; oder er wird sogar mit diesem Vorwurf unbarmherzig konfrontiert. Ob nun bewußt oder nicht, er fühlt sich angeklagt und verurteilt, fühlt sich in die Lage gedrängt, sich zu rechtfertigen und zu verteidigen.

Realistischer ist die Selbstbezichtigung oder der Vorwurf, unter dem Aspekt der menschlichen Solidarität gefehlt zu haben. Wenige Überlebende fühlen sich schuldig, einem Leidensgenossen absichtlich Schaden zugefügt, ihm etwas gestohlen oder ihn geschlagen zu haben: Wer es getan hat (wie die Kapos, aber nicht nur sie), verdrängt die Erinnerung daran; andererseits fühlen sich beinahe alle der unterlassenen Hilfeleistung schuldig. Daß neben dir ein schwächerer oder unerfahrenerer oder älterer oder viel zu junger Leidensgenosse steht, der dir mit seinen Bitten um Hilfe oder ganz einfach durch seine bloße Gegenwart, die schon an und für sich eine Bitte ist, auf die Nerven geht, ist eine Konstante im Lagerleben. Die Bitte um Solidarität, um ein freundliches Wort, um Rat oder einfach um Gehör wurde ständig und überall geäußert, aber nur selten entsprach man ihr. Es fehlte die Zeit, der Raum, die private Sphäre, die Geduld, die Kraft, und zumeist befand sich der, an den sich die Bitte richtete, selber in einem Zustand der Bedürftigkeit, brauchte selber Zuspruch.

Ich erinnere mich mit einer gewissen Erleichterung daran, daß ich einmal versucht habe, einem gerade angekommenen achtzehnjährigen Italiener wieder Mut zu machen (in einem Augenblick, in dem ich fühlte, daß ich selbst welchen hatte), der mit der abgrundtiefen Verzweiflung der ersten Tage im Lager kämpfte. Ich habe vergessen, was ich ihm gesagt habe, aber sicher waren es Worte der Hoffnung, vielleicht auch irgendeine Lüge, an die ein »Neuer« noch glauben mochte, ausgesprochen mit der Autorität meiner fünfundzwanzig Jahre und meinem zeitlichen Vorsprung von drei Monaten, jedenfalls habe ich ihm eine momentane Aufmerksamkeit zum Geschenk gemacht. Aber ich erinnere mich auch, und mit Unbehagen, daß ich angesichts anderer Bitten weitaus öfter ungeduldig die Schultern gezuckt habe, und zwar, nachdem ich schon ein Jahr im Konzentrationslager war und infolgedessen eine gehörige Portion Erfahrung angesammelt hatte: Aber ich hatte mir auch die wichtigste Regel dieses Ortes von Grund auf zu eigen gemacht, die vorschrieb, zuallererst an sich selbst zu denken. Diese Regel habe ich nirgends mit größerer Freimütigkeit ausgesprochen gefunden als in dem Buch ›Auschwitz. Zeugnisse und Berichte‹ [Europäische Verlagsanstalt, Frankfurt a. M. 1962], herausgegeben von Ella Lingens-Reiner, in dem der Satz allerdings einer Ärztin zugeschrieben wird, die sich, ganz im Gegensatz zu dem, was sie sagte, als großzügig und mutig erwies und zahlreiche Menschenleben rettete:

> Wie ich in Auschwitz überleben konnte? Mein Grundsatz war: Zuerst ich, dann wieder ich und danach noch einmal ich. Dann lange nichts. Und dann wieder ich. Und dann erst alle anderen.

Im August 1944 war es sehr heiß in Auschwitz. Ein trokkener tropischer Wind wirbelte Wolken von Staub aus den Gebäuden auf, die bei den Luftangriffen zerstört worden waren, trocknete uns den Schweiß am Leib und ließ uns das Blut in den Adern stocken. Mein Trupp war zur Beseitigung von Schutt in einen Keller abkommandiert worden, und allesamt litten wir an Durst: eine neue Qual, die zu der alten des Hungers noch hinzukam oder sich vielmehr damit multiplizierte. Weder im Lager noch an der Baustelle gab es Trinkwasser; in jenen Tagen gab es oft auch kein Wasser für die Waschräume; wenn es welches gab, war es untrinkbar, aber es erfrischte wenigstens, und man konnte sich den Staub abwaschen. Normalerweise genügte die Suppe abends und der Kaffee-Ersatz gegen zehn Uhr morgens reichlich, um den Durst zu löschen. Aber jetzt reichte das nicht mehr, und wir wurden vom Durst gepeinigt. Durst ist gebieterischer als Hunger. Der Hunger gehorcht den Nerven, er läßt nach, er kann zeitweise durch Gemütsbewegungen, durch Schmerz oder Angst überlagert werden (das ist uns während der Zugfahrt von Italien nach Auschwitz bewußt geworden). Ganz anders verhält es sich mit dem Durst, der einem keine Ruhe läßt. Hunger zermürbt, Durst macht rasend. Damals begleitete er uns Tag und Nacht: tagsüber auf der Baustelle, deren geordnetes System (das uns zwar feindlich, aber trotz allem ein geordnetes System war, ein Ort logischer und abgesicherter Dinge) sich in ein Chaos auseinandersplitternder Tätigkeiten verwandelt hatte; bei Nacht in den Baracken, in denen es keine Lüftung gab und wo man nach der hundertfach verbrauchten Luft schnappte.

Der Teil des Kellers, der mir vom Kapo angewiesen worden war, damit ich dort die Schutthaufen wegräumte, befand sich direkt neben einem großen Raum, der voll chemischer Apparaturen war, die noch installiert werden mußten, aber durch die Bomben bereits beschädigt waren. An der Mauer verlief ein zwei Zoll dickes Rohr von oben nach unten, das in der Nähe des Bodens in einem Wasserhahn endete. Eine Wasserleitung? Ich versuchte, den Hahn zu öffnen, ich war allein, niemand sah mich. Er war blockiert, aber indem ich einen Stein als Hammer benutzte, gelang es mir, ihn allmählich ein paar Millimeter weit aufzudrehen. Tropfen traten aus, sie waren geruchlos, ich sammelte sie in meiner Hand: Es schien wirklich Wasser zu sein. Ich hatte kein Gefäß, die Tropfen kamen nur langsam, ohne Druck: Das Rohr konnte nur bis zur halben Höhe gefüllt sein, vielleicht auch weniger. Ich legte mich auf die Erde, mit dem Mund unter den Wasserhahn, ohne zu versuchen, ihn noch weiter aufzudrehen; es war lauwarmes Wasser, von der Sonne erwärmt, ohne jeden Geschmack, vielleicht destilliertes oder kondensiertes Wasser, jedenfalls eine Köstlichkeit.

Wieviel Wasser kann ein zwei Zoll dickes Rohr von einem oder zwei Meter Länge enthalten? Einen Liter, vielleicht auch weniger. Ich hätte alles gleich trinken können, das wäre am sichersten gewesen. Oder etwas für den nächsten Tag übriglassen. Oder es zur Hälfte mit Alberto teilen. Oder dem ganzen Arbeitstrupp das Geheimnis anvertrauen.

Ich entschied mich für die dritte Möglichkeit, die des erweiterten Egoismus, und zwar erweitert auf den, der mir am nächsten stand, was einer meiner Freunde vor langer Zeit einmal zutreffend als »Nosismus« bezeichnet hat. Wir tranken das gesamte Wasser, in kleinen, geizigen Schlukken, einander abwechselnd unter dem Wasserhahn, ganz allein und heimlich. Aber auf dem Marsch zurück ins Lager ging ich neben Daniele, der vom Zementstaub ganz grau war und aufgesprungene Lippen und fiebrige Augen hatte, und ich fühlte mich schuldig. Ich wechselte einen schnellen Blick mit Alberto, wir verständigten uns sofort und hofften, daß uns niemand beobachtet hatte. Aber Daniele hatte uns in jener merkwürdigen Stellung gesehen, auf dem Rücken liegend, neben der Wand, mitten im Schutt, und hatte irgend etwas vermutet und es schließlich erraten. Er hat es mir viele Monate später mit harten Worten gesagt, in Weißrußland, nachdem wir befreit worden waren: Warum nur ihr beiden und ich nicht? Es war der »zivile« Moralkodex, der wiederauftauchte, derselbe Kodex, aufgrund dessen mir, der ich heute ein freier Mensch bin, das über den Schläger-Kapo verhängte Todesurteil grausig erscheint, das ohne Berufungsmöglichkeit beschlossen und ausgeführt wurde, im stillen, mit Hilfe eines Radiergummis. Ist die spätere Scham gerechtfertigt oder nicht? Es ist mir damals nicht gelungen, hierauf eine Antwort zu finden, und auch heute gelingt es mir nicht, aber die Scham war vorhanden und ist es noch, konkret, lastend, fortdauernd. Inzwischen ist Daniele gestorben, aber bei unseren brüderlichen, herzlichen Begegnungen unter Rückkehrern stand jener versäumte Akt, jener nicht geteilte Schluck Wasser wie ein Schleier zwischen uns, durchsichtig, nie in Worte gefaßt, aber wahrnehmbar und »teuer«.

Es kommt einen immer teuer zu stehen, wenn man den Moralkodex abändert: Das wissen die Häretiker, die Abtrünnigen und die Dissidenten. Wir sind nicht mehr in der Lage, unser Verhalten oder das der anderen, das damals dem damals geltenden Kodex unterstand, gemäß dem heutigen Kodex zu beurteilen. Trotzdem scheint mir der Zorn gerecht, der uns überkommt, wenn wir beobachten, daß einer von den »anderen« sich ermächtigt fühlt, uns »Abtrünnige« oder besser gesagt: uns Wiederbekehrte abzuurteilen.

Kommt deine Scham daher, daß du an Stelle eines anderen lebst? Und vor allem an Stelle eines großherzigeren, sensibleren, verständigeren, nützlicheren, des Lebens würdigeren Menschen als du? Du kannst es nicht ausschließen: Du erforschst dich, läßt deine Erinnerungen an dir vorüberziehen und hoffst, sie alle wiederzufinden und daß sich keine von ihnen eine Maske aufgesetzt oder sich verkleidet hat. Nein, du findest keine offenkundigen Übertretungen, du hast niemanden verdrängt, du hast niemanden geprügelt (aber hättest du die Kraft dazu gehabt?), du hast kein Amt angenommen (aber es ist dir auch keins angeboten worden...), du hast niemandem das Brot gestohlen. Und doch kannst du es nicht ausschließen. Es ist nur eine Vermutung, ja eigentlich nur der Schatten eines Verdachts: daß jeder der Kain seines Bruders ist, daß jeder von uns (und dieses Mal gebrauche ich das Wort »uns« in einem sehr umfassenden, geradezu universalen Sinn) seinen Nächsten verdrängt hat und an seiner Statt lebt. Es handelt sich nur um eine Vermutung, aber sie nagt an dir; sie hat sich in deinem tiefsten Inneren eingenistet wie ein Holzwurm. Von außen kann man sie nicht erkennen, aber sie nagt und bohrt.

Nach meiner Heimkehr aus der Gefangenschaft kam mich ein Freund besuchen, der älter war als ich, sanftmütig und kompromißlos, und der einer persönlichen Religion huldigte, die mir allerdings immer streng und ernst vorgekommen ist. Er war froh, mich lebend und im wesentlichen unversehrt wiederzufinden, vielleicht gereifter und gefestigter, gewiß aber reicher an Erfahrungen. Er sagte mir, die Tatsache, daß ich überlebt hätte, könne kein Zufall sein, keine Häufung glücklicher Umstände (eine Ansicht, die ich damals vertrat und auch heute noch vertrete), sondern nur das Werk der Vorsehung. Ich sei ein Gezeichneter, ein Auserwählter: ich, der Nicht-Gläubige – und nach der Zeit in Auschwitz noch weniger gläubig –, sei ein von der Gnade Berührter, ein Geretteter. Und warum ausgerechnet ich? Das kann man nicht wissen, antwortete er mir. Vielleicht, damit ich schreiben und schreibend Zeugnis ablegen würde: Schrieb ich denn nicht bereits damals, 1946, an einem Buch über meine Gefangenschaft?

Diese Anschauung erschien mir ungeheuerlich. Sie schmerzte mich so, als würde man einen freiliegenden Nerv berühren, und ließ den Zweifel wieder aufleben, über den ich vorhin sprach: Ich könnte an Stelle eines anderen leben, auf Kosten eines anderen; ich könnte jemanden verdrängt, und das heißt de facto, getötet haben. Die

»Geretteten« der Lager waren nicht die Besten, die zum Guten Vorbestimmten, die Überbringer einer Botschaft: Was ich gesehen und erlebt hatte, bewies das genaue Gegenteil. Überlebt haben vorwiegend die Schlimmsten, die Egoisten, die Gewalttätigen, die Gefühllosen, die Kollaborateure der »Grauzone«, die Spione. Das war zwar keine zuverlässige Regel (in menschlichen Dingen gab und gibt es keine zuverlässigen Regeln), aber doch eine Regel. Gewiß, ich fühlte mich ohne Schuld, aber gleichzeitig war ich den Geretteten zugesellt und daher auf der ständigen Suche nach einer Rechtfertigung vor mir selbst und den anderen. Überlebt haben die Schlimmsten, und das heißt die Anpassungsfähigsten. Die Besten sind alle gestorben.

Gestorben ist Chajim, der Uhrmacher aus Krakau, ein frommer Jude, der sich trotz der Sprachschwierigkeiten angestrengt hatte, mich zu verstehen und sich verständlich zu machen und mir, dem Fremden, die Grundregeln fürs Überleben in den ersten entscheidenden Tagen der Gefangenschaft zu vermitteln. Gestorben ist Szabó, der schweigsame Bauer aus Ungarn, der fast zwei Meter groß war und deshalb mehr Hunger hatte als alle anderen und trotzdem nicht zögerte, den schwächeren Gefährten beim Ziehen oder Schieben zu helfen, solange er die Kraft dazu besaß. Und Robert, Professor an der Sorbonne, der Mut und Zuversicht um sich herum ausstrahlte, fünf Sprachen sprach, sich aufrieb, um nur ja alles in seinem erstaunlichen Gedächtnis zu behalten, und der, wenn er überlebt hätte, auf die vielen Fragen nach dem Warum geantwortet hätte, auf die ich nicht zu antworten weiß. Und auch Baruch, der Hafenarbeiter aus Livorno, ist gestorben, auf der Stelle, gleich am ersten Tag, weil er auf den ersten Faustschlag mit seinen Fäusten geantwortet hat – drei Kapos, die sich zusammengetan hatten, haben ihn massakriert. Diese und unzählige andere sind gestorben, nicht trotz ihrer Qualitäten und ihres Muts, sondern gerade deswegen.

Mein religiöser Freund hatte mir gesagt, ich hätte überlebt, damit ich Zeugnis ablegte. Das habe ich getan, so gut ich konnte, und ich hätte auch nicht anders gekonnt. Und immer noch lege ich Zeugnis ab, wann immer sich dazu eine Gelegenheit bietet. Aber der Gedanke, daß die bloße Zeugenschaft mir bereits das Privileg eingebracht haben könnte zu überleben und viele Jahre lang ohne größere Probleme zu leben, beunruhigt mich, weil ich zwischen dem Privileg und dem Resultat keinerlei Proportionen erkenne.

Ich wiederhole: Nicht wir, die Überlebenden, sind die wirklichen Zeugen. Das ist eine unbequeme Einsicht, die mir langsam bewußt geworden ist, während ich die Erinnerungen anderer las und meine eigenen nach einem Abstand von Jahren wiedergelesen habe. Wir Überlebenden sind nicht nur eine verschwindend kleine, sondern auch eine anomale Minderheit: Wir sind die, die aufgrund von Pflichtverletzung, aufgrund ihrer Geschicklichkeit oder ihres Glücks den tiefsten Punkt des Abgrunds nicht berührt haben. Wer ihn berührt, wer das Haupt der Medusa erblickt hat, konnte nicht mehr zurückkehren, um zu berichten, oder er ist stumm geworden. Vielmehr sind sie, die »Muselmänner«, die Untergegangenen, die eigentlichen Zeugen, jene, deren Aussage eine allgemeine Bedeutung gehabt hätte. Sie sind die Regel, wir die Ausnahme. Unter einem anderen Himmel und als Heimkehrer aus einer ähnlichen und doch ganz anderen Versklavung hat dies auch Solschenizyn festgehalten:

> Fast alle, die eine lange Strafe verbüßten und die ihr beglückwünscht, weil sie überlebt haben, sind ganz ohne Frage *pridurki* oder sind es während des größten Teils ihrer Häftlingszeit gewesen. Denn die Lager sind Vernichtungslager, das darf man nicht vergessen.

In der Sprache jenes anderen Lageruniversums bezeichnet *pridurki* jene Häftlinge, die sich auf die eine oder andere Weise eine privilegierte Stellung erobert haben, diejenigen also, die bei uns die Prominenten hießen.

Wir, die das Los verschont hat, haben mit größerer oder geringerer Weisheit versucht, nicht nur von unserem Schicksal, sondern auch von dem der anderen zu berichten, eben derer, die untergegangen sind. Aber es handelte sich dabei um ein Unternehmen »für fremde Rechnung«, um einen Bericht über Dinge, die aus der Nähe beobachtet, doch nicht am eigenen Leib erfahren wurden. Über die zu Ende geführte Vernichtung, über das abgeschlossene Werk, hat niemand jemals berichtet, so wie noch nie jemand zurückgekommen ist, um über seinen Tod zu berichten. Die Untergegangenen hätten, auch wenn sie Papier und Bleistift gehabt hätten, niemals Zeugnis abgelegt, weil ihr Tod schon vor der Vernichtung ihres Körpers begonnen hatte. Wochen und Monate vor ihrem Ableben hatten sie bereits die Fähigkeit der Beobachtung, der Erinnerung, des Abwägens und des Ausdrucks verloren. Jetzt sprechen wir, als Bevollmächtigte, an ihrer Stelle.

Ich kann nicht sagen, ob wir es aus einer Art moralischer Verpflichtung gegenüber den Verstummten getan haben beziehungsweise tun oder nicht vielmehr aus dem Drang heraus, uns von der Erinnerung an sie zu befreien. Aber sicher tun wir es aus einem starken, dauerhaften Impuls heraus. Ich glaube, daß die Psychoanalytiker (die sich mit professioneller Gier auf unsere wirre Ratlosigkeit gestürzt haben) nicht die Kompetenz besitzen, diesen Impuls zu erklären. Ihre Weisheit ist »draußen« geformt und erprobt worden, in einer Welt, die wir der Einfachheit halber »zivilisiert« nennen: Sie bilden deren Phänomenologie ab und versuchen, sie zu erklären; sie erforschen die Abweichungen davon und versuchen, diese zu heilen. Ihre Interpretationen, auch die jener, die, wie Bruno Bettelheim, selbst die Erfahrung des Konzentrationslagers durchgemacht haben, scheinen mir approximativ und vereinfacht, wie wenn jemand die Theoreme der ebenen Geometrie bei der Lösung sphärischer Dreiecke anwenden will. Die geistigen Mechanismen der *Häftlinge** waren anders als die unseren; sonderbarerweise und parallel dazu waren auch ihre

Physiologie und Pathologie anders. Im Konzentrationslager waren Erkältungen und Grippeerkrankungen unbekannt; dagegen starb man, manchmal schlagartig, aufgrund von Leiden, die zu erforschen die Ärzte nicht die Gelegenheit hatten. Magengeschwüre und Geisteskrankheiten heilten (oder wurden asymptomatisch), dagegen litten alle permanent an einem Unbehagen, das noch den Schlaf vergiftete und keinen Namen hat. Es als »Neurose« zu bezeichnen wäre vereinfachend und lächerlich. Wahrscheinlich wäre es richtiger, darin eine atavistische Angst zu erkennen, deren Nachhall man im zweiten Vers der Genesis wahrnimmt: die in jedem eingeschriebene Angst vor dem »tòhu wawòhu«, vor dem wüsten und leeren Universum, das unter dem Geist Gottes zerdrückt wurde und in dem der Geist des Menschen abwesend ist: weil er noch nicht geboren oder bereits erloschen ist.

Es gibt noch eine andere, umfassendere Scham: die Scham der Welt. John Donne hat dies auf unvergeßliche Weise ausgesprochen, und es wird immer wieder, bei jeder passenden und unpassenden Gelegenheit zitiert, nämlich daß »kein Mensch eine Insel« sei und jede Totenglocke für jeden schlage. Und dennoch gibt es Menschen, die der Schuld anderer oder der eigenen den Rücken kehren, damit sie sie nicht sehen oder sich von ihr nicht berührt fühlen müssen: So haben es die meisten Deutschen in den zwölf Jahren der Hitler-Herrschaft gemacht, in der Illusion, daß Nicht-Sehen gleichbedeutend sei mit Nicht-Wissen und daß das Nicht-Wissen ihren Anteil an der Komplizenschaft oder der stillschweigenden Duldung verringern würde. Uns aber ist der Schutzschild der gewollten Unwissenheit, T.S. Eliots »partial shelter«, verweigert worden: Wir konnten nicht anders als hinsehen. Uns umgab das Meer vergangener und gegenwärtiger Leiden, und sein Spiegel ist Jahr um Jahr angestiegen, so daß wir beinahe ertrunken wären. Es war sinnlos, die Augen zu verschließen oder sich abzuwenden, weil dieses Meer allgegenwärtig war, sich in alle Richtungen erstreckte bis hin zum Horizont. Inseln zu sein war uns weder möglich, noch wollten wir welche sein. Die Gerechten unter uns, weder größer noch geringer an Zahl als in jeder anderen menschlichen Gemeinschaft, haben Gewissensqualen und Scham, kurz gesagt: Leiden für eine Schuld ertragen, die nicht sie, sondern andere verursacht hatten, in die sie sich aber dennoch verstrickt fühlten, weil ihnen bewußt war, daß das, was um sie herum vorging – sowohl in ihrem Beisein als auch in ihnen selbst – unwiderruflich war. Niemals mehr würde das abgewaschen werden können. Es hatte gezeigt, daß der Mensch, das menschliche Geschlecht, also kurz gesagt: wir, potentiell in der Lage sind, unendliches Leid hervorzurufen; und daß das Leid die einzige Kraft ist, die man aus dem Nichts erzeugt, ohne Kosten, ohne Mühen. Es reicht, wenn man nichts sieht, nichts hört, nichts unternimmt.

Wir werden oft gefragt – so als ob unsere Vergangenheit uns prophetische Gaben verliehe –, ob »Auschwitz« noch einmal möglich sei: das heißt, ob sich andere, einseitige, systematische, mechanisierte, von einer Regierung gewollte Massenvernichtungen ereignen können, die an einer unschuldigen, wehrlosen Bevölkerung im Namen einer Doktrin der Verachtung durchgeführt werden. Zu unserem Glück sind wir keine Propheten, aber etwas läßt sich immerhin sagen: daß sich eine ähnliche, im Westen kaum zur Kenntnis genommene Tragödie um 1975 in Kambodscha ereignet hat; daß die Massenvernichtung durch die Deutschen aufgrund des Verlangens nach Unterordnung und aufgrund von Feigheit ihren Ausgang nehmen und sich dann von allein weiterentwickeln konnte, und zwar dank des Zusammentreffens verschiedener Faktoren (der Krieg, der germanische Perfektionismus im Hinblick auf Technik und Organisation, Hitlers Wille und sein auf den Kopf gestelltes Charisma, das Fehlen solider demokratischer Wurzeln in Deutschland), die nicht sehr zahlreich waren und von denen jeder einzelne unabdingbar war, wenngleich, für sich genommen, unzureichend. Diese Faktoren können wieder auftreten und treten ja auch teilweise in verschiedenen Teilen der Welt bereits wieder auf. Das erneute Zusammentreffen all dieser Faktoren ist innerhalb der nächsten zehn oder zwanzig Jahre (über eine weiter reichende Zukunft zu sprechen ist nicht sinnvoll) wenig wahrscheinlich, aber nicht unmöglich. Meiner Ansicht nach ist eine Massenvernichtung besonders unwahrscheinlich in der westlichen Welt, in Japan und auch in der Sowjetunion: Die Konzentrationslager des Zweiten Weltkriegs sind vielen noch in Erinnerung, sei es in der Bevölkerung, sei es in den Regierungen –, und es ist eine Art von Immunitätsschutz wirksam, der großenteils einhergeht mit der von mir beschriebenen Scham.

Darüber, was später oder in anderen Teilen der Welt vor sich gehen könnte, sollte man besonnenerweise das Urteil in der Schwebe belassen. Und die atomare Apokalypse, die gewiß bilateral wäre und wahrscheinlich unmittelbar und definitiv einträte, wäre ein noch größeres Grauen, anders, fremdartig und neu. Aber das würde weit über das Thema hinausgehen, das ich mir gestellt habe.

Der in den siebziger Jahren so Mode gewordene Begriff der »Inkommunikabilität« hat mir nie gefallen; vor allem deshalb, weil er ein sprachliches Ungetüm ist, dann aber auch aus mehr persönlichen Motiven.

In der normalen Welt von heute, jener Welt, die wir aus Gründen der Konvention und des Kontrasts einmal »zivilisiert«, einmal »frei« genannt haben, geschieht es äußerst selten, daß man gegen eine unüberbrückbare Sprachbarriere stößt, daß man sich einem Menschen gegenüberfindet, mit dem man unbedingt in Kommunikation treten muß, weil man sonst sein Leben riskiert, und dazu nicht in der Lage ist. Antonioni hat dafür in seinem Film ›Die rote Wüste‹ ein berühmtes, allerdings unvollkommenes Beispiel geliefert, und zwar in jener Episode, in der die Hauptdarstellerin nachts einem türkischen Seemann begegnet, der kein Wort irgendeiner anderen Sprache spricht außer seiner eigenen und vergeblich versucht, sich verständlich zu machen. Unvollkommen deshalb, weil auf beiden Seiten, auch auf seiten des Seemanns, der Wille zur Verständigung vorhanden ist: Zumindest fehlt es am Willen, den Kontakt zurückzuweisen.

Einer in jenen Jahren populären Theorie zufolge, die mir oberflächlich vorkommt und die mich irritiert, ist die »Inkommunikabilität« ein unabdingbarer Bestandteil, eine lebenslängliche Strafe, die der menschlichen Befindlichkeit und vor allem der Lebensform innerhalb der Industriegesellschaften innewohnt: Wir sind Monaden, unfähig, Botschaften auszutauschen, es sei denn, verstümmelte Botschaften, die bereits im Ansatz verfälscht sind und vom Adressaten mißverstanden werden. Das Gespräch ist eine Fiktion, reines Wortgeklingel, ein bemalter Schleier, der das existentielle Schweigen überdeckt: Ach, wir sind einsam, auch (oder vor allem) wenn wir als Paar zusammenleben. Mir kommt es vor, als entspränge dieses Lamento einer geistigen Trägheit, für die es zugleich symptomatisch ist; jedenfalls fördert sie solche Klagen, und das schließt sich zu einem gefährlichen Teufelskreis. Abgesehen von einigen Fällen pathologischer Unfähigkeit kann und muß man kommunizieren: Es ist eine nutzbringende und unaufwendige Art, etwas zum Frieden anderer und der eigenen Person beizutragen, weil das Schweigen, das Nichtvorhandensein von Zeichen, seinerseits ein Zeichen ist, allerdings ein doppeldeutiges, und Doppeldeutigkeit ruft Unruhe und Argwohn hervor. Die Behauptung, man könne nicht kommunizieren, ist falsch: man kann es immer. Die Verweigerung der Kommunikation stellt eine Schuld dar. Für die Kommunikation, vor allem für ihre höchstentwickelte und vornehmste Form, nämlich die Sprache, sind wir biologisch und gesellschaftlich geschaffen. Alle menschlichen Rassen sprechen, keine nichtmenschliche Spezies ist dazu in der Lage.

Auch unter dem Blickwinkel der Kommunikation, genauer gesagt: der nicht möglich gewordenen Kommunikation, ist die Erfahrung von uns Heimkehrern von eigentümlicher Art. Eine unserer Unarten ist es, uns einzumischen, wenn jemand (unsere Kinder!) von Kälte, Hunger oder Erschöpfung spricht. Was wißt ihr schon davon? Da hättet ihr einmal unsere Erfahrungen durchmachen müssen! Aus Gründen des Anstands und des friedlichen Zusammenlebens widerstehen wir im allgemeinen der Versuchung, uns in der Art bramarbasierender Haudegen einzumischen. Allerdings ist diese Versuchung bei mir immer dann übermächtig, wenn ich von versäumter oder unmöglicher Kommunikation reden höre. »Da hättet ihr einmal unsere Art der Kommunikation erleben müssen.« Sie ist nicht vergleichbar mit der des Touristen in Finnland oder in Japan, der zwar auf anders sprechende, aber berufsmäßig (oder auch spontan) freundliche und wohlmeinende Menschen trifft, die sich bemühen, ihn zu verstehen und ihm behilflich zu sein. Außerdem: Wo in der Welt gibt es eine Ecke, in der nicht irgend jemand ein paar Brocken Englisch spricht? Und dann sind die Bedürfnisse der Touristen gering und immer die gleichen. Daher sind Rat- und Ausweglosigkeit selten, und die Tatsache, daß man sich fast nicht versteht, kann sogar soviel Vergnügen wie ein Spiel bereiten.

Dagegen ist der Fall eines italienischen Emigranten in Amerika vor hundert Jahren oder der eines türkischen, marokkanischen oder pakistanischen Gastarbeiters im heutigen Deutschland oder in Schweden weitaus dramatischer. Hier handelt es sich nicht mehr um eine kurze Erkundung ohne unvorhergesehene Zwischenfälle, die entlang den von den Reisebüros erprobten Routen durchgeführt wird, sondern um eine möglicherweise definitive Verpflanzung. Es handelt sich um den Eingliederungsprozeß in eine Arbeitswelt, die heute nur selten elementar ist und in der das Verstehen des gesprochenen und geschriebenen Wortes unabdingbar ist. Dieser Eingliederungsprozeß zieht zwangsläufig menschliche Beziehungen zu den Nachbarn, Ladenbesitzern, Kollegen und Vorgesetzten nach sich, am Arbeitsplatz, auf der Straße, im Café, das heißt also mit Ausländern, deren Sitten und Gebräuche anders, oftmals abweisend sind. Aber an Korrektiven fehlt es nicht, gerade die kapitalistische Gesellschaft ist intelligent genug, um zu verstehen, daß an diesem Punkt ihr eigener Profit in umfangreichem Maß abhängt von der Leistung des »Gastarbeiters« und folglich auch von seinem Wohlergehen und seiner Eingliederung. Man gestattet ihm, seine Familie mitzubringen, und das ist ein Stück Heimat; man findet für ihn eine mehr oder weniger passable Unterkunft; er kann (und manchmal muß er) Sprachschulen besuchen. Der dem Zug entsteigende Taubstumme bekommt Hilfe, lieblos vielleicht, aber nicht ineffizient, und in kurzer Zeit gewinnt er seine Fähigkeit zu sprechen wieder zurück.

Wir haben die Unmöglichkeit der Kommunikation in radikalerer Weise erlebt. Dabei denke ich vor allem an die italienischen, jugoslawischen und griechischen Deportierten; in geringerem Ausmaß an die Franzosen, unter denen viele polnischer oder deutscher Herkunft waren und einige, da sie Elsässer waren, gut Deutsch verstanden; und an viele Ungarn, die vom Land stammten. Für uns Italiener hat sich der Zusammenstoß mit der Sprachbarriere auf dramatische Weise schon vor der Deportation ereignet, noch in Italien, und zwar in dem Augenblick, in dem die Beamten der italienischen Polizei uns mit sichtbarem Widerstreben der SS übergaben, die im Februar 1944 die Leitung des Sammellagers von Fòssoli bei Modena an sich gerissen hatte. Uns war seit den ersten Kontakten zu diesen arroganten Männern mit den schwarzen Kragenspiegeln sofort klar, daß die Kenntnis oder Unkenntnis des Deutschen eine Wasserscheide war. Zu dem, der sie verstand und ihnen in artikulierter Form antwortete, stellte sich eine Beziehung her, die den Anschein des Menschlichen hatte. Bei dem, der sie nicht verstand, reagierten die Schwarzhemden in einer Weise, die uns erstaunte und erschreckte: Ein Befehl, der mit der ruhigen Stimme dessen ausgesprochen worden war, der weiß, daß ihm gehorcht wird, wurde bei gleichem Wortlaut mit gellender, zorniger Stimme wiederholt, dann aus vollem Hals gebrüllt, wie man es mit einem Schwerhörigen oder eher noch mit einem Haustier machen würde, das auf den Ton sensibler reagiert als auf den Inhalt einer Mitteilung.

Wenn jemand zögerte (und alle zögerten, weil keiner verstand und alle terrorisiert waren), gab es Schläge, und es war offenkundig, daß es sich um eine Variante derselben Sprache handelte: Der Gebrauch des Wortes zur Vermittlung eines Gedankens, dieser notwendige Mechanismus, der hinreicht, um den Menschen zum Menschen zu machen, war unüblich geworden. Das war ein Hinweis: Menschen waren wir für die anderen keine mehr; für uns gab es, wie für Kühe oder Maultiere, keinen grundlegenden Unterschied zwischen Gebrüll und Faustschlag. Wenn ein Pferd laufen oder anhalten, wenden, ziehen oder nicht mehr ziehen soll, braucht man keine Vereinbarungen mit ihm zu treffen oder ihm ausführliche Erklärungen zu geben; dazu reicht ein Lexikon aus, das aus einem Dutzend verschiedener, freilich eindeutiger Zeichen besteht – gleichgültig, ob sie akustischer, taktiler oder visueller Art sind: Straffen der Zügel, ein Stoß mit den Sporen, Rufe, Gebärden, Peitschenknall, Zungenschnalzen, ein Klaps auf den Rücken – das alles wirkt. Mit ihm zu sprechen wäre albern wie ein Selbstgespräch oder rührend-pathetisch. Was würde es schließlich auch verstehen? Marsalek erzählt in seinem Buch ›Mauthausen mahnt. Kampf hinter Stacheldraht. Tatsachen, Dokumente, Berichte‹ [Österreichische Lagergemeinschaft, Wien 1951], daß im dortigen Lager, wo ein noch größeres Sprachengewirr herrschte als in Auschwitz, der Gummiknüppel *»der Dolmetscher«** genannte wurde: der, den alle verstanden.

Der Ungebildete (und die Hitler-Deutschen, vor allem die SS, waren erschreckend ungebildet: Sie waren nicht »kultiviert« worden, und wenn, dann auf falsche Weise) versteht es nicht, klar zu unterscheiden zwischen dem, der seine Sprache nicht versteht, und dem, der schlichtweg gar nicht versteht. Den jungen Nazis war eingehämmert worden, daß es in der Welt nur eine einzige Kultur gab, nämlich die deutsche. Alle anderen, ob gegenwärtige oder vergangene, waren nur insoweit akzeptabel, als sie ein paar germanische Elemente enthielten. Deshalb war jemand, der Deutsch weder sprach noch verstand, per definitionem ein Barbar. Wenn er sich darauf versteifte, sich in seiner eigenen Sprache, genauer gesagt: in seiner Unsprache auszudrücken, mußte man ihn durch Schläge zum Schweigen bringen und an seinen Platz verweisen, an dem er zu ziehen, zu schleppen und zu schieben hatte, denn schließlich war er ja kein *Mensch**. Ich erinnere mich an ein beredtes Beispiel: Der neue, noch unerfahrene Kapo eines Kommandos, das vorwiegend aus Italienern, Franzosen und Griechen bestand, hatte auf der Baustelle nicht bemerkt, daß sich hinter ihm einer der gefürchtetsten SS-Aufseher genähert hatte. Blitzschnell fuhr er herum, stand erschrokken stramm und erstattete vorschriftsmäßig Meldung: »Kommando 83, zweiundvierzig Mann.« In seiner Verwirrung hatte er wirklich *»zweiundvierzig Mann«** gesagt. Der Offizier korrigierte ihn in brummigem, väterlichem Ton: Das heißt nicht so, sondern *»zweiundvierzig Häftlinge«**. Es handelte sich um einen jungen Kapo, und deshalb war sein Fehler verzeihlich, aber er mußte sein Handwerk erlernen, das heißt die gesellschaftlichen Übereinkünfte und die hierarchischen Abstufungen.

Dieses Nicht-angesprochen-Werden hatte rasch verheerende Auswirkungen. An den, der einen nicht anspricht oder sich mit unartikuliert erscheinendem Brüllen an einen wendet, wagt man nicht das Wort zu richten. Wenn man das Glück hat, neben sich jemanden zu finden, der die gleiche Sprache spricht, ist manches gewonnen: Man kann Eindrücke austauschen, sich mit ihm beraten, Luft ablassen. Wenn man niemanden findet, verdorrt die Sprache binnen weniger Tage und damit auch die Fähigkeit zu denken.

Was das schnelle Begreifen angeht, so versteht man außerdem nicht die Befehle und Verbote, man entziffert nicht die Vorschriften, von denen einige unwichtig und lächerlich, andere aber lebenswichtig sind. Man befindet sich, kurz gesagt, in einem leeren Raum und erfährt am eigenen Leib, daß Verständigung Information nach sich zieht und daß man ohne Information nicht leben kann. Der größte Teil der Gefangenen, die des Deutschen nicht mächtig waren, und das traf auf fast alle Italiener zu, starb innerhalb der ersten zehn bis fünfzehn Tage nach der Ankunft: auf den ersten Blick wegen Hunger, Kälte, Erschöpfung, Krankheit, aber bei genauerem Hinsehen wegen unzureichender Information. Hätten sie sich mit den Gefährten verständigen können, die schon länger da waren, hätten sie sich besser zurechtgefunden: Sie hätten schneller gelernt, sich Kleidung, Schuhe und Essen auf illegale Weise zu beschaffen; der Schwerstarbeit und den oft tödlichen Begegnungen mit der SS aus dem Weg zu gehen; die unvermeidlichen Krankheiten ohne fatale Irrtümer durchzustehen. Damit will ich nicht sagen, daß sie nicht gestorben wären, aber sie hätten länger gelebt und größere Möglichkeiten gehabt, verlorenes Terrain zurückzugewinnen.

In der Erinnerung von uns Überlebenden, die wir nur geringe Kenntnisse in anderen Sprachen hatten, sind die ersten Tage im Lager wie ein unscharfer, hastig abgespulter Film eingeprägt geblieben, voller Lärm und Hektik und ohne jeden Inhalt: ein Durcheinander von namenlosen, gesichtslosen Personen, eingetaucht in ein kontinuierliches, ohrenbetäubendes Getöse im Hintergrund, vor dem das menschliche Wort nicht hörbar wurde. Ein grauschwarzer Tonfilm ohne Worte.

Ich habe an mir und anderen Heimkehrern einen merkwürdigen Effekt dieser Leere und dieser Notwendigkeit zur Kommunikation beobachtet. Noch nach vierzig Jahren erinnern wir uns rein akustisch an Worte und Sätze, die in unserer Umgebung in Sprachen gesagt worden sind, die wir nicht kannten und auch später nicht gelernt haben: Ich zum Beispiel erinnere mich an polnische und ungarische Brocken. Noch heute weiß ich, wie man zwar nicht meine, aber die Lagernummer des Gefangenen, der in der Liste irgendeiner Baracke vor mir kam, auf polnisch aussprach: ein Wirrwarr von Lauten, der harmonisch ausklang, wie die undechiffrierbaren Abzählreime von Kindern, auf irgend etwas wie »sterdschíschi stéri« (heute weiß ich, daß diese beiden Wörter »vierundvierzig« bedeuten). Tatsächlich waren der Suppenausteiler und die größere Anzahl der Häftlinge in jener Baracke Polen, und Polnisch war die offizielle Sprache. Wurde man aufgerufen, mußte man mit ausgestrecktem Blechnapf dastehen, damit man nicht übergangen wurde; und deshalb war es gut, sich nicht überraschen zu lassen und loszuschnellen, wenn die Nummer des unmittelbar vorhergehenden Gefährten aufgerufen wurde. Dieses »sterdschíschi stéri« funktionierte wie das Glöckchen bei den Pawlowschen Hunden: Es verursachte augenblicklich eine Speichelabsonderung.

Diese fremdsprachigen Töne hatten sich in unser Gedächtnis eingeprägt wie auf ein unbespieltes Tonband; auf die gleiche Weise nimmt ein hungriger Magen auch schwerverdauliches Essen schnell auf. Es hat uns nicht geholfen, ihren Sinn zu verstehen, denn für uns hatten sie keinen. Doch haben wir sie lange Zeit später Personen vorgesprochen, die sie verstehen konnten, und einen Sinn, einen harmlosen und banalen Sinn, hatten sie: es waren Verwünschungen, Flüche oder oft wiederholte alltägliche Phrasen wie »Wie spät ist es?« oder »Ich kann nicht laufen« oder »Laß mich in Ruhe«. Es waren Fragmente, dem Ununterscheidbaren entrissen: Ergebnis einer nutzlosen und unbewußten Anstrengung, einen Sinn im Unsinnigen auszumachen. Diese Töne waren zugleich auch das geistige Äquivalent zu unserem körperlichen Nahrungsbedürfnis, das uns dazu brachte, nach Kartoffelschalen in der Nähe der Küchen zu suchen: ein bißchen mehr als nichts, besser als nichts. Auch das unterernährte Gehirn leidet an seiner besonderen Form des Hungers. Oder möglicherweise hatte dieses nutzlose und paradoxe Gedächtnis eine andere Bedeutung und einen anderen Zweck: Es war eine unbewußte Vorbereitung auf das »Nachher«, auf ein unwahrscheinliches Überleben, bei dem jeder Erinnerungsfetzen zu einem Steinchen in einem großen Mosaik werden würde.

Auf den ersten Seiten meines Buchs ›Die Atempause‹ habe ich von einem extremen Fall von notwendiger und nicht zustande gekommener Verständigung erzählt, dem des kleinen Hurbinek, der drei Jahre alt und wahrscheinlich in aller Heimlichkeit im Lager zur Welt gekommen war. Niemand hatte ihn sprechen gelehrt, und doch hatte er ein intensives Bedürfnis zu sprechen, und das drückte er mit seinem ganzen erbarmungswürdigen Körper aus. Auch in dieser Hinsicht war das Lager ein grausames Laboratorium, in welchem man Situationen und Verhaltensweisen erleben mußte, die man weder vorher noch nachher, noch an anderen Orten jemals gesehen hat.

Einige Jahre zuvor, als ich noch studierte, hatte ich ein paar Wörter Deutsch gelernt, mit dem ausschließlichen Ziel, Fachtexte über Chemie und Physik zu verstehen, keinesfalls aber, um meine Gedanken aktiv zu vermitteln oder die gesprochene Sprache zu verstehen. Das war in den Jahren der faschistischen Rassengesetze, und eine Begegnung mit einem Deutschen oder eine Reise nach Deutschland war höchst unwahrscheinlich. Aber nachdem es mich nach Auschwitz verschlagen hatte, begriff ich trotz der anfänglichen Orientierungslosigkeit (oder vielleicht gerade deswegen) ziemlich schnell, daß mein äußerst dürftiger *Wortschatz** zu einem grundlegenden Überlebensfaktor geworden war. »Wortschatz« bezeichnet die Gesamtheit der Wörter einer Sprache, aber wörtlich genommen hat es niemals ein angemesseneres Wort gegeben. Deutsch zu können bedeutete zu leben: Ich brauchte mich nur umzusehen. Die italienischen Gefährten, die kein Deutsch verstanden, und das waren, außer ein paar Triestinern, beinahe alle, ertranken einer nach dem anderen im stürmischen Meer des Nichtverstehens: Sie verstanden nicht die Befehle, sie erhielten Schläge und Tritte, ohne zu wissen, wofür. Die rudimentäre Ethik des Lagers sah vor, daß ein Schlag in irgendeiner Weise gerechtfertigt wurde, damit die Festlegung der Spannweite von Übertretung – Strafe – Reue erleichtert wurde. Daher begleiteten der Kapo oder seine Stellvertreter den Faustschlag mit einem Grunzen: »Weißt du, wofür?«, worauf eine allgemein gehaltene »Erklärung des Straftatbestandes« folgte. Aber für die neuen Taubstummen war dieses Zeremoniell völlig nutzlos. Sie flüchteten sich instinktiv in Ecken und Winkel, um sich den Rücken bedeckt zu halten: Der Angriff konnte aus allen Richtungen kommen. Sie sahen sich mit verstörtem

Blick um, wie Tiere in der Falle, und dazu waren sie auch geworden.

Für viele Italiener war die Hilfe der französischen und spanischen Gefährten lebenswichtig, deren Sprachen weniger »ausländisch« waren als das Deutsche. In Auschwitz gab es keine Spanier, während Franzosen (genauer gesagt: die Deportierten aus Frankreich und Belgien) eine große Zahl bildeten, 1944 wohl um die zehn Prozent der Gesamtzahl. Einige von ihnen waren Elsässer oder deutsche und polnische Juden, die während des Jahrzehnts zuvor in Frankreich Schutz gesucht hatten, was sich dann als Falle herausstellte. Sie alle konnten mehr oder weniger gut Deutsch oder Jiddisch. Die anderen, die Franzosen aus dem Mutterland, Proletarier wie Bürgerliche und Intellektuelle, waren ein oder zwei Jahre zuvor einer ähnlichen Selektion wie wir unterzogen worden: Die, die nicht verstanden, waren von der Szene verschwunden. Die Übriggebliebenen, nahezu allesamt »métèques«, Ausländer also, die sich seinerzeit in Frankreich angesiedelt hatten und dort ziemlich abweisend aufgenommen worden waren, hatten jetzt ihre traurige Revanche: Sie waren unsere natürlichen Dolmetscher. Sie übersetzten für uns die Befehle und grundlegenden Tagesverfügungen, »Aufstehen«, »Aufstellen«, »Antreten zur Brotausgabe«, »Wer hat kaputte Schuhe?«, »zu dritt«, »zu fünft«, und so weiter.

Das reichte natürlich nicht aus. Inständig bat ich einen von ihnen, einen Elsässer, mir einen privaten Schnellkurs zu geben, aufgeteilt auf kurze, flüsternd abgehaltene Lektionen zwischen dem Beginn der Ausgangssperre und dem Augenblick, da wir in Schlaf sanken, Lektionen, die mit Brot bezahlt wurden, eine andere Währung gab es nicht. Er war dazu bereit, und ich glaube nicht, daß Brot jemals für einen nützlicheren Zweck hergegeben wurde. Er erklärte mir, was das Brüllen des Kapos und der SS, was die abgeschmackten oder ironischen Sprüche in Frakturschrift auf den Dachbindern der Baracken, was die Farben der Dreiecke, die wir über der Häftlingsnummer auf der

Brust trugen, zu bedeuten hatten. Auf diese Weise wurde mir klar, daß das rudimentäre gebrüllte, von Obszönitäten und Verwünschungen durchsetzte Lagerdeutsch nur eine sehr entfernte Verwandtschaft mit der präzisen, schlichten Sprache meiner Chemie-Lehrbücher und der melodiösen, subtilen Sprache der Gedichte Heinrich Heines hatte, die mir Clara, eine Kommilitonin, früher vorgetragen hatte.

Mir war nicht klar, und es wurde mir erst sehr viel später bewußt, daß das Lagerdeutsch eine eigenständige Sprache war: Sie war *orts- und zeitgebunden**. Sie war eine besonders barbarisierte Variante dessen, was ein deutsch-jüdischer Philologe, Victor Klemperer, als *Lingua Tertii Imperii*, die Sprache des Dritten Reiches, bezeichnet hatte und wofür er die Abkürzung LTI in ironischer Analogie zu hundert anderen Abkürzungen (NSDAP, SS, SA, SD, KZ, RPKA, WVHA; RSHA, BDM...) vorschlug, die den Deutschen damals lieb und teuer waren.

Über die LTI und ihre italienische Entsprechung ist viel geschrieben worden, auch von seiten der Linguisten. Die Beobachtung, daß da, wo dem Menschen Gewalt zugefügt wird, auch der Sprache Gewalt angetan wird, ist naheliegend. In Italien haben wir die albernen Kampagnen der Faschisten nicht vergessen, die sich gegen die Dialekte, gegen die »Barbarismen«, gegen die Ortsnamen im Val d'Aosta, im Val di Susa oder in Südtirol, gegen das »unterwürfige, ausländische *Sie*« richteten. In Deutschland war die Lage anders: Schon seit Jahrhunderten hatte die deutsche Sprache eine spontane Aversion gegen Wörter nichtgermanischen Ursprungs an den Tag gelegt, weshalb sich die deutschen Wissenschaftler bemühten, die Bronchitis in »Luftröhrenentzündungen«, das Duodenum in »Zwölffingerdarm«, die Nase in »Gesichtserker« und so weiter umzubenennen. Daher blieb dem Nazismus, der alles säubern wollte, in dieser Hinsicht nicht mehr viel zu säubern übrig. Die LTI unterschied sich vom Deutsch Goethes vor allem durch bestimmte semantische Verlagerungen und durch den Mißbrauch einiger Begriffe: zum Beispiel das

Adjektiv *völkisch**, das allgegenwärtig war und mit nationalistischer Arroganz befrachtet wurde, und das Adjektiv *fanatisch**, dessen negativer Sinn positiv umgedeutet wurde. Aber im Archipel der deutschen Konzentrationslager hatte sich eine spezifische Sprache herausgebildet, der *Lagerjargon**, der sich von Lager zu Lager wiederum unterschied, gleichzeitig aber mit dem alten Deutsch der preußischen Kasernen und dem neuen Deutsch der SS verwandt war. Es ist nicht überraschend, daß er Parallelen zum Jargon der sowjetischen Arbeitslager aufweist, aus dem Solschenizyn einige Beispiele anführt: Jedes von ihnen findet seine Entsprechung im Lagerjargon. Die Übersetzung des ›Archipels Gulag‹ [Scherz, Bern/München 1974] ins Deutsche muß keine sonderlichen Schwierigkeiten bereitet haben, zumindest was die Terminologie betrifft.

In allen Lagern war der Begriff *Muselmann** verbreitet, mit dem man die hoffnungslos erschöpften, ausgehungerten Häftlinge bezeichnete, die dem Tod nahe waren. Dafür hat man zwei Erklärungen geliefert, die beide wenig überzeugen: Einmal wird das Wort auf den Fatalismus zurückgeführt, ein andermal auf die Kopfbinden, die an einen Turban erinnerten. Dieser Begriff spiegelt sich, auch in seiner zynischen Ironie, haargenau im russischen *dochodjaga* wider, was wörtlich übersetzt »am Ende sein«, »fertig sein« bedeutet. Im Lager Ravensbrück (dem einzigen, in dem sich ausschließlich Frauen befanden) wurde dieser Begriff, wie mir Lidia Rolfi sagt, durch die beiden Wörter *Schmutzstück** und *Schmuckstück** ausgedrückt, zwei fast gleichlautende Wörter, das eine als Parodie auf das andere. Die Italienerinnen verstanden deren schauerlichen Sinn nicht und sprachen sie, beide Wörter miteinander verbindend, *smistig* aus. *Prominent** ist ebenfalls ein allen Unterjargons gemeinsamer Begriff. Über die »Prominenten«, also Häftlinge, die Karriere gemacht hatten, habe ich ausführlich in ›Ist das ein Mensch?‹ gesprochen. Da sie eine in der Lager-Soziologie unentbehrliche Komponente darstellen, kamen sie auch in den sowjetischen Arbeitslagern vor, wo sie (daran habe ich im dritten Kapitel erinnert) *pridurki* genannt wurden.

»Essen« hieß in Auschwitz *fressen**, was in gutem Deutsch nur auf Tiere bezogen wird. Für »verschwinde« sagte man *hau ab**, Imperativform des Verbes *abhauen*. Dieses Wort bedeutet in gutem Deutsch »fällen, abhakken«, aber im Lagerjargon bedeutete es »zum Teufel gehen, verduften«. Mir ist es einmal passiert, daß ich diesen Ausdruck ohne böse Absicht verwendet habe *(Jetzt hauen wir ab)**, kurz nach Ende des Kriegs, als ich mich von einigen wohlerzogenen Angestellten der Bayer-Werke nach einem geschäftlichen Gespräch verabschiedete. Sie sahen mich verwundert an: Die Ausdrucksform entsprach einem anderen Sprachregister als dem, das die vorangegangene Unterhaltung bestimmt hatte, und wird sicherlich nicht in den Deutschkursen für Ausländer gelehrt. Ich erklärte ihnen, daß ich Deutsch nicht in der Schule, sondern in einem Konzentrationslager, das Auschwitz hieß, gelernt hätte. Daraus entstand eine gewisse Verlegenheit, aber da ich als Käufer auftrat, behandelten sie mich auch weiterhin höflich. Später habe ich entdeckt, daß auch meine Aussprache primitiv ist, aber ich habe es bewußt vermieden, sie zu verfeinern. Aus dem gleichen Motiv heraus habe ich mir auch niemals die Tätowierung am linken Arm entfernen lassen.

Der Lagerjargon, das war nur natürlich, war stark beeinflußt von den anderen Sprachen, die im Lager und seiner Umgebung gesprochen wurden: vom Polnischen, Jiddischen, vom schlesischen Dialekt, später auch vom Ungarischen. Aus dem beständigen Getöse während meiner ersten Tage in Gefangenschaft tauchten sofort vier oder fünf dauernd wiederkehrende Ausdrücke auf, die nicht deutsch waren: Sie mußten, dachte ich, irgendeinen lebenswichtigen Gegenstand oder eine fundamentale Tätigkeit bezeichnen wie Arbeit, Wasser, Brot. Sie haben sich mir ins Gedächtnis eingegraben durch den sonderbaren Mechanismus, den ich vorhin beschrieben habe. Erst sehr viel später hat mir ein polnischer Freund äußerst ungern erklärt, daß sie einfach

»Cholera«, »Hundsblut«, »Donner«, »Hurensohn« und »du bist erledigt«, bedeuteten, von denen die drei ersten Ausrufewörter waren.

Das Jiddische war de facto die zweite Sprache im Lager (und wurde später vom Ungarischen ersetzt). Ich habe es nicht nur nicht verstanden, sondern ich wußte auch nur Ungefähres über seine Existenz, das sich auf Zitate und kleine Geschichten gründete, die ich von meinem Vater gehört hatte, der einige Jahre in Ungarn gearbeitet hatte. Die polnischen, russischen und ungarischen Juden waren erstaunt, daß wir Italiener kein Jiddisch sprachen: Damit waren wir verdächtige Juden, solche, denen man nicht trauen konnte; darüber hinaus waren wir natürlich »Badoglios« für die SS, »Mussolinis« für die Franzosen, Griechen und politischen Häftlinge. Auch wenn man von den Verständnisschwierigkeiten einmal absieht, war es nicht leicht, italienischer Jude zu sein. Seit dem verdienten Erfolg der Bücher der Brüder Singer und vieler anderer ist inzwischen bekannt, daß das Jiddische im wesentlichen ein alter deutscher Dialekt ist, verschieden vom modernen Deutsch, sowohl in lexikalischer Hinsicht, als auch von der Aussprache her. Es flößte mir mehr Angst ein als das Polnische, das ich ganz und gar nicht verstand, weil ich das Jiddische »hätte verstehen müssen«. Ich hörte mit gespannter Aufmerksamkeit zu: Oft war es schwierig zu verstehen, ob ein an mich gerichteter oder in meiner Nähe gesprochener Satz deutsch, jiddisch oder ein Gemisch war. In der Tat strengten sich einige wohlmeinende polnische Juden an, ihr Jiddisch, soweit sie konnten, einzudeutschen, damit ich sie verstehen konnte.

Vom mit der Luft eingeatmeten Jiddisch habe ich eine seltsame Spur in ›Ist das ein Mensch?‹ wiedergefunden. Im Kapitel *Kraus* ist ein Dialog wiedergegeben: Gounan, ein französischer Jude polnischer Herkunft, wendet sich an den Ungarn Kraus mit dem Satz: »Langsam, du blöder Einer, langsam, verstanden?« Es klang ein bißchen merkwürdig, aber mir schien, es genau so gehört zu haben (die

Erinnerung war noch frisch, ich schrieb das Buch 1946), und ich habe es genau so aufgeschrieben. Der deutsche Übersetzer war davon nicht überzeugt: Ich müsse falsch gehört oder mich falsch erinnert haben. Nach langer brieflicher Debatte schlug er vor, ich solle diese Wendung noch einmal überarbeiten, die ihm nicht annehmbar erschien. In der Tat lautete diese Stelle in der Übersetzung, die dann veröffentlicht wurde: »Langsam, du blöder Heini...« Aber vor kurzem habe ich in einem wunderbaren Buch über die Geschichte und die Struktur des Jiddischen (›Mame Loshen‹ von J. Geipel, Journeyman, London 1982) herausgefunden, daß die Form »Khamòyer du eyner!«, »Esel du einer!«, für diese Sprache typisch ist. Das mechanische Gedächtnis hatte korrekt funktioniert.

An nicht stattgefundener oder geringer Verständigung litt nicht jeder im selben Maß. Der Umstand, daß man daran nicht litt, daß man die Wortverfinsterung hinnahm, war ein verhängnisvolles Zeichen: Es deutete auf das Herannahen einer endgültigen Indifferenz hin. Einige wenige, Einzelgänger von Natur aus oder an Isolierung schon in ihrem »zivilen« Leben gewöhnt, schienen darunter nicht zu leiden. Aber der größte Teil der Häftlinge, die die kritische Initiationsphase überstanden hatten, versuchte sich zu wehren, jeder auf seine Weise: der eine, indem er um Informationsfetzen bettelte; der andere, indem er kritiklos triumphale oder niederschmetternde Gerüchte in Umlauf setzte, ob sie nun wahr, falsch oder erfunden waren; wieder ein anderer, indem er die Augen schärfte und die Ohren spitzte und alle Zeichen, die ihm von den Menschen, von der Erde und vom Himmel zugetragen wurden, zu deuten versuchte. Aber zur geringen Verständigung im Inneren kam die äußerst begrenzte Verständigung mit der Außenwelt. Einige Lager waren völlig isoliert. Meines, Monowitz-Auschwitz, konnte sich in dieser Hinsicht als privilegiert betrachten. Beinahe jede Woche trafen »neue« Häftlinge aus allen besetzten Ländern Europas ein, die neue Nachrichten mitbrachten, oft als Augenzeugen. Ungeachtet der Verbote und der Gefahr, bei der Gestapo denunziert zu werden, sprachen wir auf der riesigen Baustelle mit polnischen und deutschen Arbeitern, manchmal sogar mit britischen Kriegsgefangenen. In den Abfalltonnen fanden wir tagealte Zeitungen und lasen sie gierig. Ein unternehmungsfreudiger Arbeitsgefährte von mir, Elsässer und daher zweisprachig, von Beruf Journalist, brüstete sich sogar, den ›Völkischen Beobachter‹ abonniert zu haben, die damals am weitesten verbreitete Tageszeitung in Deutschland: Was gab es Einfacheres? Er hatte einen vertrauenswürdigen deutschen Arbeiter gebeten, die Zeitung zu abonnieren, und dieses Abonnement durch Abtretung eines Goldzahns übernommen. Jeden Morgen, während der langen Wartezeit auf den Appell, scharte er uns um sich und gab uns einen genauen, zusammenfassenden Bericht von den Ereignissen des Tags.

Am 7. Juni 1944 sahen wir die britischen Gefangenen zur Arbeit gehen, aber etwas war anders an ihnen: Sie marschierten in Reih und Glied, mit vorgewölbter Brust, lächelnd, martialisch, mit einem derart flotten Schritt, daß der deutsche Wachsoldat, der sie begleitete, ein nicht mehr ganz junger Angehöriger der Landstreitkräfte, Mühe hatte, mit ihnen Schritt zu halten. Sie grüßten uns mit dem Zeichen des V für Sieg. Am nächsten Tag erfuhren wir, daß sie in einem ihrer Geheimradios von der Landung der Alliierten in der Normandie gehört hatten. Und das war auch für uns ein großer Tag: Die Freiheit schien in Reichweite. Aber in den meisten Lagern war die Situation wesentlich schlimmer. Die »Neuen« kamen aus anderen Lagern oder aus Ghettos, die ihrerseits von der Welt abgeschnitten waren, und brachten daher nur die grauenhaften Nachrichten aus ihren Orten mit. Man arbeitete dort nicht, wie bei uns, mit freien Arbeitern aus zehn oder zwölf verschiedenen Ländern, sondern in landwirtschaftlichen Unternehmen, in kleinen Handwerksbetrieben, in Steinbrüchen, Kiesgruben oder sogar in Bergwerken: Und in den Bergwerks-

Lagern waren die Bedingungen die gleichen, die den Kriegssklaven der Römer oder den von den Spaniern in Knechtschaft gehaltenen Indios den Tod brachten: in einem solchen Maß todbringend, daß niemand zurückgekehrt ist, der sie hätte beschreiben können. Die Nachrichten »aus der Welt«, wie man sie nannte, kamen mit Unterbrechungen und spärlich. Man fühlte sich vergessen, wie die Verurteilten, die man in den Oublietten, den Burgverliesen des Mittelalters, sterben ließ.

Den Juden, den Feinden par excellence, diesen Unreinen und Verbreitern von Unreinheit, diesen Weltzerstörern, war die wichtigste Verständigung untersagt, nämlich die mit dem Heimatland und der Familie: Wer das Exil erlebt hat, in irgendeiner seiner vielgestaltigen Formen, der weiß, wie man leidet, wenn dieser Nervenstrang abgeschnitten wird. Daraus erwächst die tödliche Vorstellung, im Stich gelassen worden zu sein, und auch ein ungerechter Groll: Warum schreiben sie mir nicht? Warum helfen sie mir nicht, sie, die doch frei sind? Damals haben wir Gelegenheit gehabt, gut zu begreifen, daß auf dem großen Kontinent Freiheit die Freiheit der Kommunikation eine wichtige Provinz ist. So wie es mit der Gesundheit geht: nur wer sie verliert, weiß, wieviel sie wert ist. Aber man leidet nicht nur als einzelner: In den Ländern und Zeiten, in denen die Kommunikation unterbunden wird, verwelken bald schon auch alle anderen Freiheiten. Da stirbt aus der Eintönigkeit heraus die Diskussionsfreudigkeit, die Unkenntnis anderer Meinungen breitet sich aus, aufgezwungene Meinungen feiern Triumphe. Ein bekanntes Beispiel dafür ist die wahnsinnige Genetik, die in der UdSSR von Lissenko gepredigt wurde, der, da es an Diskussionen fehlte (seine Gegner wurden nach Sibirien verbannt), zwanzig Jahre lang Mißernten verursachte. Intoleranz neigt zur Zensur, und die Zensur fördert die Unkenntnis der Meinungen anderer und daher wiederum die Intoleranz: ein Teufelskreis, der nur schwer zu durchbrechen ist.

Jene Stunde in der Woche, in der unsere »politischen« Gefährten Post von zu Hause erhielten, war für uns die trostloseste; da spürten wir das ganze Gewicht unseres Andersseins, unserer Fremdheit, daß wir abgeschnitten waren von unserem Land, ja sogar vom Geschlecht der Menschen. Das war die Stunde, da wir die Tätowierung wie eine Wunde brennen fühlten, und wie eine Schlammlawine breitete sich in uns die Gewißheit aus, daß niemand von uns zurückkehren würde. Und an wen hätten wir im übrigen schreiben sollen, selbst wenn wir die Erlaubnis für einen Brief bekommen hätten? Die Familien der europäischen Juden waren entweder untergetaucht oder verstreut oder vernichtet.

Mir ist das unglaublich seltene Glück widerfahren (ich habe es in ›Lilít‹ [Einaudi, Turin 1981] erzählt), ein paar Briefe mit meiner Familie wechseln zu können. Und dafür schulde ich zwei Personen Dank, die voneinander völlig verschieden sind: einem alten Maurer, der nahezu Analphabet war, und einer mutigen jungen Frau, Bianca Guidetti Serra, die heute eine bekannte Rechtsanwältin ist. Ich weiß, daß dies einer der Faktoren gewesen ist, die es mir ermöglicht haben zu überleben. Aber wie ich bereits sagte, jeder von uns Überlebenden ist aus vielerlei Gründen eine Ausnahme, was wir selber zu vergessen bereit sind, um die Vergangenheit aus uns auszutreiben.

Sinnlose Gewalt

Die Überschrift dieses Kapitels könnte provokativ oder sogar beleidigend erscheinen: Gibt es eine sinnvolle Gewalt? Leider ja. Der Tod ist, selbst wenn er nicht erzwungen wurde, selbst wenn er auf sanfteste Art eintritt, gewalttätig, zugleich aber auf traurige Weise sinnvoll: Eine Welt von Unsterblichen (wie Swifts *struldbruggs*) wäre weder vorstellbar, noch könnte man in ihr leben, sie wäre noch gewalttätiger als unsere ohnehin schon gewalttätige gegenwärtige Welt. Auch der Mord ist im allgemeinen nicht sinnlos: Raskolnikow verfolgte mit der Ermordung der alten Wucherin einen Zweck, wenn auch einen schuldhaften; ebenso Princip in Sarajewo und die Entführer Aldo Moros in der Via Fani. Wenn wir einmal die Fälle von mordender Raserei außer acht lassen, so weiß jeder, der mordet, warum er es tut: wegen Geld, um einen wirklichen oder vermeintlichen Feind zu vernichten, um eine Beleidigung zu rächen. Kriege sind abscheulich, sie sind die schlechteste Art, Gegensätze zwischen Nationen oder Parteiungen zu lösen, aber man kann sie nicht als sinnlos bezeichnen: Sie verfolgen einen Zweck, und sei er unangemessen oder bösartig. Sie sind nicht unbegründet, sie sind nicht darauf aus, Leiden zu verbreiten: Leiden gibt es zwar, sie betreffen alle, sie sind qualvoll und ungerecht, aber sie sind ein Abfallprodukt, etwas Zusätzliches. Nun bin ich zwar der Meinung, daß die zwölf Jahre der Hitler-Herrschaft ihre Gewalttätigkeit mit vielen anderen historischen Räumen und Zeiten gemein haben, daß sie aber von einer weitverbreiteten, sinnlosen Gewalttätigkeit gekennzeichnet waren, die Selbstzweck war und ausschließlich darauf abzielte, Schmerz hervorzurufen. Manchmal hatte sie ein Ziel im Auge, aber sie war immer maßlos, immer außerhalb jeder Proportion im Verhältnis zum gesetzten Ziel.

Wenn man nach allem, was wir heute wissen, an diese

Jahre zurückdenkt, die Europa und schließlich Deutschland selbst zerstört haben, fühlt man sich zwischen zwei Positionen hin- und hergerissen: Haben wir der rationalen Durchführung eines unmenschlichen Plans beigewohnt oder einem (in der Geschichte bis jetzt einmaligen und immer noch unzureichend erklärten) Ausbruch kollektiven Wahnsinns? Einer Logik, die das Böse wollte, oder dem Nichtvorhandensein von Logik? Wie so oft in den Dingen des menschlichen Lebens existierten die Alternativen gleichzeitig. Zweifellos entbehrte der Grundentwurf des Nationalsozialismus nicht seiner Rationalität: der Drang nach Osten (ein alter deutscher Traum), die Unterdrükkung der Arbeiterbewegung, die Hegemonie über Kontinentaleuropa, die Vernichtung des Bolschewismus und des Judaismus (beides wurde von Hitler in simplizistischer Weise gleichgesetzt), die Machtaufteilung in der Welt mit Großbritannien und den Vereinigten Staaten, die Apotheose der germanischen Rasse durch die »spartanische« Ausmerzung von Geisteskranken und unnützen Mäulern: Alle diese Elemente vertrugen sich untereinander und waren aus einigen wenigen, mit unleugbarer Klarheit dargelegten Forderungen in ›Mein Kampf‹ abzuleiten. Arroganz und Radikalität, Hybris und *Gründlichkeit**: anmaßende Logik, nicht Wahnsinn.

Verabscheuungswürdig, aber keineswegs wahnsinnig waren auch die vorgesehenen Mittel, mit denen diese Ziele erreicht werden sollten: Auslösung militärischer Angriffe oder erbarmungsloser Kriege, Aufstellung von fünften Kolonnen im Innern, Verfrachtung ganzer Völkerschaften mit dem Ziel der Versklavung, Sterilisierung und Vernichtung. Weder Nietzsche noch Hitler, noch Rosenberg waren irrsinnig, als sie sich selber und ihre Anhänger mit der Verkündigung des Mythos vom Übermenschen berauschten, dem alles in Anerkennung seiner zum Dogma erhobenen angeborenen Überlegenheit erlaubt ist. Aber die Tatsache ist nachdenkenswert, daß alle, der Meister wie seine Schüler, nach und nach die Wirklichkeit hinter sich gelassen haben, und zwar in dem Maß, wie sich ihre Moral zunehmend von jener ablöste, die allen Zeiten und Kulturen gemeinsam und Teil unseres menschlichen Erbes ist und die wir letzten Endes denn doch anerkennen müssen.

Die Rationalität verschwindet, die Schüler haben ihren Meister gerade in der Anwendung sinnloser Gewalt übertroffen (und verraten!). Die Lehre Nietzsches stößt mich zutiefst ab, ich habe Mühe, darin eine Behauptung zu finden, die nicht einhergeht mit dem Gegenteil dessen, was ich gerne denke; sein Orakelton ist mir zuwider. Und doch, so scheint mir, taucht darin niemals das Verlangen nach dem Leid des Nächsten auf. Wohl Indifferenz, beinahe auf jeder Seite, aber niemals *Schadenfreude** und noch viel weniger die Freude darüber, jemandem absichtlich Leid zuzufügen. Der Schmerz des Pöbels, der *Ungestalten**, der unedel Geborenen ist ein Preis, den man für die Heraufkunft des Reichs der Auserwählten zu zahlen hat; er ist ein geringes Übel, aber ein Übel bleibt es; er ist nicht wünschenswert an sich. Ganz anders waren Lehre und Praxis der Hitler-Zeit.

Viele der sinnlosen Nazi-Gewalttaten sind inzwischen in die Geschichte eingegangen: Man denke nur an die »unverhältnismäßigen« Massaker an den Ardeatinischen Gräben, von Oradour, Lidice, Boves, Marzabotto und viel zu vielen anderen Orten, bei denen die Grenze von Vergeltungsmaßnahmen, die für sich genommen bereits unmenschlich war, weit überschritten wurde. Aber andere, nicht so bekannte Einzelfälle bleiben im Gedächtnis eines jeden von uns Ex-Deportierten in unauslöschlichen Lettern als ein Detail des großen Bildes eingeschrieben.

Fast immer steht am Anfang einer Erinnerungssequenz der Zug, der die Reise ins Unbekannte gekennzeichnet hat: nicht nur aus Gründen der Zeitabfolge, sondern auch wegen der sinnlosen Grausamkeit, mit der diese (ansonsten harmlosen) Güterzüge für einen ungewöhnlichen Zweck eingesetzt wurden.

Es gibt kein Tagebuch und keinen Bericht unter den vielen, die von uns verfaßt oder erzählt wurden, in denen nicht der Zug auftauchte, der plombierte Waggon, der aus einem Beförderungsmittel für Handelswaren in ein fahrendes Gefängnis oder sogar in ein Tötungsinstrument umfunktioniert worden war. Er ist immer überfüllt, aber darin scheint ein grobes Kalkül der Zahl der Personen sichtbar zu werden, die je nachdem darin zusammengepfercht werden: zwischen 50 und 120, je nach der Dauer der Reise und dem hierarchischen Niveau, das das Nazi-System dem beförderten »Menschenmaterial« zubilligte. Die Züge aus Italien enthielten »nur« 50 bis 60 Personen pro Waggon (Juden, Politiker, Partisanen, arme Menschen, die auf den Straßen aufgegriffen, Soldaten, die nach dem Umsturz vom 8. September 1943 gefangengenommen worden waren): Vielleicht hatte man die Entfernungen berücksichtigt oder auch den Eindruck, den diese Transporte bei möglichen Augenzeugen längs der Strecke auslösen konnten. Das andere Extrem waren die Transporte aus Osteuropa: Slawen, vor allem wenn es Juden waren, galten als minderwertigere Ware, genauer gesagt, als Ware ohne jeden Wert. Sie mußten auf jeden Fall sterben, gleichgültig, ob während der Reise oder danach. Die Güterzüge, die die polnischen Juden aus den Ghettos in die Konzentrationslager oder von einem Lager zum anderen brachten, enthielten bis zu 120 Personen pro Waggon: Schließlich war die Reise nur kurz... Nun bedeuten bereits 50 Personen in einem Güterwagen größte Unbequemlichkeit. Sie können sich alle gleichzeitig zum Ausruhen hinlegen, aber nur dicht an dicht. Sind es 100 oder mehr, ist auch eine Reise von wenigen Stunden die Hölle: Man muß aufrecht stehen oder sich abwechselnd hinhocken; und oft befinden sich unter den Reisenden alte Menschen, Kranke, kleine Kinder, stillende Mütter, Irre oder Personen, die während und aufgrund der Reise irre werden.

In der Praxis nationalsozialistischer Bahntransporte lassen sich Variablen und Konstanten unterscheiden; wir wissen nicht, ob sie auf irgendeiner Vorschrift basierten oder ob die damit beauftragten Beamten freie Hand hatten. Eine Konstante war der scheinheilige Rat (oder Befehl), soviel wie möglich mitzunehmen: vor allem Gold, Schmuck, harte Währung, Pelze, in einigen Fällen (bei bestimmten Transporten von bäuerlichen Juden aus Ungarn und der Slowakei) sogar Kleinvieh. »Das ist alles Zeug, das euch nützen kann«, deutete das Begleitpersonal in einem Ton der Komplizenschaft an. In Wahrheit war es Selbstplünderung; es war ein einfacher und genialer Trick, Werte ins Reich zu transferieren, ohne öffentliches Aufsehen oder irgendwelche bürokratischen Komplikationen hervorzurufen, ohne Spezialtransporte durchführen oder Diebstahl während der Fahrt befürchten zu müssen: Nach der Ankunft wurde nämlich alles beschlagnahmt. Eine andere Konstante war die völlige Kahlheit der Waggons; die deutschen Behörden kümmerten sich bei einer Reise, die bis zu zwei Wochen dauern konnte (wie im Fall der Juden-Deportation von Saloniki), buchstäblich um nichts: weder um Lebensmittel noch um Wasser, noch um Matten oder Stroh für den blanken Holzboden, noch um Behältnisse für die körperliche Notdurft. Sie wiesen nicht einmal die örtlichen Behörden oder die Leiter der Sammellager (wenn es sie gab) an, sich in irgendeiner Weise darum zu kümmern. Eine Anweisung hätte nichts gekostet: Aber genau diese systematische Nachlässigkeit lief auf eine sinnlose Grausamkeit hinaus, auf eine beabsichtigte Erzeugung von Leid, die reiner Selbstzweck war.

In einigen Fällen waren die zur Deportation bestimmten Gefangenen in der Lage, etwas aus der Erfahrung zu lernen: Sie hatten andere Züge abfahren sehen und auf Kosten ihrer Vorgänger gelernt, daß sie sich selbst, so gut sie konnten und im Rahmen der ihnen von den Deutschen auferlegten Beschränkungen, um all diese logistischen Notwendigkeiten kümmern mußten. Typisch ist der Fall der Züge, die vom Sammellager Westerbork in Holland abfuhren. Das Lager war ungeheuer groß, es befanden sich dort Zigtausende jüdische Gefangene, und Berlin forderte vom örtlichen Kommandanten, daß jede Woche ein Zug mit ungefähr 1000 Deportierten von dort abgehen sollte: Insgesamt verließen 93 Züge Westerbork in Richtung Auschwitz, Sobibór und anderer, kleinerer Konzentrationslager. Die Zahl der Überlebenden betrug ungefähr 500, und keiner von ihnen gehörte zu den ersten Transporten, deren Insassen blindlings abgefahren waren, in der unbegründeten Hoffnung, daß man für die elementarsten Bedürfnisse während einer drei- bis viertägigen Reise von Amts wegen Vorkehrungen treffen würde. Daher weiß man weder, wie viele von ihnen während der Reise gestorben sind, noch, wie die schreckliche Reise vor sich gegangen ist. Niemand ist zurückgekehrt, der davon hätte berichten können. Aber nach ein paar Wochen bemerkte ein Sanitäter von Westerbork, ein aufmerksamer Beobachter, daß die Güterwagen dieser Transporte immer dieselben waren: Sie pendelten zwischen dem Ausgangs- und dem Bestimmungslager hin und her. So kam es, daß einige von denen, die in der Folge deportiert wurden, heimliche Mitteilungen in den leer zurückkehrenden Güterwagen mitschicken konnten, und von da an konnte man wenigstens für einen Vorrat an Nahrungsmitteln und Wasser sorgen und einen Bottich für die Exkremente organisieren.

Der Transport, mit dem ich im Februar 1944 deportiert worden bin, war der erste, der vom Sammellager Fòssoli abging (vorher waren von Rom und Mailand Transporte abgegangen, aber über diese ist uns keine Nachricht zu Ohren gekommen). Die SS, die kurz zuvor der italienischen Polizeibehörde die Leitung des Lagers aus der Hand genommen hatte, gab keinerlei genaue Anweisung für die Reise; sie ließ nur wissen, daß sie lange dauern würde, und gab den eigennützigen, ironischen Rat, den ich bereits erwähnt habe (»Nehmt Gold und Schmuck mit und vor allem Wollsachen und Pelze, weil ihr in einem Land arbeiten werdet, wo es kalt ist«). Der Lagerführer, auch er ein Deportierter, hatte so viel gesunden Menschenverstand, einen vernünftigen Nahrungsmittelvorrat anzulegen, aber für Wasser sorgte er nicht: Wasser kostet doch nichts, nicht wahr? Zwar verschenken die Deutschen nichts, aber dafür sind sie gute Organisatoren... Er hatte auch nicht daran gedacht, jeden Güterwagen mit einem Behälter zu versehen, der als Abort dienen konnte, und dieses Versäumnis erwies sich als äußerst schwerwiegend: Es rief eine Qual hervor, die schlimmer war als Durst und Kälte. In meinem Waggon befanden sich viele alte Männer und Frauen: Unter anderem waren dort sämtliche Bewohner des jüdischen Altersheims von Venedig. Für jeden, aber vor allem für diese Menschen war das Verrichten der körperlichen Bedürfnisse in der Öffentlichkeit schrecklich oder unmöglich: ein Trauma, auf das uns unsere Zivilisation nicht vorbereitet, eine tiefe Wunde, die der Würde des Menschen zugefügt wird, ein obszöner Anschlag, der voller Vorbedeutung war; aber zugleich auch ein Hinweis auf eine vorsätzliche und grundlose Bosheit. Zu unserem paradoxen Glück (aber ich zögere, dieses Wort in diesem Zusammenhang zu gebrauchen) befanden sich in unserem Waggon auch zwei junge Mütter mit ihren nur ein paar Monate alten Babys, und eine von ihnen hatte einen Nachttopf mitgebracht: einen einzigen, und der mußte für ungefähr fünfzig Personen dienen. Nach zwei Reisetagen fanden wir ein paar Nägel, die in die Holzwände geschlagen waren. Zwei davon schlugen wir in einer Ecke wieder ein, und mit einem Stück Kordel und einer Decke arrangierten wir eine Schutzvorrichtung, die vor allem symbolischen Wert hatte: Noch sind wir nicht zu Tieren geworden und werden es so lange nicht sein, wie wir versuchen zu widerstehen.

Was in den anderen Waggons vor sich ging, die nicht über diese unentbehrlichste Einrichtung verfügten, ist schwer vorstellbar. Der Transport wurde zwei- oder dreimal auf freiem Feld zum Stehen gebracht, die Waggontüren wurden geöffnet, und die Gefangenen erhielten die Erlaubnis auszusteigen: Aber sie durften sich weder vom

Zug entfernen noch sich absondern. Ein anderes Mal wurden die Türen zwar geöffnet, aber während eines Aufenthalts auf einem österreichischen Durchgangsbahnhof. Die SS-Mannschaft, die den Zug begleitete, verbarg nicht ihr Vergnügen beim Anblick der Männer und Frauen, die sich hinhockten, wo sie eben konnten, auf Bahnsteigen, zwischen den Gleisen, und die deutschen Reisenden äußerten offen ihren Abscheu: Menschen wie die haben ihr Schicksal verdient, man braucht sie sich ja nur anzusehen. Das sind keine *Menschen**, sondern Tiere, Dreckschweine; das ist sonnenklar.

In Wahrheit war das nur der Auftakt. Im Leben, das dann im Lageralltag folgen sollte, stellte, zumindest am Anfang, die Beleidigung des Schamgefühls einen wesentlichen Bestandteil des gesamten Leidens dar. Es war weder leicht, noch ging es schmerzlos ab, sich an die riesige Gemeinschaftslatrine zu gewöhnen, an die kurzen, vorgeschriebenen Zeiten, an die Gegenwart des Nachfolgers, der vor dir stand und wartete, ungeduldig, manchmal bittend, manchmal drängend, und alle zehn Sekunden fragte: *»Hast du gemacht?«** Innerhalb weniger Wochen jedoch nahm das Unbehagen ab und verschwand schließlich ganz; die Gewöhnung trat auf den Plan (wenn auch nicht bei allen!), was eine barmherzige Ausdrucksweise dafür ist, daß die Verwandlung von Menschen in Tiere ein gutes Stück vorangekommen war.

Ich vermute, daß diese Verwandlung auf keiner Ebene der nationalsozialistischen Hierarchie, in keinem Dokument, in keiner »Arbeitssitzung« jemals geplant oder klar formuliert worden ist. Sie war eine logische Konsequenz des Systems: Ein unmenschliches Regime breitet und dehnt seine Unmenschlichkeit in alle Richtungen aus, auch und vor allem nach unten. Mit Ausnahme besonders widerstandsfähiger und ungewöhnlicher Naturen korrumpiert sie ihre Opfer ebenso wie ihre Gegner. Die sinnlose Grausamkeit, die eine solche Verletzung des Schamgefühls bedeutete, beeinflußte entscheidend das Leben in allen Lagern. Die Frauen von Birkenau berichten, daß sie, wenn sie erst einmal einen großen Blechnapf ergattert hatten, diesen zu drei deutlich unterschiedlichen Zwecken benutzen mußten: zum Abholen der täglichen Suppenration, als Toilettenschüssel in der Nacht, wenn der Gang zu den Latrinen verboten war, und als Waschschüssel, wenn es Wasser in den Waschräumen gab.

Der Ernährungsplan sämtlicher Lager sah einen Liter Suppe am Tag vor; in unserem Lager gab es aufgrund einer Genehmigung des Chemie-Unternehmens, für das wir arbeiteten, zwei Liter. Man mußte also große Mengen Flüssigkeit ausscheiden, und das zwang uns, häufig zu bitten, zur Latrine gehen zu dürfen, oder uns sonstwie auf der Baustelle zu arrangieren. Einigen Häftlingen gelang es nicht, sich unter Kontrolle zu halten: Sie hatten entweder eine schwache Blase oder Angstausbrüche oder auch Neurosen, jedenfalls mußten sie dringend urinieren, und oft machten sie in die Hosen, weshalb sie dann bestraft und ausgelacht wurden. Einem mit mir gleichaltrigen Italiener, der in der obersten einer dreistöckigen Pritsche schlief, passierte eines Nachts ein Mißgeschick: Er näßte die unter ihm Schlafenden, die dem Barackenältesten über diesen Vorfall sofort Meldung erstatteten. Dieser stürzte sich auf den Italiener, der, gegen alle Evidenz, die Beschuldigung zurückwies. Daraufhin befahl ihm der Barackenälteste, auf der Stelle zu urinieren, damit er seine Unschuld beweise. Dem Italiener gelang das natürlich nicht, und man traktierte ihn mit Prügeln; aber trotz seiner vernünftigen Bitte wurde er nicht in die unterste Pritsche verlegt. Das wäre ein Verwaltungsakt gewesen, der viel zu viele Komplikationen für die zuständigen Stellen mit sich gebracht hätte.

Analog zum Zwang zur körperlichen Ausscheidung verhielt es sich mit dem Zwang zur Nacktheit. Ins Lager trat man nackt ein: genauer gesagt, nackter als nackt, nicht nur ohne Kleidung und Schuhe (die eingezogen wurden), sondern auch ohne Kopfhaar und ohne jede andere Behaarung. Dasselbe geschieht oder geschah freilich auch beim Eintritt in die Kaserne, aber hier wurde man am gesamten Körper rasiert, und zwar wöchentlich. So war die öffentliche und allgemeine Nacktheit ein ständig wiederkehrender typischer Zustand, der bedeutungsvoll war. Auch dies war ein Akt der Gewalt, wenngleich ihm eine gewisse Notwendigkeit zugrunde lag (es versteht sich, daß man sich entkleiden muß, wenn man duscht oder sich einer ärztlichen Untersuchung unterzieht), aber er war beleidigend wegen der sinnlosen Übertreibung. Im Lageralltag wurde man beständig mit unzähligen Entkleidungsaktionen schikaniert: für die Läusekontrolle, für die Kleiderdurchsuchung, für die Krätze-Untersuchung, für das allmorgendliche Waschen und schließlich für die periodisch wiederkehrenden Selektionen, bei denen eine »Kommission« darüber entschied, wer noch arbeitsfähig und wer statt dessen für die Beseitigung bestimmt war. Nun fühlt sich ein nackter, barfüßiger Mensch, als ob seine Nerven- und Sehnenstränge durchgeschnitten wären: Er ist eine wehrlose Beute. Kleidungsstücke, selbst wenn sie so schmutzig sind, wie die, die an uns ausgegeben wurden, und ausgetretene Latschen mit hölzerner Sohle sind ein schwacher, aber unverzichtbarer Schutz. Wer sie nicht besitzt, empfindet sich nicht mehr als Mensch, sondern als Wurm: nackt, langsam, erbärmlich, mit dem Bauch über die Erde kriechend. Er weiß, daß er jeden Augenblick zertreten werden kann.

Das gleiche schwächende Bewußtsein von Machtlosigkeit und Entbehrung wurde in den ersten Tagen der Gefangenschaft durch das Entbehren eines Löffels hervorgerufen: Dieses Detail wird dem als nebensächlich vorkommen, der seit seinen Kindertagen an den Überfluß von Utensilien gewöhnt ist, über den auch die einfachste Küche verfügt. Aber es war alles andere als nebensächlich. Ohne Löffel konnte die tägliche Suppe nur schlappernd gegessen werden, wie es Hunde tun; erst nach vielen Tagen der Lehrzeit (wie wichtig war es auch hierbei, sofort zu verstehen und sich verständlich zu machen!) erfuhr man, daß es im Lager natürlich Löffel gab, aber die mußte man sich auf dem Schwarzmarkt kaufen und mit Suppe oder Brot bezahlen: Ein Löffel kostete im allgemeinen eine halbe Brotration oder einen Liter Suppe, aber von den unerfahrenen Neuankömmlingen wurde stets viel mehr gefordert. Doch nach der Befreiung des Konzentrationslagers Auschwitz fanden wir in den Magazinen Tausende allerneuester Löffel aus durchsichtigem Plastik, zusätzlich zu Zehntausenden von Löffeln aus Aluminium, Stahl oder sogar Silber, die aus dem Gepäck der Deportierten stammten. Es handelte sich also nicht um eine Einsparungsmaßnahme, sondern um eine absichtliche Demütigung. Mir kehrt eine Begebenheit in die Erinnerung zurück, die im Buch der Richter 7,5 erzählt wird. Der Heerführer Gideon wählt unter seinen Kriegern die besten aus, indem er beobachtet, wie sie am Fluß trinken: Er sondert alle diejenigen aus, die das Wasser aufschlürfen, »wie ein Hund es aufschlürft«, oder die sich hinunterbücken; dann wählt er nur die, die stehend trinken, indem sie die Hand zum Mund führen.

Ich zögere, andere Quälereien und Gewalttaten, die wiederholt und übereinstimmend in der gesamten Erinnerungsliteratur über die Konzentrationslager beschrieben worden sind, pauschal als sinnlos zu bezeichnen. Es ist bekannt, daß man in allen Lagern ein- oder zweimal täglich zum Appell antreten mußte. Natürlich handelte es sich hierbei nicht um einen Namensappell, was bei Tausenden oder Zehntausenden von Gefangenen unmöglich gewesen wäre, um so mehr, als sie nie mit ihren Namen bezeichnet wurden, sondern nur mit ihren fünf- und sechsstelligen Häftlingsnummern. Es handelte sich also um *Zählappelle**, die deshalb so kompliziert und arbeitsaufwendig waren, weil dabei auch die in andere Lager oder die am Abend zuvor in den Krankenbau überführten und die während der Nacht verstorbenen Häftlinge berücksichtigt werden mußten. Darüber hinaus mußte die effektive Zahl genauestens mit den Daten des Vortags und mit der Abzählung zu jeweils fünf übereinstimmen, die während des Abmarschs der Arbeitskommandos vorgenommen wurde. Eugen Kogon berichtet, daß in Buchenwald auch die Sterbenden und die Toten beim Abendappell dabeisein mußten. Sie wurden auf die Erde gelegt und mußten ebenfalls in Fünferreihen gruppiert werden, um das Abzählen zu erleichtern.

Diese Appelle wurden (natürlich im Freien) bei jedem Wetter durchgeführt und dauerten mindestens eine Stunde, aber auch drei oder vier, wenn die Zählung nicht aufging, mitunter sogar vierundzwanzig Stunden und mehr, wenn Verdacht bestand, daß einer ausgebrochen war. Wenn es regnete oder schneite oder ganz besonders kalt war, wurden sie zu einer Tortur, schlimmer noch als die qualvolle Arbeit, zu der sie abends noch zusätzlich hinzukamen. Sie wurden als inhaltslose, rituelle Zeremonie verstanden, aber das waren sie wahrscheinlich nicht. Sie waren nicht sinnlos, sowenig wie im übrigen, im Licht dieser Deutung, der Hunger, die zermürbende Arbeit und auch (man möge mir diesen Zynismus verzeihen: Ich versuche, mit einer fremden Logik zu argumentieren) der Tod von Erwachsenen und Kindern durch Vergasung sinnlos waren. Alle diese Leiden waren die Abhandlung eines Themas, nämlich das des vermeintlichen Rechts des Volks der Übermenschen, das Volk der Untermenschen zu knechten oder auszurotten. Auf dieser Linie lagen auch die Appelle, die in unseren Träumen des »Nachhinein« zum Emblem des Lagers selbst geworden sind, in dem sich Erschöpfung, Kälte, Hunger und Niedergeschlagenheit miteinander verbinden. Das Leid, das sie heraufbeschworen und das an jedem Wintertag einige Zusammenbrüche oder Tote verursachte, lag im System beschlossen, in der Tradition des *Drills**, der eisernen militärischen Ausbildung, die preußisches Erbe war und die Büchner in seinem *Woyzeck* verewigt hat.

Im übrigen scheint es mir offenkundig, daß die Welt der

Konzentrationslager in vielen ihrer quälendsten und absurdesten Aspekten nur eine Version, eine Adaption der deutschen Militärpraxis war. Das Heer der Lagerhäftlinge sollte eine ruhmlose Kopie des eigentlichen Heeres oder, genauer gesagt, seine Karikatur sein. Ein Heer hat eine Uniform: die des Soldaten ist sauber, wird geehrt und ist bedeckt mit Abzeichen; die des *Häftlings** ist schmutzig, stumm und grau. Aber beide müssen fünf Knöpfe haben, sonst bricht der Sturm los. Ein Heer marschiert im Militärschritt, als geschlossene Formation, beim Klang der Militärkapelle: Aus diesem Grund muß es auch im Lager eine Musikkapelle geben, und das Vorbeidefilieren muß nach allen Regeln der Kunst ausgeführt werden, mit »Achtung! Augen links!« vor der Tribüne der hochgestellten Persönlichkeiten, zum Klang der Musik. Dieses Zeremoniell ist derart notwendig, derart selbstverständlich, daß es sogar über die antijüdische Gesetzgebung des Dritten Reichs die Oberhand behielt: Mit paranoider Spitzfindigkeit verbot sie es jüdischen Orchestern und Musikern, Partituren arischer Komponisten zu spielen, weil diese dadurch besudelt worden wären. Aber in den Lagern, in denen es Juden gab, gab es keine arischen Musiker, und es gibt auch nicht viele von jüdischen Komponisten geschriebene Militärmärsche. Aus diesem Grund war Auschwitz, in Abweichung von den Reinheitsregeln, der einzige Ort unter deutscher Herrschaft, an dem jüdische Musiker arische Musik spielen durften, ja es sogar mußten: Not kennt kein Gebot.

Ein Vermächtnis der Kasernen war auch das Ritual des »Bettenbauens«. Dieser Begriff ist natürlich im höchsten Maß euphemistisch. Wo es Etagenpritschen gab, bestand jede Pritsche aus einer dünnen, mit Sägespänen gefüllten Matratze, zwei Decken und einem Roßhaarkissen. Jede Pritsche war in der Regel doppelt belegt. Die Pritschen mußten unmittelbar nach dem Wecken »gebaut« werden, und zwar zur selben Zeit in der gesamten Baracke. Daher mußten sich die Insassen der unteren Pritschen damit zurechtfinden, daß sie ihre Matratzen und Decken zwischen den Beinen der Insassen der oberen Pritschen in Ordnung brachten, die in unsicherem Gleichgewicht auf den hölzernen Bettkanten balancierten und mit der gleichen Arbeit beschäftigt waren. Alle Pritschen mußten innerhalb von ein bis zwei Minuten gemacht sein, weil sofort danach das Brot verteilt wurde. Es waren Momente der Raserei: Die Luft war voll von Staub, so daß man kaum etwas sehen konnte, die nervöse Spannung nahm zu, Flüche wurden in allen Sprachen losgelassen, weil das *Bettenbauen** eine heilige Handlung war, die nach ehernen Regeln vollzogen werden mußte. Die nach Muff riechende und mit verdächtigen Flecken übersäte Matratze mußte aufgeschüttelt werden: Zu diesem Zweck befanden sich zwei Öffnungen im Bezug, durch die man die Hände steckte. Eine der beiden Decken mußte um die Matratze geschlagen werden, die andere wurde zusammengefaltet auf das Kopfkissen gelegt, so daß eine deutliche Abstufung mit scharfen Kanten entstand. Nach beendeter Ausführung mußte sich die Pritsche als ein perfektes Rechteck mit vollkommen glatter Oberfläche präsentieren, auf der das kleinere Rechteck des Kissens lag.

Für die Lager-SS und infolgedessen auch für alle Blockältesten hatte das *Bettenbauen** eine vorrangige und undechiffrierbare Bedeutung: Vielleicht war es das Symbol für Disziplin und Ordnung. Wer seine Pritsche schlecht baute oder vergaß, sie zu bauen, wurde öffentlich mit aller Härte bestraft. Darüber hinaus gab es in jedem Block zwei Leute vom Stubendienst, die *Bettnachzieher** (ein Begriff, von dem ich nicht glaube, daß er im normalen Deutsch existiert, und den Goethe sicher nicht verstanden hätte), deren Aufgabe die Kontrolle jeder einzelnen Pritsche und deren Längsausrichtung war. Für diesen Zweck waren sie mit einer Schnur ausgerüstet, die so lang war wie die Baracke: Die hielten sie oberhalb der gemachten Pritschen und regulierten auf den Zentimeter genau eventuelle Abweichungen. Dieser manische Ordnungstrieb war weniger quälend als vielmehr absurd und grotesk, denn die mit soviel Sorgfalt glattgestrichene Matratze hatte keinerlei Festigkeit und wurde abends vom Gewicht der Körper sofort bis auf die Holzplanken herunter plattgedrückt, auf denen sie lag. Man schlief in der Tat auf Holz.

In einem weitaus größeren Rahmen betrachtet, gewinnt man den Eindruck, daß in ganz Hitler-Deutschland die in den Kasernen herrschenden Gesetze und Vorschriften die herkömmlichen »bürgerlichen« Regeln ersetzen sollten. Die lächerliche Gewalttätigkeit des Drills hatte schon 1934 im Bereich der Erziehung Einzug gehalten und richtete sich gegen das deutsche Volk selbst. In den Zeitungen jener Zeit, die noch ein gewisses Maß an Freiheit der Berichterstattung und der Kritik behalten hatten, kann man Nachrichten über anstrengende Märsche nachlesen, die Jugendlichen im Rahmen vormilitärischer Übungen abverlangt wurden: bis zu 50 Kilometer am Tag, mit dem Rucksack bepackt und ohne jedes Mitleid für die Nachzügler. Jene Eltern und Ärzte, die dagegen zu protestieren wagten, wurden mit politischen Sanktionen bedroht.

Anders verhält es sich mit der Tätowierung, einer eigenständigen Erfindung von Auschwitz. Vom Beginn des Jahres 1942 an wurde in Auschwitz und in den von ihm abhängigen Lagern (1944 waren es ungefähr vierzig) die Lagernummer der Häftlinge nicht mehr nur auf die Kleider genäht, sondern auch auf den linken Unterarm tätowiert. Von dieser Regelung waren nur die nichtjüdischen deutschen Häftlinge ausgenommen. Die Aktion wurde mit methodischer Schnelligkeit von spezialisierten »Schreibern« durchgeführt, und zwar im Augenblick der Eintragung der Neuzugänge, die zum Teil aus der Freiheit kamen, zum Teil aus anderen Lagern oder aus Ghettos. Entsprechend dem typisch deutschen Talent zur Klassifikation entwickelte sich bald schon ein richtiger Kodex: Die Männer mußten auf der Außenseite des Arms, die Frauen auf der Innenseite tätowiert werden. Der Nummer der Zigeuner mußte ein Z vorangestellt werden, der Nummer der Juden, von Mai 1944 an (das heißt, vom Zeitpunkt der Massentransporte ungarischer Juden an), ein A, das kurz darauf durch ein B ersetzt wurde. Bis zum September 1944 gab es keine kleinen Kinder in Auschwitz: Sie wurden alle sofort nach ihrer Ankunft vergast. Nach diesem Datum begannen ganze polnische Familienverbände einzutreffen, die während des Warschauer Aufstands aufs Geratewohl verhaftet worden waren: Sie alle wurden tätowiert, einschließlich der Neugeborenen.

Der Vorgang war nicht sehr schmerzhaft und dauerte nicht länger als eine Minute, aber er war traumatisch. Seine symbolische Bedeutung war allen klar: Dies ist ein unauslöschliches Zeichen, hier kommt ihr nie wieder heraus; dies ist das Brandmal, das man den Sklaven aufdrückt und den Tieren, die geschlachtet werden; zu solchen seid auch ihr geworden. Ihr habt keinen Namen mehr, dies hier ist euer neuer Name. Die Gewalttätigkeit der Tätowierung war primitiv, reiner Selbstzweck, ausschließlich als Beleidigung gedacht. Reichten denn die drei Stoffnummern nicht aus, die auf die Hosen genäht waren, auf die Jacke und auf den Wintermantel? Nein, sie reichten nicht aus: Es mußte ein Mehr sein, eine nicht in Worte gefaßte Botschaft, damit der Schuldlose spürte, wie sein Urteil ins Fleisch eingeschrieben wurde. Darin lag auch eine Rückkehr zur Barbarei, die für die orthodoxen Juden noch viel verwirrender war; denn gerade um die Juden von den »Barbaren« zu unterscheiden, verbietet das Mosaische Gesetz (Leviticus 19,28) die Tätowierung.

Nach einem Zeitraum von vierzig Jahren ist meine Tätowierung ein Teil meines Körpers geworden. Weder rühme ich mich noch schäme ich mich ihrer, weder zeige ich sie vor, noch verberge ich sie. Ich zeige sie nur ungern dem, der mich aus reiner Neugierde darum bittet, aber bedenkenlos und zornig dem, der behauptet, er könne es nicht glauben. Junge Menschen fragen mich häufig, warum ich sie mir nicht wegmachen lasse, und das versetzt mich in

Staunen: Warum sollte ich? Wir sind nicht viele auf der Welt, die dieses Zeugnis tragen.

Man muß sich selbst (sinnvolle?) Gewalt antun, um sich zu zwingen, über das Schicksal der Wehrlosesten zu sprechen. Ich versuche noch einmal, einer mir fremden Logik zu folgen. Für einen orthodoxen Nationalsozialisten mußte es selbstverständlich, klar und einleuchtend sein, daß alle Juden getötet werden mußten: Das war ein Dogma, ein Postulat. Natürlich auch die kleinen Kinder und vor allem die schwangeren Frauen, damit keine zukünftigen Feinde geboren würden. Aber warum wurden bei ihren fanatischen Razzien in allen Städten und Dörfern ihres unermeßlich großen Reichs die Türen der Sterbenden entweiht? Warum mühten sie sich ab, diese Menschen in ihre Züge zu schleifen und zum Sterben weit weg zu bringen, nach einer unsinnigen Reise, in Polen, auf der Schwelle zur Gaskammer? Auf meinem Transport befanden sich zwei sterbende neunzigjährige Frauen, die in der Krankenstation von Fòssoli festgenommen worden waren: Eine starb während der Fahrt, trotz der Fürsorge ihrer Töchter. Wäre es nicht einfacher gewesen, »wirtschaftlicher«, sie in ihren Betten sterben zu lassen oder gar zu töten, statt ihren Todeskampf in den allgemeinen Todeskampf unseres Transports einzugliedern? Man ist tatsächlich versucht zu glauben, daß im Dritten Reich die beste Wahl, die von oben befohlene Wahl, diejenige war, die den größten Kummer, die größte Verschwendung von physischem und moralischem Leid hervorrief. Der »Feind« mußte nicht nur sterben, sondern er mußte qualvoll sterben.

Über die Arbeit in den Lagern ist viel geschrieben worden; ich selbst habe seinerzeit darüber geschrieben. Die unbezahlte Arbeit, und das heißt: Sklavenarbeit, war eins der drei Ziele des Systems der Konzentrationslager. Die anderen beiden waren die Beseitigung der politischen Gegner und die Vernichtung der sogenannten minderwertigen

Rassen. Beiläufig sei hier erwähnt: Das sowjetische System der Konzentrationslager unterschied sich wesentlich vom nationalsozialistischen durch das Fehlen des dritten Ziels und durch das Vorherrschen des ersten.

In den ersten Lagern, deren Errichtung zeitlich nahezu mit Hitlers Machtergreifung zusammenfällt, verfolgte die Arbeit ausschließlich den Zweck der Bestrafung, war unter dem Gesichtspunkt der Produktivität praktisch unnütz: Unterernährte Menschen zum Torfstechen oder in Steinbrüche zu schicken diente nur dem Zweck, Terror zu verbreiten. Zudem hieß es in der nationalsozialistischen und faschistischen Rhetorik, die darin das Erbe der bürgerlichen Rhetorik antritt, daß »Arbeit adelt«, und daher sind die erbärmlichen Gegner des Regimes auch nicht würdig, Arbeit im üblichen Sinn dieses Wortes zu verrichten. Ihre Arbeit muß eine Strafe sein: Sie darf keinen Raum lassen für Professionalität, sie muß die von Arbeitstieren sein, ziehen, schieben, Lasten tragen, den Rücken zur Erde beugen. Auch hierin lag sinnlose Gewalt: Ihr Sinn bestand höchstens darin, daß der gegenwärtige Widerstand gebrochen und der vergangene Widerstand bestraft werden sollte. Die Frauen von Ravensbrück berichten von nie enden wollenden Tagen während ihrer Quarantänezeit (das heißt, bevor sie einem Kommando für die Arbeit in der Fabrik zugeteilt wurden), als sie Dünensand schaufeln mußten: Im Kreis stehend, unter der Julisonne, mußte jede Deportierte den Sand von ihrem Haufen auf den der Nachbarin rechts von ihr schaufeln, in einem Reigen ohne Sinn und Zweck, denn der Sand kehrte dahin zurück, von wo er gekommen war.

Aber es ist zweifelhaft, ob diese körperliche und geistige, diese mythische und danteske Qual ersonnen worden ist, um einer Formierung von Kerngruppen für die Selbstverteidigung oder den aktiven Widerstand zuvorzukommen: Die Lager-SS bestand eher aus stumpfsinnigen Rohlingen als aus scharfsinnigen Dämonen. Sie waren zur Gewalttätigkeit erzogen worden: Gewalttätigkeit floß in ihren Adern, sie war das Normale, das Selbstverständliche. Sie kam in ihren Gesichtern, ihren Bewegungen, in ihrer Sprache zum Ausdruck. Den »Feind« demütigen, ihm Qualen zufügen, das war ihre tägliche Aufgabe; sie dachten nicht darüber nach, sie hatten keinerlei Nebenabsichten: Absicht und Zweck war nur dies. Ich will damit nicht sagen, daß sie aus einer perversen menschlichen Substanz gemacht waren, die sich von der unseren unterschied (es gab zwar Sadisten und Psychopathen unter ihnen, aber es waren nur wenige): Sie hatten einfach ein paar Jahre eine Schule durchmachen müssen, in der die allgemeine Moral auf den Kopf gestellt wurde. In einem totalitären Regime treffen Erziehung, Propaganda und Information auf keinerlei Hindernisse: Sie verfügen über eine grenzenlose Macht, von der sich jemand, der in einem pluralistischen System geboren und aufgewachsen ist, nur schwer eine Vorstellung machen kann.

Im Unterschied zur Mühsal, die ausschließlich Strafe war, wie die, die ich eben beschrieben habe, konnte die Arbeit zuweilen aber auch zu einem Mittel der Verteidigung werden. Das war sie für die wenigen, denen es im Lager gelang, den erlernten Beruf wieder auszuüben: Schneider, Schuster, Tischler, Schmiede, Maurer. Da sie ihre gewohnte Tätigkeit wiederaufnahmen, gewannen sie gleichzeitig auch in einem gewissen Maß ihre menschliche Würde zurück. Aber ein Mittel der Verteidigung war sie auch für viele andere, eine geistige Übung, eine Ablenkung vom Gedanken an den Tod, eine Art, in den Tag hineinzuleben. Im übrigen ist es eine allgemeine Erfahrung, daß die täglichen Sorgen, auch wenn sie quälend oder lästig sind, helfen, den Verstand von schlimmeren, jedoch weiter entfernt liegenden Bedrohungen abzulenken.

Ich habe häufig bei einigen meiner Gefährten (und manchmal auch bei mir selbst) ein sonderbares Phänomen beobachtet: Der Ehrgeiz, eine »Arbeit gut zu machen«, ist derart tief verwurzelt, daß er einen dazu treibt, auch die Arbeit für den Feind »gut zu machen«, die für die eigene

Familie und für die eigene Partei schädlich ist, so daß eine bewußte Anstrengung nötig ist, um sie statt dessen »schlecht« zu machen. Die Sabotage nationalsozialistischer Arbeit war nicht nur gefährlich, sondern bedeutete auch, daß atavistische Widerstände im eigenen Inneren überwunden werden mußten. Der Maurer aus Fossano, der mir das Leben gerettet hat und den ich in ›Ist das ein Mensch?‹ und in ›Lilít‹ beschrieben habe, verabscheute Deutschland, die Deutschen, ihr Essen, ihre Art zu sprechen, ihren Krieg. Aber als man ihm befahl, Schutzmauern gegen die Bomben hochzuziehen, führte er sie schnurgerade, solide, mit ordentlich verfugten Ziegelsteinen und dem ganzen dafür notwendigen Mörtel auf. Nicht aus Respekt vor den Befehlen, sondern um der beruflichen Würde willen. In seinem Buch ›Ein Tag im Leben des Iwan Denissowitsch‹ [Herbig, Berlin 1963] beschreibt Solschenizyn eine fast identische Situation: Iwan, die Hauptperson, ohne jede Schuld zu zehn Jahren Zwangsarbeit verurteilt, empfindet Befriedigung, während er eine Mauer nach allen Regeln der Kunst hochzieht, und auch, als er anschließend feststellt, daß sie schnurgerade ist: »Iwan ist eben so ein Dussel, daß ihm jedes Ding und jede nicht getane Arbeit leid tut, und er fürchtet, er könne etwas verderben. Auch nach acht Jahren Lager kann man ihm das nicht abgewöhnen.« Wer den berühmten Film ›Die Brücke am Kwai‹ gesehen hat, wird sich an den absurden Eifer erinnern, mit dem der britische Offizier in japanischer Kriegsgefangenschaft sich bemüht, eine höchst gewagte Holzbrücke für die Japaner zu bauen, und an seine Empörung, als er entdeckt, daß die britischen Pioniere sie vermint haben. Wie man sieht, ist die Liebe zur gut ausgeführten Arbeit eine äußerst doppelbödige Tugend. Sie hat Michelangelo noch in seinen letzten Tagen beseelt, doch auch Stangl, der fleißige Schlächter von Treblinka, antwortet seiner Interviewerin verärgert: »Alles, was ich aus meinem freien Willen getan habe, mußte ich so gut machen, wie ich konnte. So bin ich eben.« [Gitta Sereny, ›Am

Abgrund‹. Ullstein, Frankfurt a. M. 1979] Derselben Tugend rühmt sich auch Rudolf Höß, der Kommandant von Auschwitz, wenn er von der kreativen Mühsal spricht, die ihn die Gaskammern habe erfinden lassen.

Ich möchte noch – als ein extremes Beispiel für die stupide und zugleich symbolische Gewalttätigkeit – auf den unmenschlichen Gebrauch eingehen, den man (keineswegs unregelmäßig, sondern mit Methode) vom menschlichen Körper gemacht hat als einem Objekt, einem herrenlosen Ding, über das man willkürlich verfügen konnte. Über die in Dachau, Auschwitz, Ravensbrück und anderenorts durchgeführten medizinischen Experimente ist bereits viel geschrieben worden, und einige der Verantwortlichen, die nicht alle Ärzte waren, sondern oft nur die Rolle von Ärzten spielten, sind auch bestraft worden (nicht jedoch Josef Mengele, der ranghöchste und furchtbarste unter ihnen). Der Bereich dieser Experimente umfaßte die Erprobung neuer Medikamente an ahnungslosen Häftlingen bis hin zu sinnlosen und wissenschaftlich völlig nutzlosen Foltern wie jene, die in Dachau auf Befehl Himmlers und im Auftrag der Luftwaffe durchgeführt wurden. Hierbei wurden die dafür ausgewählten Personen, die vorher manchmal überreichlich ernährt worden waren, damit sie physiologisch wieder normal reagierten, über lange Zeiträume in eiskaltem Wasser gehalten oder in Niederdruckkammern eingesperrt, in denen die Verdünnung der Luft in 20000 Metern Höhe simuliert wurde (diese Höhe konnten die Flugzeuge der damaligen Zeit noch längst nicht erreichen!), um herauszufinden, in welcher Höhe das menschliche Blut zu kochen anfängt: Das ist ein Resultat, das man in jedem Laboratorium mit geringen Kosten und ohne Opfer erhalten oder sogar aus ganz gewöhnlichen Tabellen ablesen kann. Es scheint mir wichtig, zu einer Zeit an diese Greuel zu erinnern, in der man sich zu Recht fragt, innerhalb welchen Rahmens es vertretbar ist, schmerzhafte wissenschaftliche Experimente an Versuchstieren durchzuführen. Diese bezeichnende Grausamkeit, die keinen offenkundigen Zweck hatte, aber zutiefst symbolisch war, bezog, eben weil sie symbolisch war, auch noch den menschlichen Leichnam mit ein: In allen Kulturen, angefangen bei der frühesten Vorgeschichte, wurde der Leichnam respektiert, geehrt und manchmal auch gefürchtet. Die Behandlung, der er in den Lagern unterzogen wurde, sollte zum Ausdruck bringen, daß es sich nicht um menschliche Überreste, sondern um rohe, bedeutungslose Materie handelte, die bestenfalls noch zu irgendeiner industriellen Verarbeitung taugte. Noch nach Jahrzehnten erweckt der Schaukasten im Museum von Auschwitz Schauder und Grauen, in dem die Haare der Frauen, die ins Gas gehen mußten oder für das Lager bestimmt waren, zu sehen sind, durcheinander, tonnenweise: Sie sind im Lauf der Zeit verblaßt und spröde geworden, aber sie flüstern dem Besucher auch weiterhin ihre stumme Anklage zu. Die Deutschen hatten keine Zeit mehr gehabt, sie auf den ihnen bestimmten Weg zu schikken: Diese ungewöhnliche Ware wurde von einigen deutschen Textilunternehmen erworben, die sie für die Herstellung von Drillich und anderen Industriefasern verarbeiteten. Es ist wenig wahrscheinlich, daß die Abnehmer nicht wußten, um welches Material es sich hierbei handelte. Und ebensowenig wahrscheinlich ist es, daß die Verkäufer, nämlich die SS-Behörden der Lager, einen Reingewinn damit erwirtschafteten: Die Absicht, Demütigungen zuzufügen, war wichtiger als die Absicht, Gewinn zu erzielen.

Die menschliche Asche, die aus den Krematorien kam, viele Tonnen pro Tag, war als solche leicht erkennbar, denn sie enthielt oft Zähne oder Wirbel. Trotzdem fand sie Verwendung für verschiedene Zwecke: zur Auffüllung von sumpfigem Terrain, als Wärmeschutz in den Zwischenräumen von Holzbauten, als phosphathaltiges Düngemittel; hauptsächlich aber wurde sie anstelle von Kies auf den Wegen des SS-Dorfs verwendet, das gleich neben dem Lager lag. Ich wüßte nicht zu sagen, ob das aus reiner

Dickhäutigkeit geschah oder nicht vielmehr deshalb, weil sie wegen ihres Ursprungs Material war, das mit Füßen getreten werden mußte.

Ich bilde mir nicht ein, die Frage erschöpfend behandelt zu haben, glaube auch nicht, gezeigt zu haben, daß die sinnlose Grausamkeit ausschließlich ein Erbe des Dritten Reichs und die notwendige Konsequenz aus ihren ideologischen Prämissen war; nach dem, was wir beispielsweise über das Kambodscha Pol Pots wissen, drängen sich andere Erklärungen auf; aber Kambodscha ist weit von Europa entfernt, und wir wissen wenig über dieses Land: Wie also könnten wir darüber diskutieren? Jedenfalls ist dies ein grundlegender Wesenszug der Hitlerei gewesen, nicht nur innerhalb der Lager. Und mir scheint, daß sich der beste Kommentar dazu zusammengefaßt in zwei Sätzen findet, die dem langen Interview entnommen sind, das Gitta Sereny mit dem bereits erwähnten Franz Stangl geführt hat, dem Ex-Kommandanten von Treblinka:

»Wenn Sie sowieso die Absicht hatten, sie umzubringen, warum dann diese ganzen Demütigungen und Grausamkeiten?« fragt die Schriftstellerin Stangl, der lebenslänglich im Gefängnis von Düsseldorf einsitzt. Und Stangl antwortet: »Um die, die diese ›Maßnahme‹ ausführen mußten, vorzubereiten; um sie zu konditionieren. Um es ihnen zu ermöglichen, das zu tun, was sie dann taten.« [Sereny, a. a. O., S. 104f.] Mit anderen Worten: Bevor das Opfer starb, mußte es erniedrigt werden, damit der Mörder das Gewicht seiner Schuld nicht so sehr spürte. Diese Erklärung entbehrt nicht der Logik, aber sie schreit zum Himmel: Das ist der einzige Sinn sinnloser Gewalt.

Mit einem Verstorbenen zu polemisieren ist heikel und nicht sehr fair, und das um so mehr, wenn der Abwesende ein möglicher Freund und bevorzugter Gesprächspartner ist. Allerdings kann man sich zu diesem Schritt genötigt sehen. Ich spreche von Hans Mayer alias Jean Améry, dem Philosophen und Theoretiker des Freitods, der sich das Leben genommen hat und den ich bereits auf Seite 21 zitiert habe. Zwischen diesen beiden Namen spannt sich sein Leben aus, ein Leben ohne Frieden und ohne Suche nach Frieden. Er wurde 1912 in Wien geboren und stammte aus einer vorwiegend jüdischen Familie, die aber assimiliert und in das Habsburgerreich integriert war. Obwohl kein Mitglied dieser Familie offiziell zum Christentum übergetreten war, feierte man in seinem Elternhaus Weihnachten unter einem lamettageschmückten Tannenbaum; bei kleinen häuslichen Zwischenfällen rief seine Mutter Jesus, Maria und Josef an, und das Foto seines Vaters, der während des Ersten Weltkriegs an der Front gefallen war, zeigte nicht einen bärtigen jüdischen Weisen, sondern einen Offizier in der Uniform der Tiroler Kaiserjäger. Bis zu seinem neunzehnten Lebensjahr hatte Hans niemals von einer jiddischen Sprache reden hören.

Er promoviert in Wien in Philosophie und Literaturwissenschaft, was nicht ohne einige Zusammenstöße mit der aufkommenden Nationalsozialistischen Partei abgeht: Ihn kümmert es nicht, daß er Jude ist, aber für die Nazis sind seine Ansichten und Tendenzen ohne jedes Gewicht. Was allein zählt, ist das Blut, und seins ist unrein genug, daß es ausreicht, aus ihm einen Feind des Germanentums zu machen. Ein Nazi schlägt ihm mit der Faust einen Zahn aus, und der junge Intellektuelle ist so stolz auf seine Zahnlücke, als handle es sich um eine interessante Duellverletzung. Nach den Nürnberger Gesetzen von 1935 und der

Annexion Österreichs durch die Deutschen im Jahre 1938 befindet sich sein Schicksal an einem Wendepunkt, und der junge Hans, von Natur aus skeptisch und pessimistisch, gibt sich keinen Illusionen hin. Er ist hinreichend luzid (*Luzidität** wird stets eines seiner bevorzugten Worte bleiben), um frühzeitig zu erkennen, daß jeder Jude in deutscher Hand »ein Toter auf Urlaub« ist, »ein zu Ermordender« [Améry, a. a. O., S. 136].

Für einen Juden hält er sich nicht: Er kann weder Hebräisch, noch kennt er die jüdische Kultur, er kümmert sich nicht um zionistische Parolen, und seine religiöse Position ist die eines Agnostikers. Er sieht sich auch nicht in der Lage, sich eine Identität zuzulegen, mit der er nichts zu tun hat: es wäre eine Fälschung, eine Maske. Wer nicht in die jüdische Tradition hineingeboren ist, ist kein Jude und kann es auch nur unter Schwierigkeiten werden: Tradition, das sagt das Wort selbst, wird ererbt. Sie entsteht im Lauf von Jahrhunderten und wird nicht a posteriori zurechtgebastelt. Und doch braucht man zum Leben eine Identität, das heißt eine Würde. Für ihn sind diese beiden Begriffe identisch, wer das eine verliert, verliert auch das andere und stirbt einen geistigen Tod: Und wer auf diese Weise wehrlos ist, ist auch dem physischen Tod ausgesetzt. Nun wird ihm wie vielen anderen deutschen Juden, die, wie er, an die deutsche Kultur glaubten, die deutsche Identität abgesprochen. Von der Nazi-Propaganda, auf den unflätigen Seiten von Streichers ›Stürmer‹, wird der Jude als behaarter Parasit dargestellt, fett, mit krummen Beinen, Hakennase, abstehenden Ohren, der zu nichts anderem fähig ist, als anderen Schaden zuzufügen. Deutscher ist er nicht, per Axiom; im Gegenteil, seine bloße Anwesenheit reicht schon aus, um öffentliche Badeanstalten und sogar Parkbänke zu verschmutzen.

Gegen eine derartige *Entwürdigung** kann man sich nicht zur Wehr setzen. Die ganze Welt schaut ungerührt zu. Die deutschen Juden selbst unterliegen fast ausnahmslos der staatlichen Willkür und fühlen sich objektiv entwürdigt. Der einzige Weg, dem zu entgehen, ist paradox und widersprüchlich: das eigene Schicksal, in diesem Fall das Judentum, hinnehmen und gleichzeitig gegen die aufgezwungene Wahl ankämpfen. Für den jungen Hans, der jetzt zum Judentum zurückgekehrt ist, ist das Judesein unmöglich und zwangsläufig zugleich. Die Zerrissenheit, die ihm bis zum Tod folgen und diesen verursachen wird, setzt an dieser Stelle ein. Er behauptet, keinen körperlichen Mut zu besitzen, aber es fehlt ihm nicht an moralischem Mut: 1938 verläßt er seine »angeschlossene« Heimat und emigriert nach Belgien. Von nun an wird er Jean Améry sein, ein Fast-Anagramm seines ursprünglichen Namens. Ausschließlich aus Gründen der Würde akzeptiert er sein Judentum, aber als Jude wird er »durch die Welt streifen, wie ein Kranker mit einer jener Krankheiten, die keine schweren Leiden verursachen, aber mit Sicherheit einen tödlichen Ausgang haben«. Er, der gebildete Humanist und deutsche Kritiker, müht sich ab, ein französischer Schriftsteller zu werden (was ihm niemals gelingt), und schließt sich in Belgien einer Widerstandsbewegung an, deren tatsächliche politische Hoffnungen äußerst gering sind. Seine moralische Haltung, die ihn sowohl materiell als auch spirituell teuer zu stehen kommen wird, hat sich inzwischen gewandelt, zumindest symbolisch: Sie besteht darin, »zurückzuschlagen«.

1940 wird auch Belgien von der Hitler-Flut überschwemmt, und Jean, der trotz seiner Entscheidung ein introvertierter, intellektueller Einzelgänger geblieben ist, fällt 1943 der Gestapo in die Hände. Man verlangt von ihm, daß er die Namen seiner Gefährten und Auftraggeber nennt, sonst wird er gefoltert. Er ist kein Held; in seinen Büchern gibt er ehrlich zu, daß er sie, hätte er sie gekannt, auch genannt hätte. Aber er kennt sie nicht. Sie fesseln ihm die Hände auf dem Rücken und hängen ihn mit den Handgelenken an einer Ziehwinde auf. Nach wenigen Sekunden kugeln ihm die Arme aus und bleiben hinter dem Rücken aufrecht in der Luft stehen. Die Folterer bleiben hart, peitschen auf den beinahe bewußtlos dahängenden Körper ein, aber Jean weiß nichts, er kann sich nicht einmal in den Verrat flüchten. Er wird wieder gesund, aber er ist als Jude identifiziert worden und wird nach Auschwitz-Monowitz geschickt, in dasselbe Lager, in das auch ich ein paar Monate später eingesperrt werde.

Obwohl wir uns nie wiedersahen, haben wir uns nach der Befreiung ein paar Briefe geschrieben, da wir uns durch unsere Bücher wiedererkannt oder besser gesagt: kennengelernt haben. Unsere Erinnerungen an Auschwitz stimmen ziemlich genau überein, was die materiellen Details betrifft, unterscheiden sich aber kurioserweise in einem Punkt: Ich, der ich immer erklärt habe, eine vollständige und unauslöschliche Erinnerung an Auschwitz zu besitzen, habe vergessen, wie Jean Améry ausgesehen hat. Er behauptet, sich an mich zu erinnern, auch wenn er mich mit Carlo Levi verwechselt hat, der zu jener Zeit in Frankreich als Emigrant und Maler bereits sehr bekannt war. Er sagt sogar, daß wir für einige Wochen in derselben Baracke gelebt hätten und er mich deshalb nicht vergessen habe, weil die Italiener so wenige waren, daß sie geradezu eine Seltenheit darstellten; darüber hinaus hatte ich während der letzten beiden Monate im Lager im wesentlichen meinen Beruf als Chemiker ausgeübt, was eine noch größere Seltenheit war.

Dieser Aufsatz möchte gleichzeitig eine Zusammenfassung, eine Paraphrase, eine Erörterung und eine Kritik an einem bitteren und kaltschnäuzigen Aufsatz von *ihm* sein, der die Überschrift trägt ›An den Grenzen des Geistes‹. Er befindet sich in einem Band, den ich seit vielen Jahren gern auf italienisch vorliegen sähe; dieser Band trägt zwei Titel: ›Jenseits von Schuld und Sühne‹ und ›Bewältigungsversuche eines Überwältigten‹ [Szczesny, München 1966].

Wie man aus dem ersten Titel ersehen kann, ist das Thema von Amérys Aufsatz präzis umschrieben. Améry war in verschiedenen Nazi-Gefängnissen und, nach Auschwitz, noch für kurze Zeit in Buchenwald und Bergen-Belsen, aber seine Beobachtungen beschränken sich aus gutem Grund auf Auschwitz: Dort befanden sich die Grenzen des Geistes, das schlechthin Unvorstellbare. War es ein Vor- oder Nachteil in Auschwitz, ein Intellektueller zu sein?

Natürlich ist es notwendig zu definieren, was ein Intellektueller ist. Die von Améry vorgetragene Definition ist bezeichnend und fragwürdig:

> Gewiß nicht jeder Träger eines sogenannten Intelligenzberufes; höhere formale Bildung ist da vielleicht eine notwendige, sicher aber keine ausreichende Bedingung. Jeder von uns kennt Anwälte, Ingenieure, Ärzte, ja wahrscheinlich auch Philologen, die zwar intelligent und vielleicht sogar in ihren Fächern hervorragend sind, die man aber trotzdem kaum als Intellektuelle bezeichnen kann. Ein Intellektueller, wie ich ihn hier verstanden wissen möchte, ist ein Mensch, der innerhalb eines im weitesten Sinne geistigen Referenzsystems lebt. Sein Assoziationsraum ist ein wesentlich humanistischer oder geisteswissenschaftlicher. Er hat ein wohlausgestattetes ästhetisches Bewußtsein. Neigung und Befähigung drängen ihn zu abstrakten Gedankengängen [...] Gibt man ihm das Stichwort »Gesellschaft«, faßt er es nicht mondän auf, sondern soziologisch. Der physikalische Vorgang, der zu einem Kurzschluß führt, interessiert ihn nicht; über den Dichter der höfischen Dorfpoesie Neidhart von Reuenthal aber weiß er Bescheid [Améry, a. a. O., S. 11 f.].

Diese Definition erscheint mir unnötig eng gefaßt: Sie ist eher eine Selbstbeschreibung als eine Definition, und wenn ich den Zusammenhang berücksichtige, in den sie eingegliedert ist, schließe ich einen Anflug von Ironie nicht aus; denn Neidhart von Reuenthal zu kennen, wie Améry ihn gewiß kannte, war in Auschwitz von geringem Nutzen. Mir scheint es angemessener, in den Begriff »Intellektueller« beispielsweise auch den Mathematiker, den Naturwissenschaftler oder den Wissenschaftsphilosophen einzubeziehen. Darüber hinaus muß berücksichtigt werden, daß dieser Begriff in verschiedenen Ländern verschiedene Schattierungen hat. Aber wir brauchen nicht allzu spitzfindig zu sein, schließlich leben wir in einem Europa, das den Anspruch erhebt, vereint zu sein, und Amérys Betrachtungen sind stichhaltig, auch wenn der hier verhandelte Begriff im weitesten Sinn verstanden wird. Ich möchte auch nicht Amérys Spuren folgen und eine andere Definition auf der Grundlage meiner gegenwärtigen Befindlichkeit herausarbeiten (ein »Intellektueller« bin ich möglicherweise heute, auch wenn dieses Wort in mir ein gewisses Unbehagen hervorruft; damals war ich es ganz sicher nicht, ich war moralisch nicht reif, es fehlte mir an Bildung, ich war aus meiner Umgebung herausgerissen worden; wenn ich später einer geworden bin, dann verdanke ich dies paradoxerweise der Erfahrung des Lagers). Meine Empfehlung geht dahin, diesen Begriff auf jeden gebildeten Menschen auszuweiten – unabhängig von seiner täglichen Arbeit –, der insofern über eine lebendige Kultur verfügt, als er sich bemüht, sich neue Dinge beizubringen, sein Wissen zu erweitern, sich auf dem laufenden zu halten; der keinem Wissensgebiet gleichgültig oder gelangweilt gegenübersteht, auch wenn er verständlicherweise nicht jedes pflegen kann.

Aber an welche Definition auch immer man sich hält, man kann Amérys Schlußfolgerungen nur zustimmen. Bei der Arbeit, die vorwiegend manueller Art war, tat sich ein gebildeter Mensch im Lager im allgemeinen viel schwerer als ein ungebildeter. Außer an körperlicher Kraft mangelte es ihm an Vertrautheit mit den Werkzeugen und an Übung, über die die Arbeiter und Bauern unter seinen Gefährten hingegen meistenteils verfügten. Andererseits wurde er von einem durchdringenden Gefühl der Demütigung und Erniedrigung gequält, eben der *Entwürdigung**, das bedeutet, der verlorenen Würde. Ich erinnere mich noch genau an meinen ersten Arbeitstag auf der Baustelle der Buna-Werke. Noch bevor unser italienischer Transport (der fast ausschließlich aus freiberuflich Tätigen und Geschäftsleuten bestand) ins Melderegister des Lagers eingetragen wurde, wurden wir vorübergehend zur Verbreiterung eines großen Grabens abkommandiert, der in einen Lehmboden gezogen worden war. Man drückte mir eine Schaufel in die Hand, und sofort brach das Unheil herein: Ich hätte die lockere Erde vom Grund des Grabens über den Rand schaufeln müssen, der inzwischen über zwei Meter hoch geworden war. Das scheint leicht zu sein, ist es aber nicht: Wenn man nämlich nicht mit Schwung arbeitet, das heißt mit einem ganz bestimmten Schwung, dann bleibt die Erde nicht auf der Schaufel, sondern fällt wieder herunter, und häufig auf den Kopf des unerfahrenen Erdarbeiters.

Auch der »zivile« Vorarbeiter, dem wir zugeteilt waren, war nur für eine befristete Zeit da. Er war Deutscher, schon in vorgerücktem Alter und machte den Eindruck eines anständigen Menschen. Unsere Ungeschicklichkeit brachte ihn ernsthaft aus der Fassung. Als wir versuchten, ihm zu erklären, daß kaum einer von uns jemals eine Schaufel in der Hand gehalten hatte, zuckte er ungeduldig mit den Schultern: Verflixt noch mal, wir waren schließlich Häftlinge in Sträflingskleidung und Juden dazu. Jeder mußte arbeiten, denn »Arbeit macht frei«. Stand es etwa nicht so über dem Lagereingang geschrieben? Das war kein Witz, das war Ernst. Also gut, wenn wir nicht zu arbeiten verstanden, dann mußten wir es eben lernen. Waren wir etwa keine Kapitalisten? Das geschah uns recht: heute mir, morgen dir. Einige von uns begehrten auf und erhielten die ersten Schläge ihrer Laufbahn von den Kapos, die die Gegend dort inspizierten. Andere verloren den Mut. Wieder andere (darunter ich) ahnten verschwommen, daß es keinen Ausweg gab und die beste Lösung die war, mit Schaufel und Hacke umgehen zu lernen.

Im Unterschied zu Améry und anderen fühlte ich mich

freilich durch die manuelle Arbeit nicht übermäßig gedemütigt: Offenbar war ich noch nicht »intellektuell« genug. Und warum sollte ich es auch sein? Ich hatte zwar promoviert, aber das war ein Vorzug, für den ich kein Verdienst in Anspruch nehmen konnte; meine Familie war ausreichend wohlhabend gewesen, um mich studieren zu lassen. Dagegen haben viele meiner Altersgenossen seit ihrer frühen Jugend Erde geschaufelt. Wollte ich denn nicht die Gleichheit? Bitte schön, da hatte ich sie. Wenige Tage später mußte ich meine Ansicht ändern, als sich nämlich meine Hände und Füße mit Blasen und Infektionen bedeckten: Nein, auch Erdarbeiter wird man nicht von heute auf morgen. In aller Eile habe ich ein paar grundlegende Dinge erlernen müssen, die die weniger vom Glück Begünstigten (die im Lager aber noch das meiste Glück hatten!) von Kind auf lernen: wie man die Geräte richtig anfaßt, Arme und Rumpf korrekt bewegt, die Müdigkeit im Zaum hält, Schmerz erträgt, wie man kurz vor der völligen Erschöpfung eine Pause einlegt, auch wenn man dafür von den Kapos und manchmal auch von den »zivilen« Deutschen der IG Farbenindustrie Ohrfeigen und Fußtritte bekam. Schläge, habe ich an anderer Stelle gesagt, sind im allgemeinen nicht tödlich, ein Zusammenbruch dagegen ist es; ein Faustschlag, nach allen Regeln der Kunst verabreicht, wirkt schon an sich wie eine körperliche und geistige Anästhesie.

Abgesehen von der Arbeit war auch das Leben in der Baracke für einen gebildeten Menschen schwerer erträglich. Es war ein Leben wie nach dem Entwurf von Hobbes, ein andauernder Krieg aller gegen alle (ich betone: So verhielt es sich in Auschwitz, der Hauptstadt der Lagerwelt, im Jahr 1944. An anderen Orten oder zu anderen Zeiten konnte die Situation besser sein oder auch viel schlimmer). Ein Faustschlag, verabreicht von Vorgesetzten, konnte noch hingenommen werden, er war, im wahrsten Sinn des Wortes, ein Akt höherer Gewalt. Dagegen konnte man Schläge von den eigenen Gefährten nicht hinnehmen, weil sie unerwartet kamen und außerhalb der Regel standen, und nur selten verstand ein zivilisierter Mensch darauf zu reagieren. Darüber hinaus war es möglich, eine Würde in der manuellen Arbeit zu entdecken, auch in der anstrengendsten; man konnte sich darauf einstellen, indem man sie als primitive Askese oder, je nach Temperament, als »Kräftemessen« im Sinne Conrads, als eine Erkundung der eigenen Grenzen ansah. Viel schwieriger war es, den Baracken-Alltag hinzunehmen: das perfektionistische und idiotische Bettenbauen, das ich unter den sinnlosen Gewalttaten beschrieben habe, das Scheuern des Holzfußbodens mit schmutzigen, nassen Lappen, das An- und Ausziehen auf Kommando, sich nackt bei den unzähligen Läuse-, Krätze- und Reinlichkeitskontrollen präsentieren zu müssen, sich die militaristische Parodie des »die Reihen schließen« zu eigen zu machen, des blitzschnellen »Achtung, Augen rechts«, des »Mütze ab« vor einem SS-Mann mit feistem Wanst. Dies alles wurde weitaus mehr als Entwürdigung empfunden, als verhängnisvolle Regression zu einem trostlosen Kindheitszustand, ohne Lehrer und ohne Liebe.

Auch Améry-Mayer bestätigt, wegen der Verstümmelung der Sprache, über die ich im vierten Kapitel geschrieben habe, gelitten zu haben: Und doch war Deutsch seine Sprache. Er hat anders darunter gelitten als wir Anderssprachigen, die wir in die Lage von Taubstummen versetzt worden waren. Er hat, wenn mir dieser Ausdruck gestattet ist, mehr in einem spirituellen als in einem materiellen Sinn darunter gelitten, und zwar deshalb, *weil* Deutsch seine Sprache war, weil er Philologe war und seine Sprache liebte: wie ein Bildhauer leiden würde, wenn er sähe, daß eine seiner Statuen entstellt oder verstümmelt würde. Das Leiden des Intellektuellen war in diesem Fall also ein anderes als das eines ungebildeten Ausländers: Für diesen war das Lagerdeutsch eine Sprache, die er nicht verstand, was lebensgefährlich sein konnte; für jenen war es ein barbarischer Jargon, den er zwar verstand, der ihm aber die Lippen häutete beim Versuch, ihn zu sprechen. Der eine war ein Deportierter, der andere ein Fremder im eigenen Land.

Ich möchte noch einmal zurückkommen auf die Schläge unter Gefährten: Améry erzählt nicht ohne Vergnügen und nachträglichen Stolz in einem anderen Aufsatz ein Schlüsselerlebnis, das zu seiner neuen Moral des *Zurückschlagens** gehört. Ein hünenhafter polnischer Krimineller gibt ihm wegen irgendeiner Belanglosigkeit einen Faustschlag mitten ins Gesicht. Améry beantwortet diesen Schlag, so gut er kann, nicht aus einer animalischen Reaktion heraus, sondern aus einem bewußten Aufbegehren gegen die verkehrte Welt des Lagers. »Meine Würde saß als Faustschlag an seinem Kiefer – und daß dann am Ende ich, der körperlich viel Schwächere, es war, der unterlag und heillose Prügel bekam, hatte keine Bedeutung mehr. Ich war, schmerzhaft verprügelt, mit mir zufrieden.« [Améry, a. a. O., S. 143 f.]

In diesem Punkt muß ich meine absolute Unterlegenheit einräumen: Ich habe es niemals fertiggebracht »zurückzuschlagen«, und zwar nicht aus christlichem Heiligkeitsgefühl oder intellektualistischer Noblesse, sondern weil ich schlicht und einfach unfähig dazu war. Möglicherweise aus Mangel an ernsthafter politischer Bildung: Es existiert ja in der Tat kein politisches Programm, auch nicht das gemäßigteste, auch nicht das am wenigsten gewalttätige, das nicht irgendeine Form aktiven Widerstands zuläßt. Möglicherweise auch aus Mangel an körperlichem Mut: Zwar besitze ich ihn in gewissem Maß angesichts natürlicher Gefahren und bei Krankheiten, aber er geht mir vollkommen ab gegenüber einem angreifenden Menschen. »Boxkämpfe« sind eine Erfahrung, die ich, soweit ich zurückdenken kann, nie gemacht habe, und ich kann auch nicht sagen, daß ich das bedaure. Aus ebendiesem Grund ist auch meine Partisanenlaufbahn von so kurzer Dauer, so schmerzvoll, so töricht und tragisch gewesen: Ich spielte die Rolle eines anderen. Ich bewundere Améry für seine Einsichtigkeit, für seine mutige Entscheidung, den Elfenbeinturm zu verlassen und sich zu engagieren, aber für mich war und ist sie noch heute außerhalb meiner Reichweite. Ich bewundere sie, aber ich muß auch feststellen, daß ihn diese Entscheidung, die auch noch sein ganzes Leben nach Auschwitz geprägt hat, zu derart harten und unnachgiebigen Positionen führte, daß er unfähig war, noch Freude im Leben oder vielmehr am Leben zu finden: Wer sich mit der ganzen Welt auf einen »Boxkampf« einläßt, findet zwar seine Würde wieder, aber er zahlt dafür einen sehr hohen Preis, weil er sicher sein kann, besiegt zu werden. Amérys Freitod 1978 in Salzburg läßt, wie jeder Freitod, eine Vielzahl unterschiedlicher Erklärungen zu, aber im nachhinein bietet die Begebenheit mit der Herausforderung an den Polen eine Interpretation an.

Vor einigen Jahren habe ich erfahren, daß Améry mich in einem Brief an unsere gemeinsame Freundin Hety S., auf die ich später noch zu sprechen kommen werde, »den Verzeihenden« genannt hat. Ich halte das weder für eine Kränkung noch für ein Lob; es ist nur ungenau. Ich neige nicht dazu zu verzeihen, ich habe niemandem unserer damaligen Feinde verziehen, und ich will auch ihren Nachahmern in Algerien, in Vietnam, in der Sowjetunion, in Chile, in Argentinien, in Kambodscha, in Südafrika nicht verzeihen, weil ich keine menschlichen Taten kenne, die eine Schuld auslöschen könnten. Ich fordere Gerechtigkeit, aber ich bin selber nicht in der Lage, mich auf Boxkämpfe einzulassen oder zurückzuschlagen.

Ein einziges Mal habe ich es versucht. Elias, der kräftige Zwerg, von dem ich in ›Ist das ein Mensch‹ und ›Lilít‹ erzählt habe und der allem Augenschein nach »im Lager glücklich war«, hatte mich, ich erinnere mich nicht mehr, warum, an den Handgelenken gepackt, wobei er mich beleidigte und mich gegen eine Wand stieß. Wie Améry spürte ich eine Aufwallung von Stolz, und obwohl mir bewußt war, daß ich mich selbst verriet und eine Norm überschritt, die ich von unzähligen Vorfahren ererbt hatte, denen Gewalttätigkeit fremd war, versuchte ich mich zu verteidigen und trat ihm mit meiner Holzpantine gegen das Schienbein. Elias brüllte auf, nicht wegen der Schmerzen, sondern wegen seiner verletzten Würde. Blitzschnell verschränkte er meine Arme über meiner Brust und warf mich mit seinem ganzen Gewicht zu Boden. Dann drückte er mir die Kehle zu und beobachtete dabei aufmerksam mein Gesicht; ich kann mich ganz deutlich an seine Augen erinnern, die nur eine Handbreit von meinen entfernt waren, starr, von blassem Porzellanblau. Er drückte zu, bis er die Anzeichen einer Ohnmacht feststellte. Dann ließ er mich los, ohne ein Wort zu sagen, und ging weg.

Nach dieser Bestätigung ziehe ich es im Rahmen des Möglichen vor, Bestrafungen, Racheakte und Vergeltungsmaßnahmen den Gesetzen meines Landes zu überlassen. Es ist dies eine aufgezwungene Entscheidung: Ich weiß, wie unzureichend die entsprechenden Mechanismen funktionieren, aber ich bin nun einmal der, den seine Vergangenheit zu dem gemacht hat, der er ist, und es ist mir nicht mehr möglich, mich zu ändern. Hätte auch ich die Welt über mir zusammenbrechen sehen, wäre ich zum Exil und zum Verlust meiner nationalen Identität verurteilt worden, wäre auch ich bis zur Bewußtlosigkeit und darüber hinaus gefoltert worden, dann hätte ich möglicherweise gelernt zurückzuschlagen und hegte, wie Améry, jene »Ressentiments«, denen er einen langen Aufsatz gewidmet hat, aus dem große Angst spricht.

Soweit die offenkundigen Nachteile der Bildung in Auschwitz. Aber gab es wirklich keine Vorteile? Ich wäre undankbar gegenüber der bescheidenen (und »überholten«) Bildung, wie sie mir auf dem Gymnasium und an der Universität zuteil wurde, wenn ich das bestreiten würde. Auch Améry bestreitet das nicht. Bildung konnte von Nutzen sein: nicht oft, nicht überall, nicht für alle; aber manchmal, bei irgendeiner seltenen Gelegenheit, die so kostbar war wie ein kostbarer Edelstein, war sie doch von Nutzen, und man fühlte sich wie losgelöst vom Boden, wobei die Gefahr bestand, daß man mit seinem ganzen Gewicht wieder auf die Erde herabstürzte und sich um so mehr weh tat, je größer der Überschwang war und je länger er andauerte.

Améry berichtet beispielsweise von einem seiner Freunde, der sich in Dachau mit Maimonides beschäftigte. Aber dieser Freund war Krankenpfleger, und Dachau verfügte, obwohl es ebenfalls ein Lager war, in dem es schlimm zuging, sogar über eine Bibliothek, während in Auschwitz schon der bloße Blick in eine Zeitung ein ungeheuerliches und gefährliches Unternehmen war. Er berichtet auch, daß er eines Abends während des Heimmarsches von der Arbeit, inmitten des polnischen Schlamms, versucht habe, in bestimmten Hölderlin-Versen die dichterische Botschaft wiederzufinden, die ihn zu anderen Zeiten erschüttert hatte, es ihm aber nicht gelungen sei: Die Verse waren zwar alle gegenwärtig, klangen ihm ans Ohr, aber sie sagten ihm nichts mehr, während er sich ein anderes Mal (bezeichnenderweise im Krankenbau, nachdem er eine zusätzliche Portion Suppe gegessen hatte, in einem Zustand also, da der Hunger nicht so quälend war wie sonst) bis zum Rausch an der Heraufbeschwörung der Gestalt Joachim Ziemssens begeisterte, des todkranken, aber pflichtbewußten Offiziers aus Thomas Manns ›Zauberberg‹.

Für mich war die Bildung von Nutzen, zwar nicht in jedem Fall, manchmal vielleicht auf unterirdischen und unvorhergesehenen Wegen, aber sie war mir von Nutzen und hat mich vielleicht gerettet. Nach vierzig Jahren lese ich in ›Ist das ein Mensch?‹ das Kapitel *Der Gesang des Odysseus* wieder: Es handelt sich dabei um eine der wenigen Begebenheiten, deren Zuverlässigkeit ich nachprüfen konnte (was ein beruhigendes Unterfangen ist; denn nach langer Zeit kann man, wie ich im ersten Kapitel ausgeführt habe, dem Gedächtnis nicht mehr vertrauen), weil mein damaliger Gesprächspartner, Jean Samuel, unter den verschwindend wenigen Personen des Buches ist, die überlebt haben. Wir sind Freunde geblieben, wir haben uns mehrfach getroffen, und seine Erinnerungen stimmen mit den meinen überein. Er erinnert sich an jenes Gespräch, aber gewissermaßen ohne Akzente oder mit anders gesetzten Akzenten. Ihn interessierte damals nicht Dante; ich interessierte ihn mit meinem naiven und anmaßenden Versuch, ihm Dante, meine Sprache und meine unzusammenhängenden Erinnerungen aus Schultagen innerhalb einer halben Stunde und mit den Suppenstangen auf den Schultern zu vermitteln. Jedenfalls habe ich an der Stelle, wo ich schrieb: »Meine Suppe von heute gäbe ich drum, wenn ich den Übergang von ›non ne avevo alcuna‹ zum Ende finden könnte«, weder gelogen noch übertrieben. Ich hätte wirklich Brot und Suppe hergegeben, also mein Blut, um diese Erinnerungen vor dem Nichts zu retten, die ich heute, mit der sicheren Unterstützung des bedruckten Papiers, auffrischen kann, wann immer ich will, und zwar kostenlos, und die aus diesem Grund wenig wert zu sein scheinen.

Damals und dort hatten sie einen großen Wert. Sie ermöglichten es mir, eine Verbindung mit der Vergangenheit herzustellen, retteten sie vor dem Vergessen und stärkten meine eigene Identität. Sie überzeugten mich davon, daß mein Verstand, obwohl er durch die täglichen Bedürfnisse eingeengt war, nicht aufgehört hatte zu funktionieren. Sie beförderten mich in meinen Augen und in denen meines Gesprächspartners. Sie gewährten mir einen vorübergehenden, aber keineswegs stumpfsinnigen Urlaub, im Gegenteil, er war befreiend und setzte sich gegen alles andere ab: Es war also eine Gelegenheit, mich selbst wiederzufinden. Wer ›Fahrenheit 451‹ von Ray Bradbury [Ullstein, Frankfurt a. M. 1956] gelesen oder gesehen hat, hat sich eine Vorstellung davon machen können, was es heißen würde, in einer Welt ohne Bücher leben zu müssen, und welchen Wert die Erinnerung an Bücher in ihr gewinnt. Für mich hatte das Lager auch diese Bedeutung. Ich erinnere mich, daß ich vor und nach »Odysseus« meine italienischen Gefährten ständig bedrängt habe, mir den einen oder anderen Fetzen aus meiner Welt von gestern bergen zu helfen, ohne daß viel dabei herausgekommen wäre, nein, ich konnte in ihren Augen sogar Verdruß und Argwohn erkennen: Was will der denn mit Leopardi und der Avogadroschen Zahl? Ob er etwa vor Hunger verrückt wird?

Ich darf auch nicht die Hilfe außer acht lassen, die mir aus meinem Beruf als Chemiker erwachsen ist. In praktischer Hinsicht hat er mich wahrscheinlich zumindest vor einigen Selektionen für die Gaskammer gerettet. Aus dem, was ich später über dieses Thema gelesen habe (vor allem in ›The Crime and Punishment of IG-Farben‹ von J. Borkin, Macmillan, London 1978), ist mir klargeworden, daß das Lager von Monowitz, obgleich Auschwitz unterstellt, Eigentum der IG-Farbenindustrie, also sozusagen ein privates Konzentrationslager war. Und den deutschen Industriellen, die etwas weniger kurzsichtig waren als die Nazi-Obersten, war bewußt, daß die Spezialisten, zu denen ich gehörte, nachdem ich die Chemieprüfung bestanden hatte, der man mich unterzogen hatte, nicht ohne weiteres ersetzbar waren. Aber ich möchte hier weder von diesem Privilegierten-Status reden noch von den offensichtlichen Vorteilen des Arbeitens in geschlossenen Räumen, ohne körperliche Anstrengung und ohne handgreiflich werdende Kapos. Ich rede von einem anderen Vorteil. Ich glaube, Amérys Behauptung »aus eigener Erfahrung« heraus widersprechen zu können, der die Naturwissenschaftler und erst recht die Techniker aus dem Kreis der Intellektuellen ausschließt: Diese kommen seiner Meinung nach ausschließlich aus dem Bereich der Geisteswissenschaften und der Philosophie. Leonardo da Vinci, der sich selbst als einen »omo sanza lettere« bezeichnete, als »einen Mann ohne humanistische Bildung«, war demnach kein Intellektueller?

Außer einem reichen Schatz an praktischen Kenntnissen habe ich durch mein Studium auch eine nicht leicht bestimmbare Vielzahl geistiger Gewohnheiten erworben, die sich aus der Chemie und ihren Grenzbereichen ableiten, jedoch umfassendere Anwendungen finden. Diese habe ich mit mir ins Lager genommen. Wenn ich in einer bestimmten Weise agiere, wie reagiert dann die Substanz, die ich in den Händen halte, oder mein menschlicher Gesprächspartner? Warum verhält sich die Substanz oder der Partner oder die Partnerin auf eine bestimmte Weise, warum wird dieses Verhalten beendet oder verändert? Kann ich voraussehen, was sich innerhalb der nächsten Minuten oder morgen oder in einem Monat um mich herum ereignet? Wenn ja, was sind die entscheidenden Anzeichen, und welche kann ich vernachlässigen? Kann ich den Schlag voraussehen, wissen, von welcher Seite er kommt, ihn abwehren, vor ihm ausweichen?

Aber vor allem und in spezifischer Weise habe ich mir durch meinen Beruf eine Gewohnheit angeeignet, die man auf verschiedene Art beurteilen und je nachdem als menschlich oder unmenschlich bezeichnen kann, nämlich die, niemals gleichgültig gegenüber den Personen zu sein, mit denen der Zufall mich bekannt macht. Sie sind zwar einerseits Menschen, aber andererseits auch »Proben«, Exemplare in verschlossenen Hüllen, die es zu erkennen, zu analysieren und zu wägen gilt. Nun war der »Musterkatalog«, den mir Auschwitz vorsetzte, umfangreich, verschiedenartig und merkwürdig. Er bestand aus Freunden, Neutren und Feinden, in jedem Fall aber war er Nahrung für meine Neugier, die damals und später von manchen als distanziert bezeichnet worden ist; er war eine Nahrung, die ohne Zweifel dazu beigetragen hat, einen Teil von mir lebendig zu erhalten, und mir in der Folgezeit Material zum Nachdenken und zum Bücherschreiben geliefert hat. Wie ich bereits sagte, kann ich nicht beurteilen, ob ich in Auschwitz ein Intellektueller war. Vielleicht war ich es momentweise, wenn der Druck nachließ; wenn ich es nachher geworden bin, hat mir die erworbene Erfahrung zweifellos Hilfestellung geleistet. Mir ist bewußt, daß diese »naturalistische« Einstellung weder ausschließlich noch notwendigerweise durch die Chemie vermittelt wird, aber für mich kam sie von der Chemie. Andererseits, und diese Behauptung soll nicht zynisch erscheinen, war das Lager für mich, wie auch für Lidia Rolfi und viele andere Überlebende, die »Glück gehabt« haben, eine Universität; sie hat uns gelehrt, uns umzuschauen und die Menschen zu beurteilen.

Unter diesem Aspekt war meine Weltsicht anders als die meines Schicksalsgefährten und Antagonisten Améry und zugleich eine Ergänzung der seinen. Aus seinen Schriften tritt ein anderes Interesse zutage, nämlich das des politischen Streiters an dem Übel, das Europa verpestete und die Welt bedrohte (und noch immer bedroht); das des Philosophen am Geistigen, das in Auschwitz keinen Platz hatte; das des herabgewürdigten Gelehrten, dem die Mächte der Geschichte das Vaterland und die Identität entrissen haben. Sein Blick ist nach oben gerichtet und bleibt nur selten auf dem gewöhnlichen Volk im Lager haften, auf seinem typischen Vertreter, dem »Muselmann«, dem zu Tode erschöpften Menschen, dessen Intellekt im Sterben liegt oder bereits tot ist.

Bildung konnte also von Nutzen sein, wenn auch nur am Rand und für kurze Zeit; sie konnte einige Stunden verschönern, eine flüchtige Verbindung zu einem Gefährten herstellen und den Verstand gesund und lebendig erhalten. Allerdings nützte sie weder zur Orientierung noch zum Verstehen; in diesem Punkt stimmt meine Erfahrung als Ausländer mit der des Deutschen Améry überein. Vernunft, Kunst, Dichtung helfen nicht, den Ort zu dechiffrieren, aus dem sie verbannt sind. Im täglichen Leben »dort«, das aus Langeweile bestand, durchbrochen von Grauen, war es heilsam, diese Dinge zu vergessen, so wie es heilsam war zu lernen, Heim und Familie zu vergessen. Ich will damit nicht von einem endgültigen Vergessen sprechen, zu dem im übrigen niemand in der Lage ist, sondern von der Verbannung in jene Dachkammer der Erinnerung, wo sich sperriges Material ansammelte, das für das tägliche Leben keinerlei Nutzen mehr hat.

Einem solchen Verfahren neigten die Ungebildeten eher zu als die Gebildeten. Sie paßten sich dem »Nicht-versuchen-zu-begreifen« schneller an, was das erste Grundprinzip war, das man im Lager lernen mußte. Zu begreifen versuchen, dort, vor Ort, war ein nutzloses Unterfangen, auch für die vielen Häftlinge, die aus anderen Lagern kamen, oder die, wie Améry, die Geschichte, die Logik und die Moral kannten und zudem Gefangenschaft und Folter durchgemacht hatten: Verschwendung einer Energie, die man sinnvoller für den täglichen Kampf gegen Hunger und Erschöpfung aufgewendet hätte. Logik und Moral sperrten sich gegen eine unlogische und unmoralische Wirklichkeit; daraus entwickelte sich eine Ablehnung der Wirklichkeit, die den Gebildeten in aller Regel sehr bald in die Verzweiflung trieb. Aber die Varianten des Menschen als Tier sind zahllos, und ich habe Menschen von erlesener Bildung gesehen und beschrieben, die, vor allem, wenn sie jung waren, diese Bildung ablegten, versimpelten, verrohten und überlebten.

Der einfache Mensch, daran gewöhnt, sich keine Fragen zu stellen, war der unnötigen Qual enthoben, nach dem Warum zu fragen. Außerdem ging er oftmals einem Beruf oder einer handwerklichen Tätigkeit nach, die seine Eingliederung erleichterten. Es wäre schwierig, hierüber eine vollständige Aufstellung zu geben, auch schon deshalb, weil sie sich von Lager zu Lager und von Augenblick zu Augenblick änderte. Hier sei der Kuriosität halber folgendes mitgeteilt: Im Dezember 1944, mit den Russen vor den Toren, mit täglichen Bombenangriffen und einer Kälte, die die Wasserleitungen zum Bersten brachte, wurde in Auschwitz ein *Buchhalter-Kommando** eingerichtet. Auch jener Steinlauf, den ich im dritten Kapitel von ›Ist das ein Mensch?‹ beschrieben habe, wurde dazu beordert, was aber nicht ausreichte, ihn vor dem Tod zu retten. Das war, wohlgemerkt, ein Grenzfall, der in den allgemeinen Wahnsinn des Untergangs des Dritten Reiches gehörte. Dagegen war es normal und verständlich, daß Schneider,

Schuster, Mechaniker oder Maurer einen guten Posten erhielten. Maurer gab es im übrigen viel zu wenige; ausgerechnet in Monowitz (und sicher nicht aus humanitären Gründen) wurde eine Schule für das Maurerhandwerk für Häftlinge unter achtzehn Jahren eingerichtet.

Auch der Philosoph, sagt Améry, konnte zur Hinnahme seines Schicksals gelangen, allerdings auf einem umständlicheren Weg. Ihm konnte es passieren, die Grenzen des gesunden Menschenverstands zu verletzen, der es ihm untersagte, eine allzu grausame Wirklichkeit als wahr hinzunehmen; er konnte, da er in einer monströsen Welt lebte, schließlich auch einräumen, daß es Monster gab und neben der Cartesianischen Logik auch die der SS:

> Hatten jene, die ihn zu vernichten sich anschickten, nicht vielleicht recht gegen ihn, auf Grund des unbestreitbaren Faktums, daß sie die Stärkeren waren? Die grundsätzliche geistige Toleranz und der methodische Zweifel des Intellektuellen wurden so zu Faktoren der Autodestruktion. Ja, die SS konnte es treiben, wie sie es tat: Es gibt kein Naturrecht, und die moralischen Kategorien entstehen und vergehen wie die Moden. Ein Deutschland war da, das Juden und politische Gegner in den Tod trieb, da es sich nur auf diese Weise glaubte verwirklichen zu können. Und was weiter? Es war die griechische Zivilisation aufgebaut auf Sklaverei, und ein athenisches Heer hatte auf Melos gehaust wie die SS in der Ukraine. Menschenopfer unerhört waren gefallen, soweit das Licht der Geschichte in die Tiefe reicht, und der ewige Menschheitsfortschritt war ohnedies nur eine Naivität aus dem 19. Jahrhundert. »Links zwei, drei, vier« war ein Ritual wie ein anderes auch. Es war nicht viel vorzubringen gegen die Greuel. Die Via Appia war gesäumt gewesen von gekreuzigten Sklaven, und drüben in Birkenau verbreitete sich der Gestank verbrannter Menschenleiber.

Hier war man nicht Crassus, sondern Spartacus, das war alles. [Améry, a. a. O., S. 25]

Diese Kapitulation vor dem ganz realen Grauen der Vergangenheit konnte den gebildeten Menschen zur intellektuellen Abdankung führen und ihm gleichzeitig die Waffen zur Verteidigung seines ungebildeten Leidensgefährten in die Hand geben: »So war es immer, und so wird es immer sein.« Vielleicht hat mich meine Unkenntnis der Geschichte vor einer solchen Metamorphose bewahrt. Außerdem war ich, zu meinem Glück, einer anderen Gefahr nicht ausgesetzt, auf die Améry zu Recht aufmerksam macht: Der Intellektuelle (und ich erlaube mir, seiner Aussage hinzuzufügen: der deutsche Intellektuelle) neigt dazu, Komplize der Macht zu werden und sie folglich gutzuheißen. Er neigt dazu, den Spuren Hegels zu folgen und den Staat, jeden Staat, zu deifizieren: Allein der Tatbestand, daß er existiert, rechtfertigt seine Existenz. Die Berichte aus Hitler-Deutschland wimmeln von Fällen, die diese Tendenz bestätigen. Ihr unterlagen (und bestätigen sie damit) der Philosoph und Lehrer Sartres, Heidegger, der Physiker und Nobelpreisträger Stark, Kardinal Faulhaber, die oberste katholische Autorität in Deutschland, und unzählige andere.

Neben diesem unterschwelligen Hang des agnostischen Intellektuellen beobachtet Améry etwas, das wir ehemaligen Häftlinge alle beobachtet haben, nämlich, daß die Nicht-Agnostiker, die, die einem wie auch immer beschaffenen Glauben anhängen, der Verführung durch die Macht besser widerstanden haben, natürlich nur, soweit sie nicht Anhänger des nationalsozialistischen Glaubensbekenntnisses waren. (Dieser Vorbehalt ist nicht überflüssig: In den Lagern gab es einige überzeugte Nazis, die ebenfalls das rote Dreieck der politischen Häftlinge trugen; sie waren wegen ideologischer Abweichung oder aus persönlichen Gründen in Ungnade gefallen. Niemand mochte sie.) Alles in allem haben sie auch die Prüfung des Lagers besser überstanden und in verhältnismäßig größerer Zahl überlebt.

Wie Améry bin auch ich als Nichtgläubiger ins Lager gekommen, und als Nichtgläubiger bin ich befreit worden und habe bis heute so gelebt; die Erfahrung des Lagers, seine entsetzliche Ungerechtigkeit, hat mich in meiner Haltung sogar noch bestätigt. Sie hat mich daran gehindert (und tut es noch heute), an irgendeine Form der Vorsehung oder der transzendentalen Gerechtigkeit zu glauben: warum die Sterbenden in Viehwaggons? Warum die Kinder in den Gaskammern? Ich muß jedoch einräumen, einmal die Versuchung gespürt zu haben (und wiederum: nur ein einziges Mal) nachzugeben, Zuflucht im Gebet zu suchen. Das war im Oktober 1944, im einzigen Augenblick, in dem ich bei klarem Bewußtsein den bevorstehenden Tod wahrgenommen habe: als ich, nackt und eingezwängt unter meinen nackten Gefährten, mit meiner Karteikarte in der Hand, darauf wartete, vor der »Kommission« zu erscheinen, die mit einem Blick darüber entscheiden würde, ob ich sofort in die Gaskammer mußte oder ob ich kräftig genug war, noch weiterzuarbeiten. Für einen Moment hatte ich das Bedürfnis, um Hilfe und Schutz zu bitten. Dann aber hat, trotz meiner Angst, der Gleichmut gesiegt: Man ändert nicht die Spielregeln am Ende der Partie und auch nicht, wenn man dabei ist zu verlieren. Ein Gebet wäre in dieser Situation nicht nur absurd gewesen (welche Rechte hätte ich denn einklagen können? und bei wem?), sondern auch blasphemisch, obszön und erfüllt von der größten Frevelhaftigkeit, zu der ein Nichtgläubiger imstande wäre. Ich wehrte diese Versuchung ab: Ich wußte, daß ich mich ihrer, wenn ich überleben würde, schämen müßte.

Nicht nur in den entscheidenden Momenten der Selektionen oder der Bombenangriffe, sondern auch im Mühlwerk des täglichen Lebens lebten die gläubigen Menschen besser. Améry und ich haben es beide beobachtet. Es hatte überhaupt keine Bedeutung, welchem Glauben sie anhingen, ob er religiöser oder politischer Natur war. Katholische Priester oder reformierte Geistliche, Rabbiner der verschiedenen orthodoxen Richtungen, militante Zionisten, naive oder differenzierte Marxisten, Zeugen Jehovas – alle waren miteinander verbunden durch die rettende Kraft ihres Glaubens. Ihr Universum war größer als das unsere, weiter gespannt in Raum und Zeit und vor allem verständlicher: Sie besaßen einen Schlüssel und einen Halt, ein tausendjähriges Morgen, für das es einen Sinn haben konnte, sich zu opfern, einen Platz im Himmel oder auf der Erde, wo die Gerechtigkeit und die Barmherzigkeit gesiegt hatten oder in einer vielleicht fernen, aber gewissen Zukunft den Sieg erringen würden: Moskau oder das himmlische oder das irdische Jerusalem. Ihr Hunger war von anderer Art als der unsere; er war eine göttliche Strafe, eine Sühne, eine Votivgabe oder das Resultat der kapitalistischen Verderbtheit. Der Schmerz, den sie selbst empfanden und bei anderen sahen, war entzifferbar und mündete daher nicht in die Verzweiflung. Sie sahen uns mitleidsvoll an, manchmal auch voll Verachtung. Einige von ihnen versuchten während der Arbeitspausen, uns zu bekehren. Aber wie kann man sich als Bekenntnisloser plötzlich einen »zweckmäßigen« Glauben zurechtzimmern oder ihn annehmen, nur weil er zweckmäßig ist?

Während der strahlenden und ereignisreichen Tage, die vor einem elenden Hintergrund mit Sterbenden und Toten, mit verpesteten Winden und verseuchtem Schnee unmittelbar auf die Befreiung folgten, schickten mich die Russen zum Friseur, damit ich mich zum erstenmal in meinem Leben als freier Mensch rasieren ließ. Der Friseur war ein Ex-Politischer, ein französischer Arbeiter der »Ceinture«. Wir fühlten uns sofort wie Brüder, und ich machte irgendeinen banalen Kommentar über unsere so unwahrscheinliche Errettung: Wir waren doch die zum Tod Verurteilten, die auf dem Podest der Guillotine errettet worden waren, nicht wahr? Er sah mich mit offenem Mund an und rief dann empört aus: »... mais Joseph était là!« Joseph? Ich brauchte einige Sekunden, bis ich begriff, daß er Stalin meinte. Er, nein, er war niemals verzweifelt. Stalin war seine feste Burg, der Fels, der in den Psalmen besungen wird.

Die Grenzlinie zwischen Gebildeten und Ungebildeten stimmte natürlich nicht überein mit der zwischen Gläubigen und Nichtgläubigen, im Gegenteil, sie durchschnitt sie im rechten Winkel, so daß vier einigermaßen klar definierte Vierecke entstanden: die gebildeten Gläubigen, die gebildeten Nichtgläubigen, die ungebildeten Gläubigen und die ungebildeten Nichtgläubigen. Vier kleine, deutlich gegliederte bunte Inseln, die sich aus dem grauen, endlosen Meer der Halbtoten abhoben, die vielleicht gläubig oder gebildet gewesen waren, sich nun aber keine Fragen mehr stellten und denen gegenüber es sinnlos und grausam gewesen wäre, Fragen zu stellen.

Der Intellektuelle, bemerkt Améry (und ich möchte präzisieren: der *junge* Intellektuelle, der er und ich zur Zeit unserer Gefangennahme und Inhaftierung waren), hat aus seiner Lektüre das Bild eines geruchlosen, feierlich geschmückten und literarischen Todes gewonnen. Ich übertrage hier »ins Italienische« die Beobachtungen, die er als deutscher Philologe machte, der gehalten war, das »Mehr Licht!« Goethes, den ›Tod in Venedig‹ und den ›Tristan‹ zu zitieren. Bei uns in Italien ist der Tod der zweite Begriff des Wortpaars »Liebe und Tod«. Er ist die freundliche Transfiguration von Laura, Ermengarda und Clorinda. Er ist das Opfer des Soldaten in der Schlacht (»Wer fürs Vaterland stirbt, hat reichlich gelebt«). Es ist »ein schöner Tod, der alles Leben bekränzet«. Dieses unerschöpfliche Archiv defensiver und apotropäischer Formeln war in Auschwitz (oder im übrigen auch heute in jedem Krankenhaus) von kurzer Dauer. Der *Tod in Auschwitz* war trivial, bürokratisch und alltäglich. Er wurde nicht kommentiert, wurde nicht »von Tränen getröstet«. Angesichts des Todes, der Gewöhnung an den Tod, verschwand die

Grenze zwischen Bildung und Unbildung. Améry bestätigt, daß man sich nicht mehr damit befaßte, ob man starb, das war unabwendbar, sondern *wie* man starb:

> Man führte Gespräche darüber, wie lange es wohl dauere, bis das Gas in den Gaskammern seine Wirkung tut. Man spekulierte über die Schmerzhaftigkeit des Todes durch Phenolinjektionen. Sollte man sich einen Schlag über den Schädel wünschen oder den langsamen Erschöpfungstod im Krankenbau? [Améry, a. a. O., S. 34f.]

An diesem Punkt trennen sich meine Erfahrung und meine Erinnerungen von denen Amérys. Vielleicht, weil ich jünger war, vielleicht, weil ich ungebildeter oder weniger gezeichnet oder weniger bewußt war als er, hatte ich kaum Zeit für Gedanken an den Tod. Ich mußte an ganz anderes denken: wo ich ein Stück Brot finden, wie ich die Schwerarbeit umgehen konnte, mir die Schuhe flicken, einen Besen stehlen, die Zeichen und Gesichter um mich herum deuten. Ziele im Leben sind die beste Verteidigung gegen den Tod: nicht nur im Konzentrationslager.

Diejenigen, die in Gefangenschaft gewesen sind (und, in einem viel weiter gefaßten Rahmen, alle die, die schlimme Erfahrungen durchgemacht haben), lassen sich in zwei deutlich unterscheidbare Kategorien gruppieren, die nur in seltenen Fällen Zwischentöne aufweisen: die, die schweigen, und die, die berichten. Beide haben gute Gründe. Die, die schweigen, empfinden jenes Unbehagen, das ich vereinfachend »Scham« genannt habe, tiefer; sie sind mit sich selbst nicht in Frieden, oder ihre Wunden brennen noch. Die anderen, die, die sprechen und oftmals sehr viel sprechen, folgen verschiedenartigen Antrieben. Sie sprechen, weil sie, auf verschiedenen Ebenen des Bewußtseins, in ihrer (wenn auch inzwischen weit zurückliegenden) Gefangenschaft den Mittelpunkt ihres Lebens erblicken, jenes Ereignis, das im Guten wie im Bösen ihre gesamte Existenz bestimmt hat. Sie sprechen, weil sie wissen, daß sie Zeugen eines Vorgangs von weltweiten Dimensionen sind, der das Jahrhundert erschütterte. Sie sprechen, weil sich (wie es in einem jiddischen Sprichwort heißt) »überstandene Leiden gut erzählen lassen«. Francesca sagt zu Dante: »Im Elend sich vergangnen Glückes/erinnern müssen, ist der größte Schmerz.«* Aber auch das Gegenteil ist wahr, wie jeder Heimkehrer weiß: Es ist schön, im Warmen zu sitzen, bei Essen und Wein, und sich und anderen die Mühsal, die Kälte und den Hunger in Erinnerung zu rufen. So gibt auch Odysseus am Hof des Königs der Phäaken sofort dem Drang des Erzählens nach, vor der gedeckten Tafel. Sie sprechen, möglicherweise übertreibend, wie großtuerische Soldaten und berichten von Angst und Mut, Schlauheit, Verletzungen, Niederlagen und eini-

* *Die göttliche Komödie. Hölle*, Fünfter Gesang, zitiert in der Übertragung von Karl Vossler, München 1969 [Anm. d. Ü.].

gen Siegen: Indem sie das tun, unterscheiden sie sich bewußt von den »anderen«, festigen ihre Identität durch die Zugehörigkeit zu einer Körperschaft und fühlen ihr Ansehen vermehrt.

Aber sie sprechen, genauer gesagt: wir sprechen (ich kann die erste Person Mehrzahl verwenden, denn ich gehöre nicht zu den Schweigsamen) auch deshalb, weil wir dazu aufgefordert werden. Vor Jahren hat Norberto Bobbio geschrieben, daß die nationalsozialistischen Vernichtungslager »nicht *eins von verschiedenen*, sondern *das* monströse und möglicherweise unwiederholbare Ereignis in der Geschichte der Menschheit« waren. Die anderen, die Zuhörer, Freunde, Kinder, Leser oder auch Außenstehenden, erfassen das intuitiv, jenseits aller Empörung und Bemitleidung; sie begreifen die Einmaligkeit unserer Erfahrung oder geben sich zumindest Mühe, sie zu begreifen. Deshalb drängen sie uns zu erzählen und stellen uns Fragen, wobei sie uns mitunter in Verlegenheit bringen: Es ist nicht immer einfach, auf bestimmte Fragen nach dem Warum zu antworten. Wir sind weder Historiker noch Philosophen, sondern Zeugen, und im übrigen ist es nicht gesagt, daß die Menschheitsgeschichte streng logischen Normen gehorcht. Es ist nicht gesagt, daß jede Wende aus einem einzigen Grund erfolgt: Vereinfachungen sind nur für Schulbücher sinnvoll, die Gründe können vielgestaltig sein, miteinander vermischt oder nicht zu erkennen, wenn nicht gar inexistent. Kein Historiker und kein Erkenntnistheoretiker hat bisher aufzeigen können, daß die Menschheitsgeschichte ein deterministischer Prozeß ist.

Unter den Fragen, die uns gestellt werden, fehlt eine nie, im Gegenteil, im Lauf der Jahre wird sie mit immer größer werdender Beharrlichkeit formuliert und in einem immer weniger verhüllten Ton der Anklage. Dabei handelt es sich weniger um eine einzelne Frage als vielmehr um eine ganze Sippe von Fragen. Warum seid ihr nicht geflohen? Warum habt ihr keinen Aufstand gemacht? Warum habt ihr euch nicht »vorher« der Verhaftung entzogen? Gerade weil sie unweigerlich und mit der Zeit immer häufiger gestellt werden, verdienen diese Fragen Beachtung.

Der erste Kommentar zu diesen Fragen und ihre erste Deutung sind optimistisch. Es gibt Länder, die niemals die Freiheit gekannt haben, weil das natürliche Bedürfnis des Menschen danach erst in der Folge anderer, wesentlich dringenderer Bedürfnisse kommt: Schutz vor Kälte, Hunger, Krankheiten, Parasiten, Schutz vor Angriffen von Tieren und Menschen. In den Ländern jedoch, wo die elementaren Bedürfnisse befriedigt sind, empfinden die jungen Menschen von heute die Freiheit als ein Gut, auf das man unter keinen Umständen verzichten darf. Ohne sie kann man nicht auskommen, sie ist ein natürliches und selbstverständliches Recht und darüber hinaus kostenlos, wie die Gesundheit und die Luft zum Atmen. Die Zeiten und Orte, in denen dieses angeborene Recht verweigert wird, werden als fern, fremd und eigenartig empfunden. Deshalb ist für sie die Vorstellung von Gefangenschaft verbunden mit der Vorstellung von Flucht oder Aufstand. Die Situation des Gefangenen wird als unverschuldet und unnormal empfunden, geradezu wie eine Krankheit, die durch Flucht oder Rebellion geheilt werden muß. Zudem hat die Vorstellung von Flucht als moralischer Verpflichtung solide Wurzeln: Nach dem Militär-Kodex vieler Länder hat der Kriegsgefangene die Pflicht, sich unbedingt zu befreien, um seinen Posten als Soldat wieder einzunehmen, und nach der Haager Konvention darf ein Fluchtversuch nicht bestraft werden. Im allgemeinen Bewußtsein tilgt die Flucht die Schande der Gefangenschaft.

Nebenbei bemerkt: In der Sowjetunion Stalins sah die Praxis, wenn nicht gar das Gesetz, anders und wesentlich drastischer aus; für den in die Heimat entlassenen sowjetischen Kriegsgefangenen gab es weder Heilung noch Rettung, er wurde als unwiderruflich schuldig angesehen, selbst wenn es ihm gelungen war, auszubrechen und sich in das kämpfende Heer wieder einzugliedern. Er hätte sterben sollen, statt sich zu ergeben, und darüber hinaus wurde er automatisch des geheimen Einverständnisses mit dem Feind verdächtigt, da er in dessen Hände gefallen war, und sei es auch nur für wenige Stunden. Sogar zahlreiche Soldaten, die an der Front von den Deutschen gefangengenommen und in die besetzten Gebiete verschleppt worden waren, geflohen waren und sich den Partisanenverbänden angeschlossen hatten, die in Italien, in Frankreich oder auch im sowjetischen Hinterland gegen die Deutschen kämpften, wurden nach ihrer unvorsichtigen Rückkehr ins Vaterland nach Sibirien deportiert oder getötet. Auch in Japan wurde während des Kriegs der Soldat, der sich ergeben hatte, mit äußerster Verachtung angesehen: Hieraus erklärt sich die extrem harte Behandlung, der die alliierten Soldaten ausgesetzt waren, die in japanische Kriegsgefangenschaft gerieten. Sie waren nicht bloß Feinde, sondern obendrein feige Feinde, die sich durch ihr Aufgeben entwürdigt hatten.

Weiterhin: Die Vorstellung von der Flucht als moralischer Pflicht und notwendiger Konsequenz der Gefangenschaft wird durch die romantische (›Der Graf von Montecristo‹) und populäre Literatur (hier sei nur an den ungeheuren Erfolg der Memoiren von ›Papillon‹ [Henri Charrière, ›Papillon‹, Molden, Wien 1970] erinnert) unaufhörlich bekräftigt. In der Welt des Films ist der zu Unrecht (oder vielleicht auch zu Recht) eingekerkerte Held immer eine positive Figur, er versucht immer zu fliehen, auch unter den unwahrscheinlichsten Umständen, und der Versuch wird regelmäßig vom Erfolg gekrönt. Unter Tausenden dem Vergessen anheimgefallenen Filmen bleiben ›I Am a Fugitive from a Chain Gang‹ und ›The Hurricane‹ in der Erinnerung. Der typische Gefangene wird als integrer Mensch gesehen, im Vollbesitz seiner körperlichen und moralischen Kräfte, der sich mit der Kraft der Verzweiflung und dem durch die Notwendigkeit geschärften Verstand gegen die Schranken wirft, über sie hinwegspringt oder sie zertrümmert.

Nun hat diese schematische Vorstellung von Gefangenschaft und Flucht äußerst wenig mit der Situation der Konzentrationslager zu tun. Wenn man diesen Begriff im weitesten Sinn gebraucht (so daß außer den in aller Welt bekannten Vernichtungslagern auch die zahlreichen Gefangenen- und Internierungslager darunter erfaßt werden), gab es in Deutschland einige Millionen Ausländer im Zustand der Versklavung, überarbeitet, verachtet, unterernährt, schlecht gekleidet und ungepflegt, abgeschnitten von jedem Kontakt zu ihrem Heimatland. Sie waren keine »typischen Gefangenen«, sie waren nicht integer, im Gegenteil, sie waren demoralisiert und entkräftet. Eine Ausnahme bildeten die Kriegsgefangenen, die zu den alliierten Truppen gehörten (die Amerikaner und die Angehörigen des britischen Commonwealth), die Kleidung und Lebensmittel durch das Internationale Rote Kreuz erhielten, eine gute militärische Ausbildung besaßen, stark motiviert waren, über einen ungebrochenen Korpsgeist verfügten und eine ziemlich stabile innere Hierarchie aufrechterhalten hatten, in der es nicht die »Grauzone« gab, über die ich an anderer Stelle gesprochen habe. Abgesehen von einigen wenigen Ausnahmen konnten sie sich gegenseitig vertrauen, und außerdem wußten sie, daß sie nach den internationalen Konventionen behandelt würden, wenn man sie wieder einfing. In der Tat sind von ihnen zahlreiche Fluchtversuche gewagt worden, von denen einige erfolgreich endeten.

Für die anderen, die Parias des Nazi-Universums (zu denen auch die Zigeuner und die sowjetischen Kriegs- und Zivilgefangenen gehörten, die rassisch nur wenig besser als die Juden eingestuft wurden), waren die Dinge anders gelagert. Für sie war die Flucht schwierig und außerordentlich gefährlich: Sie waren nicht nur demoralisiert, sondern durch Hunger und schlechte Behandlung geschwächt. Sie galten noch weniger als Lasttiere, und so fühlten sie sich auch eingeschätzt. Sie hatten kahlgeschorene Köpfe, trugen verdreckte Kleidung, die sofort erkennbar war, und Holzschuhe, die einen schnellen, leisen Gang unmöglich machten. Wenn sie Ausländer waren, hatten sie in der Umgebung weder Bekanntschaften noch einen möglichen Unterschlupf. Wenn sie Deutsche waren, wußten sie, daß sie von der Geheimpolizei, die ihre Augen überall hatte, aufmerksam überwacht und registriert wurden und daß nur die allerwenigsten ihrer Landsleute die Freiheit oder das eigene Leben riskiert hätten, um sie bei sich aufzunehmen.

Der besondere (aber zahlenmäßig beachtliche) Fall der Juden war am tragischsten. Selbst wenn man annimmt, es wäre ihnen gelungen, die Stacheldrahtumzäunung und das elektrisch geladene Gitter zu überwinden, den Patrouillen, den mit Maschinengewehren bewaffneten Posten auf den Wachtürmen und den auf Menschenjagd abgerichteten Hunden zu entkommen – wohin hätten sie dann gehen sollen? Wen hätten sie bitten sollen, sie aufzunehmen? Sie standen außerhalb der Welt, Männer und Frauen aus Luft. Sie besaßen keine Heimat mehr (ihnen war die Staatsbürgerschaft entzogen worden) und kein Zuhause, denn das war zugunsten vollberechtigter Bürger beschlagnahmt worden. Außer in einigen Ausnahmen hatten sie keine Familie mehr, und wenn noch irgendein Verwandter lebte, wußten sie nicht, wo sie ihn finden oder wohin sie ihm schreiben konnten, ohne die Polizei auf seine Fährte zu setzen. Die antisemitische Propaganda von Goebbels und Streicher hatte ihre Früchte getragen: Der größte Teil der Deutschen, vor allem die Jungen, haßte die Juden; sie verachteten sie und hielten sie für Volksfeinde; die anderen, mit ganz wenigen heroischen Ausnahmen, leisteten keinerlei Hilfe aus Furcht vor der Gestapo. Wer einen Juden bei sich versteckte oder ihm auch nur half, riskierte die fürchterlichsten Strafen. Und an dieser Stelle ist es nur recht und billig, daran zu erinnern, daß einige tausend Juden die gesamte Hitler-Zeit in Klöstern, in Kellern und auf Dachböden in Deutschland und Polen überlebt haben aufgrund tätiger Hilfe einiger mutiger und barmherziger Mitmenschen, die vor allem intelligent genug waren, über Jahre hinweg strengstes Stillschweigen zu bewahren.

Darüber hinaus wurde die Flucht auch nur eines einzigen Häftlings in sämtlichen Lagern als ein schwerwiegendes Vergehen des ganzen Wachpersonals angesehen, angefangen von den Blockältesten bis hinauf zum Lagerkommandanten, der mit seiner Absetzung rechnen mußte. Nach nationalsozialistischer Logik handelte es sich dabei um ein nicht zu tolerierendes Vorkommnis: Die Flucht eines Sklaven, zumal wenn er einer »biologisch minderwertigen« Rasse angehörte, erschien von hohem symbolischem Wert und hätte einen Sieg dessen dargestellt, der per definitionem besiegt war, eine Beschädigung des Mythos. Außerdem hätte eine Flucht auf unmittelbar realistischer Ebene einen objektiven Schaden bedeutet, weil jeder Häftling Dinge gesehen hatte, die die Welt nicht wissen durfte. Folglich kam es zu einem Drama, wenn ein Häftling beim Appell fehlte (was nicht selten vorkam: Oft handelte es sich um einen einfachen Abzählfehler oder darum, daß ein Häftling vor Erschöpfung ohnmächtig geworden war). Das gesamte Lager wurde in Alarmzustand versetzt; außer der für die Bewachung zuständigen SS beteiligten sich Patrouillen der Gestapo; das gesamte Lager, Baustellen, Bauernhäuser und Wohnungen in der Umgebung wurden durchsucht. Nach Gutdünken des Lagerkommandanten wurden Notstandsvorkehrungen getroffen. Die Landsleute, die allgemein bekannten Freunde oder die Bettnachbarn des Entflohenen wurden unter Folter verhört und danach umgebracht; immerhin war eine Flucht eine schwierige Sache, und es war unwahrscheinlich, daß der Flüchtige keine Komplizen gehabt oder niemand etwas von den Vorbereitungen bemerkt hätte. Seine Blockgefährten oder manchmal auch sämtliche Lagerinsassen mußten dann auf dem Appellplatz für unbegrenzte Zeit Strafe stehen, mitunter tagelang, in Schnee und Regen oder in sengender Hitze, so lange, bis der Ausbrecher gefunden worden war, tot oder lebendig. Spürte man ihn auf und nahm ihn lebend gefangen, wurde er ausnahmslos mit dem Tod durch Erhängen vor den versammelten Lagerinsassen bestraft, doch dem ging eine Zeremonie voraus, die jedesmal anders war, aber immer von unvorstellbarer Bestialität, und bei der sich die phantasiereiche Grausamkeit der SS entfesselte.

Um zu verdeutlichen, was für ein verzweifeltes Unternehmen eine Flucht war (aber nicht nur deshalb), will ich hier die Tat der Mala Zimetbaum in die Erinnerung zurückrufen; ich möchte nämlich, daß sie ins Gedächtnis eingeht. Malas Flucht aus dem Frauenlager von Auschwitz-Birkenau ist von mehreren Personen erzählt worden, doch stimmen die Berichte in den Einzelheiten überein. Mala war eine junge polnische Jüdin, die in Belgien gefangengenommen worden war und viele Sprachen fließend beherrschte. Deshalb wurde sie in Birkenau als Dolmetscherin und Läuferin eingesetzt, und in dieser Eigenschaft genoß sie eine gewisse Bewegungsfreiheit. Sie war großzügig und mutig, sie hatte vielen Gefährtinnen geholfen und war bei allen beliebt. Im Sommer 1944 entschloß sie sich, zusammen mit Edek auszubrechen, einem polnischen politischen Häftling. Sie wollten nicht nur ihre eigene Freiheit wiedererlangen, sondern der Welt die tagtäglichen Massaker von Birkenau vor Augen führen. Es gelang ihnen, einen SS-Mann zu bestechen und sich zwei Uniformen zu beschaffen. So verkleidet konnten sie hinaus und erreichten die slowakische Grenze; hier wurden sie von Zöllnern angehalten, die den Verdacht hatten, daß es sich bei den beiden um Deserteure handelte, und sie der Polizei übergaben. Sie wurden sofort erkannt und wieder nach Birkenau zurückgebracht. Edek wurde auf der Stelle der Strick um den Hals gelegt, er aber wollte nicht warten, bis – entsprechend dem sturen Ritual dieses Orts – das Urteil verlesen wurde: Er steckte den Kopf durch die Schlinge und ließ sich vom Schemel fallen.

Auch Mala war fest entschlossen, ihren eigenen Tod zu sterben. Während sie in einer Zelle auf ihr Verhör wartete, konnte sich ihr eine Gefährtin nähern und sie fragen: »Wie geht es dir, Mala?« Sie antwortete: »Mir geht es immer gut.« Es war ihr gelungen, eine Rasierklinge bei sich zu verstecken. Unter dem Galgen schnitt sie sich die Pulsadern auf. Der SS-Mann, der als Henker fungierte, versuchte, ihr die Rasierklinge zu entreißen, und Mala schlug ihm, vor den versammelten Frauen von Birkenau, die blutüberströmte Hand ins Gesicht. Auf der Stelle kamen andere SS-Männer ganz außer sich herbeigerannt: Eine Gefangene, eine Jüdin, eine Frau hatte es gewagt, sie herauszufordern! Sie traten sie tot. Zu ihrem Glück hauchte sie auf der Schubkarre, auf der sie ins Krematorium gebracht wurde, ihr Leben aus.

Hierbei handelte es sich nicht um »sinnlose Gewalt«. Sie war sinnvoll: Sie diente in hervorragender Weise dazu, jeden Fluchtversuch schon im Keim zu ersticken. Es war normal, daß der neue, mit diesen raffinierten und bewährten Techniken nicht vertraute Häftling an Flucht dachte. Dagegen war es sehr selten, daß ein solcher Gedanke einem schon länger Inhaftierten in den Sinn kam. Ja, es war sogar an der Tagesordnung, daß Fluchtvorbereitungen von Mitgliedern der »Grauzone« oder auch von Dritten, die die beschriebenen Repressalien fürchteten, denunziert wurden.

Ich erinnere mich mit einem Lächeln an das Erlebnis, das mir vor vielen Jahren in einer fünften Elementarschulklasse widerfahren ist. Ich war eingeladen worden, über meine Bücher zu sprechen und auf Fragen der Schüler zu antworten. Einer der Jungen, der einen aufgeweckten Eindruck machte und offensichtlich der Klassenanführer war, stellte mir die rituelle Frage: »Aber warum sind Sie denn nicht ausgebrochen?« Ich erklärte ihm kurz, was ich auch hier geschrieben habe. Er war nicht sehr überzeugt und bat mich, eine Skizze des Lagers auf die Tafel zu zeichnen und die Punkte zu markieren, an denen sich die Wachtürme, die Tore, die Abzäunungen und das Kraftwerk befanden. Vor dreißig gespannten Augenpaaren versuchte ich das, so gut es ging, zu tun. Mein Gesprächspartner betrachtete eine Zeitlang die Zeichnung, bat mich um ein paar weitere

Präzisierungen, dann entwickelte er mir den Plan, den er sich ausgedacht hatte: hier, bei Nacht, dem Wachposten die Kehle durchschneiden; dann seine Uniform anziehen; danach sofort nach hinten zum Kraftwerk laufen und den Strom abschalten, dadurch schalten sich die Scheinwerfer aus, und der Zaun steht nicht mehr unter Hochspannung; danach hätte ich dann in aller Ruhe weggehen können. Und ernst fügte er hinzu: »Wenn Ihnen das noch einmal passieren sollte, dann machen Sie es, wie ich Ihnen gesagt habe. Sie werden sehen, es klappt.«

Mir scheint, daß diese Episode in ihrem Rahmen den Riß ziemlich gut verdeutlicht (und er wird von Jahr zu Jahr größer), der zwischen den Verhältnissen besteht, wie sie »dort« herrschten, und den Verhältnissen, wie sie von der gängigen Vorstellung dargestellt werden, die durch ungenaue Bücher, Filme und Mythen unterstützt werden. Sie gleitet unweigerlich in die Simplifizierung und ins Klischee ab. Ich möchte hier einen Damm gegen dieses Abdriften errichten. Zugleich möchte ich aber auch daran erinnern, daß es sich hierbei nicht um ein Phänomen handelt, das auf die Perzeption der jüngsten Vergangenheit oder der historischen Tragödien begrenzt ist. Es ist viel allgemeiner, es ist Teil unserer Schwierigkeit oder Unfähigkeit, die Erfahrungen anderer zu perzipieren, die um so deutlicher wird, je weiter derartige Erfahrungen in der Zeit, im Raum und in ihrer Eigenart von den unseren entfernt sind. Wir neigen dazu, sie mit den uns näher liegenden Erfahrungen zu verknüpfen, etwa so, als wäre der Hunger in Auschwitz mit dem vergleichbar, den man verspürt, wenn man eine Mahlzeit ausgelassen hat, oder als wäre ein Ausbruch aus Treblinka vergleichbar mit einem Ausbruch aus dem Gefängnis Regina Coeli in Rom. Es ist Aufgabe des Historikers, diesen Riß zu überwinden, der um so größer wird, je mehr Zeit seit den untersuchten Ereignissen verflossen ist.

Ebenso häufig und in einem noch schärferen Anklageton werden wir gefragt: »Warum habt ihr nicht revoltiert?« Diese Frage ist von der vorhergehenden quantitativ verschieden, aber von ähnlicher Art, und auch sie gründet sich auf Gemeinplätze. Es ist sinnvoll, die Antwort in zwei Bereiche zu gliedern.

Erstens: Es ist nicht wahr, daß in keinem Lager Aufstände stattgefunden haben. Die Aufstände von Treblinka, Sobibór, Birkenau sind verschiedentlich und mit einer Fülle von Einzelheiten beschrieben worden; zu Aufständen kam es auch in kleineren Lagern. Hierbei handelte es sich um außerordentlich gewagte Unternehmungen, die den allergrößten Respekt verdienen; aber keine von ihnen endete mit dem Sieg, wenn man unter Sieg die Befreiung des Lagers versteht. Es wäre unsinnig gewesen, ein solches Ziel zu verfolgen: Die Übermacht der Wachmannschaften war so groß, daß sie den Versuch innerhalb weniger Minuten vereitelt hätten, denn die Revoltierenden besaßen praktisch keine Waffen. Tatsächlich war ihr Ziel, die Vernichtungseinrichtungen zu beschädigen oder zu zerstören und dem kleinen Kern der Aufständischen die Flucht zu ermöglichen, was manchmal (beispielsweise in Treblinka, wenn auch nur zum Teil) gelang. An eine Massenflucht ist niemals gedacht worden: Es wäre ein Wahnsinnsunternehmen gewesen. Welchen Sinn, welchen Nutzen hätte es gehabt, die Tore Tausenden von Menschen zu öffnen, die kaum in der Lage waren, sich vorwärtszuschleppen, und anderen, die nicht gewußt hätten, wo sie sich in Feindesland einen Unterschlupf suchen sollten?

Dennoch fanden Revolten statt. Sie wurden mit Intelligenz und unglaublichem Mut von entschlossenen und körperlich noch unversehrten Minderheiten vorbereitet. Für sie mußte ein erschreckend hoher Preis an Menschenleben und kollektivem Leid bezahlt werden, das als Vergeltungsmaßnahme zugefügt wurde, aber sie dienten und dienen noch immer dazu zu zeigen, daß die Behauptung falsch ist, die Häftlinge in den deutschen Lagern hätten niemals versucht zu revoltieren. Nach der Vorstellung der Aufständischen hätten sie zu einem anderen, konkreteren

Ergebnis führen sollen, nämlich der freien Welt das schreckliche Geheimnis des Massakers zur Kenntnis zu bringen. Tatsächlich haben die wenigen, denen das Unternehmen gelang und die nach weiteren nervenaufreibenden Wechselfällen Zugang zu den Informationsorganen erhielten, gesprochen: Aber wie ich bereits im Vorwort erwähnte, wurden sie fast niemals angehört, noch wurde ihnen geglaubt. Unbequeme Wahrheiten haben einen schweren Weg.

Zweitens: So wie die Verknüpfung von Gefangenschaft und Flucht entspricht auch die Verknüpfung von Unterdrückung und Rebellion einem Gemeinplatz. Ich will damit nicht sagen, daß sie niemals gültig ist, ich sage nur, sie ist nicht immer gültig. Die Geschichte der Revolten, genauer gesagt: der Aufstände von unten, der »zahlreichen Unterdrückten« gegen die »wenigen Mächtigen«, ist so alt wie die Geschichte der Menschheit und ebenso verschiedenartig und tragisch. Es gab einige wenige siegreiche Rebellionen, viele sind niedergeschlagen worden, unzählige andere wurden, kaum daß sie ausgebrochen waren, im Keim erstickt, und zwar so frühzeitig, daß sie in den Chroniken keine Spuren hinterlassen haben. Die Variablen, die das Spiel bestimmen, sind vielgestaltig: die zahlenmäßige, militärische und ideelle Stärke der Rebellen einerseits und der herausgeforderten Autoritäten andererseits, die jeweiligen Zusammenschlüsse oder Risse im Inneren, die Hilfestellungen von außen für die einen und die anderen, die Fähigkeit, das Charisma oder die Dämonie der Anführer, das Glück. Dennoch beobachtet man in jedem Fall, daß an der Spitze der Bewegung niemals die am meisten Unterdrückten stehen. Gewöhnlich werden Revolutionen ganz im Gegenteil von kühnen und bedenkenlosen Männern angeführt, die sich aus Großmut (oder auch aus Ehrgeiz) ins Schlachtengetümmel werfen, obwohl sie die Möglichkeit hätten, selber ein sicheres und ruhiges, vielleicht sogar privilegiertes Leben zu führen. Das in den Monumenten so oft wiedergegebene Bild vom Sklaven, der seine schweren

Ketten zerreißt, ist Rhetorik: Seine Ketten werden von den Gefährten zerrissen, deren Fesseln leichter und lockerer sind.

Dieser Umstand darf nicht verwundern. Ein Anführer muß tüchtig sein, er muß moralische und körperliche Kraft besitzen. Wenn die Unterdrückung aber über ein bestimmtes, tief angesetztes Maß hinausgeht, zerstört sie die eine wie die andere. Um Wut und Empörung hervorzurufen, die Antriebskräfte jeder wirklichen Revolte (gemeint ist die von unten, keinesfalls der Putsch oder die »Palastrevolte«), muß es freilich eine Unterdrückung geben, aber sie darf nur von bescheidenem Ausmaß sein oder mit geringer Effizienz ausgeübt werden. Die Unterdrückung in den Lagern war von extremem Ausmaß und wurde mit der bekannten, in anderen Bereichen lobenswerten deutschen Effizienz ausgeübt. Der typische Gefangene, der, der den Kern eines Lagers ausmachte, befand sich am Rand der Erschöpfung: hungrig, geschwächt, von Wunden bedeckt (vor allem an den Füßen: Er war buchstäblich ein Behinderter, und das ist kein nebensächliches Detail!)* und daher zutiefst entmutigt. Er war ein Lumpenmann, und mit Lumpen, das wußte schon Marx, macht man keine Revolution in der realen Welt, sondern nur in jener, in der die Literatur- und Filmrhetorik das Sagen hat. Alle Revolutionen, jene, die die Weltgeschichte verändert haben, wie auch die kleinen, mit denen wir uns hier beschäftigen, sind von Persönlichkeiten angeführt worden, die die Unterdrückung genau kannten, jedoch nicht am eigenen Leib erfahren hatten. Die erwähnte Revolte von Birkenau ist durch das für die Verbrennungsöfen zuständige Sonderkommando ausgelöst worden: Es waren verzweifelte und verbitterte Männer, aber gut genährt, gut gekleidet und mit vernünftigen Schuhen. Der Aufstand im Warschauer Ghetto war ein Unternehmen, das der größten Bewunderung würdig ist, er war der erste europäische »Wider-

* Fuß: ital. *piede*; behindert: ital. *impedito* [Anm. d. Ü.].

stand« und der einzige, der ohne die geringste Hoffnung auf Sieg oder Wohlergehen geleistet wurde. Aber er war das Werk einer politischen Elite, die sich, zu Recht, einige grundlegende Privilegien vorbehalten hatte, um die eigene Kraft zu bewahren.

Damit komme ich zur dritten Variante der Frage: Warum seid ihr nicht »vorher« geflohen? Bevor die Grenzen geschlossen wurden? Bevor die Falle zuschnappte? Auch hier muß ich daran erinnern, daß viele vom Nationalsozialismus und vom Faschismus bedrohte Menschen »vorher« weggegangen sind. Es waren politische Exilanten im eigentlichen Sinn oder auch Intellektuelle, die den beiden Regimen nicht genehm waren: Tausende von Namen, viele unbekannt, einige berühmt, wie Togliatti, Nenni, Saragat, Salvemini, Fermi, Emilio Segré, die Meitner, Arnaldo Momigliano, Thomas und Heinrich Mann, Arnold und Stefan Zweig, Brecht und viele andere. Nicht alle kamen zurück, es war ein Aderlaß, der Europa ausblutete und vielleicht nicht wiedergutzumachen ist. Ihre Emigration (nach England, in die Vereinigten Staaten, nach Südamerika, in die Sowjetunion, aber auch nach Belgien, Holland, Frankreich, wo sie die nationalsozialistische Flut wenige Jahre später einholen sollte: Sie waren, wie wir es alle sind, blind vor der Zukunft) war keine Flucht und keine Desertion, sondern eine natürliche Vereinigung mit potentiellen oder wirklichen Verbündeten in Hochburgen, von denen aus sie ihren Kampf oder ihre kreative Tätigkeit wiederaufnehmen konnten.

Dennoch ist es wahr, daß die bedrohten Familien (in erster Linie die jüdischen) zum größten Teil in Italien und Deutschland blieben. Sich und die Betreffenden nach dem Grund zu fragen verweist wiederum auf eine stereotype und anachronistische Vorstellung von Geschichte, oder einfacher gesagt: auf eine verbreitete Unkenntnis und Vergeßlichkeit, die mit dem Zurücktreten der Fakten in die Zeit dazu tendiert, größer zu werden. Das Europa zwischen 1930 und 1940 war nicht das heutige Europa. Emigrieren ist zu jeder Zeit schmerzlich, und damals war es außerdem schwieriger und teurer als heute. Man brauchte dazu nicht nur viel Geld, sondern auch einen »Brückenkopf« am Bestimmungsort: Verwandte oder Freunde, die bereit waren, Bürgschaften zu leisten oder auch jemanden bei sich aufzunehmen. Viele Italiener, vor allem Bauern, waren in den voraufgegangenen Jahrzehnten ausgewandert, aber sie wurden von Hunger und Elend dazu getrieben und hatten einen Brückenkopf oder glaubten, ihn zu haben. Oftmals waren sie eingeladen und freundlich aufgenommen worden, weil es im neuen Land keine ausreichenden Arbeitskräfte gab. In jedem Fall war es aber auch für sie und ihre Familien ein traumatischer Entschluß, das Vaterland zu verlassen.

»Vaterland«: Es wird nicht ohne Nutzen sein, einen Augenblick bei diesem Begriff zu verweilen, der so auffällig außerhalb unseres täglichen Sprachgebrauchs angesiedelt ist. Kein Italiener würde jemals sagen, es sei denn im Scherz: »Jetzt nehm' ich den Zug und fahre ins Vaterland.« Das italienische Wort *patria* ist ein Begriff neueren Datums und nicht eindeutig. Er hat keine exakten Entsprechungen in anderen Sprachen, taucht meines Wissens in keinem unserer Dialekte auf (und dies verweist auf seine Ursprünge in der gehobenen Sprache und seine wesenseigene Abstraktheit hin) und hatte im Italienischen nicht immer die gleiche Bedeutung. In verschiedenen Epochen hat es nämlich geographische Gebilde von unterschiedlicher Ausdehnung bezeichnet, vom Dorf, in dem man geboren wurde und wo (etymologisch) unsere Väter gelebt haben, bis hin zur ganzen Nation in der Zeit nach dem Risorgimento. In anderen Ländern entspricht er mehr oder weniger dem heimischen Herd oder dem Geburtsort. In Frankreich (und zuweilen auch bei uns) assoziiert man mit dem Begriff eine dramatische, polemische und rhetorische Periode: *La Patrie* wird erst zu einer solchen, wenn sie bedroht oder nicht anerkannt wird.

Für den, der abreist, wird der Begriff des Vaterlands schmerzhaft und tendiert gleichzeitig dazu zu verblassen. Bereits Pascoli, der sich von seiner Romagna, dem »lieblichen Land«, entfernt hat (und nicht einmal weit), seufzte: »Mein Vaterland ist nun, wo man lebt.« Für Lucia Mondella verkörpert sich das Vaterland sichtbar mit den »ungleichen Gipfeln« ihrer Berge, die aus dem Comer See aufstiegen. Dagegen spricht man in Ländern und Zeiten von großer Mobilität, wie es heute die Vereinigten Staaten und die Sowjetunion sind, nicht von einem Vaterland, es sei denn in politisch-bürokratischer Hinsicht: Wo ist denn der heimische Herd, wo »das Land der Väter« dieser Bürger, die sich ständig von einem Ort zum anderen bewegen? Viele von ihnen wissen es nicht, und es kümmert sie auch nicht.

Aber das Europa der dreißiger Jahre war ganz anders. Bereits industrialisiert, war es noch tief im ländlichen Leben verwurzelt oder schon dauerhaft urbanisiert. Das »Ausland« war für die riesige Mehrheit der Bevölkerung ein ferner und undeutlicher Schauplatz, vor allem für die mittlere Schicht, die von der Not weniger geplagt war. Angesichts der nationalsozialistischen Bedrohung zog es der größte Teil der in Italien, in Frankreich, in Polen und sogar in Deutschland ansässigen Juden vor, in dem Land zu bleiben, das sie als ihr »Vaterland« betrachteten, mit meistens übereinstimmenden Begründungen, auch wenn diese, je nach Ort, verschieden akzentuiert waren.

Ihnen allen war die Schwierigkeit gemeinsam, die Emigration zu organisieren. Es waren Zeiten großer internationaler Spannungen. Die europäischen Grenzen, die heutzutage kaum mehr existieren, waren praktisch geschlossen, England und die beiden Amerikas ließen nur eine äußerst beschränkte Einwandererzahl zu. Und doch überwog vor dieser Schwierigkeit noch eine weitere, eine innere, psychologische. Zu diesem Dorf, zu dieser Stadt, zu dieser Region oder zu dieser Nation gehöre ich, dort bin ich geboren, dort ruhen meine Vorfahren, ich spreche die Sprache dieses Landes, ich habe mir seine Sitten und seine Kultur angeeignet, zu dieser Kultur habe ich vielleicht sogar meinen Beitrag geleistet. Ich habe dort meine Steuern bezahlt, ich habe seine Gesetze gehalten. Ich habe seine Schlachten geschlagen, ohne mich darum zu kümmern, ob sie gerecht oder ungerecht waren: Ich habe mein Leben zum Schutz seiner Grenzen eingesetzt, einige meiner Freunde oder Verwandten ruhen auf den Soldatenfriedhöfen, ich selbst habe mich, der herrschenden Rhetorik entsprechend, bereit erklärt, für dieses Vaterland zu sterben. Ich kann und will es nicht verlassen. Wenn ich sterbe, dann sterbe ich »im Vaterland«, das wird meine Art sein, »fürs Vaterland zu sterben«.

Natürlich hätte diese weniger aktiv patriotische als vielmehr bodenständig häusliche Moral nicht standgehalten, wenn das europäische Judentum die Zukunft hätte voraussehen können. Nicht daß es an Warnzeichen für die Massenvernichtung gefehlt hätte: Seit seinem ersten Buch und seinen ersten Reden hat Hitler eine offene Sprache gesprochen: Die Juden (und nicht nur die deutschen Juden) waren die Parasiten der Menschheit und mußten wie Ungeziefer ausgerottet werden. Aber beunruhigende Schlußfolgerungen haben eben kein leichtes Leben: Bis zum Äußersten, bis zu den Razzien der nationalsozialistischen (und faschistischen) Häscher in jedem einzelnen Haus, hat man Auswege gefunden, die Warnzeichen umzudeuten, die Gefahr zu verkennen, sich jene bequemen Wahrheiten zurechtzubasteln, über die ich auf den ersten Seiten dieses Buchs gesprochen habe.

Dies geschah in Deutschland in größerem Ausmaß als in Italien. Die deutschen Juden gehörten nahezu alle dem Bürgertum an, und sie waren Deutsche. Wie ihre »arischen« Beinahe-Landsleute liebten sie Gesetz und Ordnung. Nicht nur sahen sie den Staatsterrorismus nicht voraus, sie waren auch organisch unfähig, ihn für möglich zu halten, selbst als sie bereits von ihm umgeben waren. Es gibt einen berühmten und markanten Vers von Christian

Morgenstern, einem sonderbaren bayerischen Dichter (Nichtjude, trotz seines Familiennamens), der hierherpaßt, auch wenn er 1910 geschrieben wurde, in dem sauberen, rechtschaffenen, auf dem Boden des Gesetzes gründenden Deutschland, das J. K. Jerome in seinem Roman ›Drei Mann in einem Boot‹ beschrieben hat. Es ist ein derart deutscher und derart prägnanter Vers, daß er zum geflügelten Wort geworden ist, das höchstens mittels einer unbeholfenen Paraphrase ins Italienische übertragen werden könnte.

Also schließt er messerscharf,
daß nicht sein kann, was nicht sein darf.

Es ist der Schlußvers eines kleinen, emblematischen Gedichts: Palmström, ein äußerst pflichtbewußter deutscher Bürger, wird von einem Auto auf einer Straße angefahren, in der keine Autos verkehren dürfen. Übel zugerichtet steht er wieder auf und denkt über das Vorgefallene nach: Wenn der Verkehr hier verboten ist, dürfen Fahrzeuge hier auch nicht verkehren, *also* verkehren sie hier auch nicht. *Ergo* kann der Unfall nicht passiert sein, es ist eine »unmögliche Tatsache« (so auch der Titel des Gedichts). Er kann es also nur geträumt haben, weil eben »nicht sein kann, was nicht sein darf«.

Man muß sich vor der besserwisserischen Einsicht des Nachhinein und vor den Gemeinplätzen in acht nehmen. Allgemeiner gesagt, man muß sich vor dem Fehler hüten, ferne Epochen und Orte nach dem Maßstab zu beurteilen, der hier und heute Gültigkeit hat: ein Fehler, der um so schwerer vermeidbar ist, als die Entfernung in Raum und Zeit zunimmt. Das ist auch der Grund, weshalb für uns Nichtspezialisten das Verständnis der biblischen und homerischen Texte oder auch das der griechischen und lateinischen Klassiker so schwierig ist. Viele Europäer der damaligen Zeit, und nicht nur Europäer und nicht nur von damals, verhielten und verhalten sich wie Palmström, als sie die Existenz von Dingen negierten, die nicht existieren durften. Der allgemeinen Auffassung zufolge, die Manzoni scharf vom »gesunden Menschenverstand« unterschied, ist der bedrohte Mensch vorausschauend, leistet er Widerstand oder flieht. Aber viele Bedrohungen der damaligen Zeit, die uns heute so augenfällig erscheinen, waren von einer absichtlichen Ungläubigkeit, von Verdrängung, von tröstenden, autokatalytischen Wahrheiten überdeckt, die man sich großzügig zukommen ließ.

An diesem Punkt stellt sich eine notwendige Frage, eine Gegenfrage. Wie sicher leben wir, Menschen vom Ende des Jahrhunderts, vom Ende des Jahrtausends, eigentlich? Insbesondere wir Europäer? Uns ist gesagt worden, und es besteht kein Anlaß, daran zu zweifeln, daß für jeden Menschen auf unserem Planeten eine Menge von atomarem Sprengstoff angehäuft ist, die drei bis vier Tonnen Trotyl entspricht. Wenn man auch nur ein Prozent davon anwendete, gäbe es auf der Stelle Abermillionen Tote, die Spezies Mensch und das gesamte Leben auf der Erde, außer möglicherweise die Insekten, würden unvorstellbare genetische Schäden erleiden. Darüber hinaus ist es zumindest vorstellbar, daß ein Dritter Weltkrieg, auch wenn er konventionell, auch wenn er begrenzt geführt würde, auf unserem Territorium, zwischen Atlantik und Ural, zwischen Mittelmeer und Arktis ausgetragen würde. Die Bedrohung ist anders als in den dreißiger Jahren: Sie ist weniger nah, aber umfassender. Nach Ansicht einiger ist sie an das Dämonische der Geschichte gebunden, neuartig, noch undechiffrierbar, aber (zumindest bislang) losgelöst vom menschlichen Dämon. Sie richtet sich gegen alle und ist daher besonders »sinnlos«.

Und was kann man daraus schließen? Sind die heutigen Ängste weniger oder mehr begründet als die von damals? In die Zukunft schauen wir genauso blind wie unsere Väter. Die Schweizer und die Schweden haben ihre Atombunker, aber was werden sie vorfinden, wenn sie wieder ins Freie treten? Da sind Polynesien, Neuseeland, Feuerland, die Antarktis: Vielleicht bleiben sie verschont. Einen Paß und ein Einreisevisum zu bekommen ist heute wesentlich leichter als damals. Warum also machen wir uns nicht auf, warum verlassen wir unser Land nicht, warum flüchten wir nicht »vorher«?

›Ist das ein Mensch?‹ ist ein Buch von bescheidenem Umfang, und doch hinterläßt es, wie ein herumstreunendes Tier, seit nunmehr vierzig Jahren seine lange, verschlungene Spur. 1947 wurde es zum ersten Mal veröffentlicht, mit einer Auflage von 2500 Exemplaren. Die Kritik hatte es gut aufgenommen, aber die Auflage wurde nur zum Teil verkauft: Die übriggebliebenen 600 Exemplare waren in einem Magazin unverkaufter Bücher in Florenz eingelagert und gingen in der Überschwemmung vom Herbst 1966 unter. Nach einem zehn Jahre währenden »Scheintod« kehrte es wieder ins Leben zurück, als der Verlag Einaudi es 1957 in sein Programm aufnahm. Ich habe mir oft die überflüssige Frage gestellt: Was wäre geschehen, wenn das Buch von Anfang an eine gute Verbreitung gefunden hätte? Möglicherweise nichts Besonderes. Wahrscheinlich hätte ich mein anstrengendes Leben als Chemiker fortgesetzt, der sonntags (aber längst nicht jeden Sonntag) zum Schriftsteller wurde. Vielleicht hätte ich mich aber auch blenden lassen und mich mit wer weiß welchem Erfolg ausschließlich der Schriftstellerei gewidmet. Die Frage ist, wie ich schon sagte, müßig: Die Beschäftigung mit der Konstruktion einer hypothetischen Vergangenheit, mit dem Was-wäre-geschehen-wenn, steht in einem ebenso schlechten Ruf wie das Voraussagen der Zukunft.

Trotz dieses Fehlstarts hat das Buch seinen Weg gemacht. Es wurde in acht oder neun Sprachen übersetzt, in Italien und im Ausland für Rundfunk und Theater bearbeitet, in unzähligen Schulen besprochen. Eine Etappe seiner Reise war für mich von grundlegender Bedeutung: seine Übersetzung ins Deutsche und seine Veröffentlichung in der Bundesrepublik Deutschland. Als ich um 1959 erfuhr, daß ein deutscher Verlag (der Fischer Verlag) die Übersetzungsrechte erworben hatte, durchdrang mich ein heftiges, neuartiges Gefühl, nämlich das, eine Schlacht gewonnen zu haben. Ich hatte ja dieses Buch geschrieben, ohne an einen bestimmten Adressaten zu denken. Für mich handelte es sich dabei um Dinge, die ich in mir trug, die mich überfielen und die ich nach draußen tragen mußte. Ich wollte sie aller Welt mitteilen, mehr noch, sie in alle Welt hinausschreien. Aber wer etwas in alle Welt hinausschreit, wendet sich an alle und keinen. Er ist ein Rufer in der Wüste. Als ich die Mitteilung über den Vertragsabschluß erhielt, veränderte sich alles, und mir wurde bewußt: Natürlich hatte ich das Buch auf italienisch geschrieben, für Italiener, für die junge Generation, für die, die nichts wußten, für die, die nichts wissen wollten, für die, die noch nicht geboren waren, für die, die – bereitwillig oder nicht – das Leid zugelassen hatten. Aber die wirklichen Adressaten des Buchs waren sie, die Deutschen. Jetzt war die Waffe geladen.

Zur Erinnerung: Seit Auschwitz waren erst fünfzehn Jahre vergangen. Die Deutschen, die mich lesen würden, waren »jene«, nicht ihre Erben. Aus Überwältigern oder teilnahmslosen Zuschauern würden sie zu Lesern werden. Ich würde sie gefesselt vor einen Spiegel zerren. Jetzt war die Stunde der Abrechnung gekommen, der Augenblick, in dem die Karten auf den Tisch gelegt werden mußten. Vor allem aber: die Stunde des Miteinandersprechens. Rache interessierte mich nicht. Mir war durch das (symbolische, unvollständige, tendenziöse) Mysterienspiel von Nürnberg im tiefsten Inneren Genüge getan, aber es war mir recht, daß die anderen, die Profis, sich um die völlig gerechtfertigten Hinrichtungen durch den Strang kümmerten. Ich hingegen mußte verstehen, mußte sie verstehen. Nicht das Häufchen der in hohem Maße Schuldigen, sondern das deutsche Volk, jene Deutschen, die ich aus der Nähe erlebt hatte, jene, unter denen die SS-Soldaten rekrutiert worden waren; aber auch die anderen, die, die geglaubt hatten, und all jene, die, obwohl sie nicht glaubten, gleichwohl geschwiegen und nicht einmal den bescheidenen Mut aufgebracht hatten, uns in die Augen zu sehen, uns ein Stück Brot zuzuwerfen, uns ein mitfühlendes Wort zuzuflüstern.

Ich erinnere mich sehr gut an jene Zeit und ihr Klima und glaube, die Deutschen von damals vorurteilslos und ohne Zorn beurteilen zu können. Fast alle, aber eben doch nicht alle, waren taub, blind und stumm gewesen: ein Heer von »Invaliden« im Bannkreis einer Gruppe von Bestien. Fast alle, aber eben doch nicht alle, waren feige gewesen. Und an dieser Stelle möchte ich sowohl mit Erleichterung als auch, um deutlich zu machen, wie wenig es mir um verallgemeinernde Urteile geht, eine ungewöhnliche Begebenheit erzählen, die sich wirklich zugetragen hat.

Im November 1944 waren wir bei der Arbeit, in Auschwitz. Zwei Kameraden und ich hielten uns im chemischen Labor auf, das ich an anderer Stelle beschrieben habe. Plötzlich wurde Fliegeralarm gegeben, und unmittelbar darauf erschienen die Bomber: Es waren Hunderte, ein Angriff von ungeheuren Ausmaßen stand bevor. Auf dem Gelände befanden sich ein paar große Bunker, die aber den Deutschen vorbehalten waren. Uns war der Zutritt verboten. Wir mußten uns mit den brachliegenden und inzwischen zugeschneiten Feldern begnügen, die innerhalb der Umzäunung lagen. Wir alle, Häftlinge wie Zivilisten, stürzten über die Treppen nach unten, jeder in seine Richtung. Aber der Leiter des Labors, ein deutscher Techniker, hielt uns Häftlinge von der Chemie zurück: »Ihr drei kommt mit mir.« Erstaunt liefen wir ihm nach in Richtung Bunker, doch am Eingang stand ein bewaffneter Wachposten mit dem Hakenkreuz auf der Armbinde. Er sagte zum Laborleiter: »Sie kommen herein. Die anderen sollen abhauen.« Der Leiter antwortete: »Die gehören zu mir, entweder alle oder keiner« und versuchte, sich gewaltsam Einlaß zu verschaffen. Es kam zu einer Schlägerei. Fraglos hätte der Wachposten die Oberhand behalten, denn er war kräftig. Aber zum Glück für alle wurde Entwarnung gegeben: Der Angriff hatte nicht uns gegolten, die Bomber flogen nach Norden weiter. Wenn (schon wieder ein Wenn, aber wie könnte man auch der Faszination von Scheidewegen widerstehen?), wenn die Zahl der untypischen Deutschen, die sich zu einem solchen bescheidenen Mut aufraffen konnten, größer gewesen wäre, dann würden die Geschichte von damals und die Geographie von heute anders aussehen.

Ich mißtraute dem deutschen Verleger. Ich schrieb ihm einen nahezu unverschämten Brief, warnte ihn, auch nur ein einziges Wort im Text zu streichen oder zu verändern, und verpflichtete ihn, mir das Übersetzungsmanuskript kapitelweise zuzuschicken, nach und nach, so wie die Arbeit fortschritt. Ich wollte die Genauigkeit der Übersetzung kontrollieren, nicht nur die lexikalische, sondern auch die innere. Gleichzeitig mit dem ersten Kapitel, das ich gut übersetzt fand, erhielt ich ein Schreiben des Übersetzers in perfektem Italienisch. Der Verleger habe ihm meinen Brief gezeigt, ich hätte nichts zu befürchten, nicht von seiten des Verlegers und erst recht nicht von ihm. Er stellte sich mir vor: Er war genauso alt wie ich, hatte etliche Jahre in Italien studiert und war außer Übersetzer auch Italianist, Spezialist für Goldoni. Auch er war ein untypischer Deutscher. Er war eingezogen worden, aber der Nationalsozialismus widerte ihn an. 1941 täuschte er eine Krankheit vor, wurde ins Krankenhaus eingeliefert und hatte die Erlaubnis erhalten, die angeblich notwendige Genesungsphase in Padua zu verbringen, wo er an der Universität italienische Literatur studierte. Er wurde später für vorübergehend untauglich erklärt, blieb in Padua und kam in Kontakt mit den antifaschistischen Gruppen von Concetto Marchesi, Meneghetti und Pighin.

Im September 1943 wurde in Italien der Waffenstillstand geschlossen, und innerhalb von zwei Tagen hatten die Deutschen Norditalien militärisch besetzt. Mein Übersetzer hatte sich »natürlich« den paduanischen Partisanen der Gruppen »Gerechtigkeit und Freiheit« angeschlossen, die in den Euganeischen Hügeln gegen die Faschisten von Salò und gegen seine Landsleute kämpften. Er war nicht im Zweifel gewesen, er fühlte sich eher als Italiener denn als Deutscher, als Partisan und nicht als Nazi, allerdings war ihm bewußt, was er riskierte: Mühen, Gefahren, Argwohn und Schwierigkeiten. Hätten die Deutschen ihn gefangen (und er war informiert worden, daß die SS auf seiner Fährte war), hätte das einen grausamen Tod bedeutet; darüber hinaus, in seinem Land, die Einstufung als Deserteur und vielleicht sogar als Verräter.

Nach Beendigung des Kriegs ließ er sich in Berlin nieder, das in jenen Jahren noch nicht durch die Mauer in zwei Teile geteilt war, sondern einem äußerst komplizierten Kondominat der damaligen vier Großmächte unterstand (Vereinigte Staaten, Sowjetunion, Großbritannien und Frankreich). Nach seinem Abenteuer als Partisan in Italien war er perfekt zweisprachig: Er sprach Italienisch ohne jeden ausländischen Akzent. Er nahm Übersetzungen an, vor allem Goldoni, weil er ihn liebte und die venetischen Dialekte ausgezeichnet kannte; aus dem gleichen Grund übersetzte er auch Agnolo Beolco, genannt Il Ruzante, der bis dahin in Deutschland unbekannt war. Aber er übersetzte auch moderne italienische Autoren wie Collodi, Gadda, D'Arrigo, Pirandello. Die Arbeit war nicht gut bezahlt, oder, besser gesagt, er war äußerst gewissenhaft und daher viel zu langsam, als daß sein Arbeitstag entsprechend bezahlt gewesen wäre. Dennoch konnte er sich niemals dazu entschließen, eine Stellung in einem Verlag anzunehmen. Aus zwei Gründen: Er liebte seine Unabhängigkeit, und darüber hinaus lastete, auf subtile, unterschwellige Weise, seine politische Vergangenheit auf ihm. Man sagte es ihm niemals offen, aber ein Deserteur war, auch im superdemokratischen Deutschland der Adenauer-Zeit, auch im viergeteilten Berlin, eine Persona non grata.

Es begeisterte ihn, ›Ist das ein Mensch?‹ zu übersetzen: Das Buch entsprach ihm, es bekräftigte, gerade wegen des Kontrastes, seine Liebe zu Freiheit und Gerechtigkeit, gab ihr Inhalt. Dieses Buch zu übersetzen war seine Art, seinen kühnen, einsamen Kampf gegen sein irregeführtes Land fortzusetzen. Zur damaligen Zeit war jeder von uns beiden zu beschäftigt, um zu reisen, und so entspann sich zwischen uns ein intensiver Briefwechsel. Wir waren beide Perfektionisten: er aus Berufsethos und ich, weil ich befürchtete, daß mein Text verblassen und an Prägnanz verlieren könnte, obwohl ich einen Verbündeten gefunden hatte, und einen tüchtigen dazu. Es war das erste Mal, daß ich in das erregende, immer neu zu erkämpfende Abenteuer geriet, übersetzt zu werden, den eigenen Gedanken angetastet und, wie unter einem Prisma, gebrochen, das eigene Wort durchgesiebt, verwandelt, mißverstanden oder vielleicht auch durch eine unverhoffte Möglichkeit der fremden Sprache verstärkt zu sehen.

Gleich von den ersten Lieferungen an konnte ich feststellen, daß mein »politischer« Argwohn in Wahrheit unbegründet war. Mein Partner war ebenso ein Feind der Nazis wie ich, seine Empörung war nicht geringer als die meine. Es blieb jedoch ein sprachlicher Vorbehalt. Wie ich im Kapitel über Kommunikation und Verständigung angedeutet habe, war das Deutsch, dessen mein Text bedurfte, vor allem in den Dialogen und Zitaten, eine viel primitivere Sprache als die seine. Er, der Literat von hoher Bildung, kannte zwar den Kasernenhofton (ein paar Monate Wehrdienst hatte er schließlich gemacht), aber er kannte zwangsläufig nicht den verballhornten, oft satanisch ironischen Jargon der Konzentrationslager. Jeder unserer Briefe enthielt eine Liste von Vorschlägen und Gegenvorschlägen, und manchmal entzündete sich an einem einzelnen Begriff eine hartnäckige Diskussion, wie beispielsweise die, die ich auf Seite 101 dieses Buchs beschrieben habe. Der Ablauf war immer gleich: Ich verwies ihn auf eine These, die mir das akustische Gedächtnis eingab, über das ich an anderer Stelle geschrieben habe. Er hielt mir als Antithese entgegen: »Das ist kein gutes Deutsch, die heutigen Leser würden es nicht verstehen.« Ich behauptete wiederum: »Dort sprach man aber genau so.« Schließlich fanden wir eine Synthese, das heißt einen Kompromiß. Die Erfahrung hat mich dann gelehrt, daß Übersetzung und Kompromiß Synonyme sind, aber zu jener Zeit war ich vom Skrupel eines übergenauen Realismus getrieben. Ich wollte, daß in diesem Buch, vor allem in seiner deutschen Fassung, nichts von der Härte, nichts von der Gewalt verlorenginge, die der Sprache angetan worden war, die ich mich im übrigen nach bestem Können bemüht hatte im italienischen Original wiederzugeben. In gewisser Weise handelte es sich dabei nicht um eine Übersetzung, sondern um eine Wiederherstellung: Es sollte eine *restitutio in pristinum* sein, oder vielmehr: Ich wollte, daß es eine solche sei, eine Rückübersetzung in die Sprache, in der die Dinge sich ereignet hatten und wo sie hingehörten. Es sollte weniger ein Buch als vielmehr ein Tonband sein.

Der Übersetzer begriff schnell und gut, und heraus kam eine in jeder Hinsicht vorzügliche Übersetzung: Ihre Treue konnte ich selbst beurteilen, ihr stilistisches Niveau ist später von allen Rezensenten gelobt worden. Es stellte sich die Frage nach einem Vorwort. Der Verleger Fischer bat mich, es selbst zu schreiben. Ich zögerte, dann lehnte ich ab. Es gab in mir eine undefinierbare Zurückhaltung, einen Widerwillen, eine emotionale Sperre, die den Fluß der Ideen und des Schreibens blockierte. Man hatte mich, kurz gesagt, gebeten, dem Buch, das heißt dem Zeugnis, einen direkten Aufruf an das deutsche Volk hinzuzufügen, genauer gesagt: eine Rede, eine Predigt. Ich hätte die Stimme erheben und aufs Podium steigen müssen, aus einem Zeugen zum Richter und Prediger werden, Theorien und Interpretationen zur Geschichte darlegen, die Frommen von den Gottlosen scheiden, von der dritten Person zur zweiten wechseln müssen. All das waren Aufgaben, die ich nicht bewältigen konnte, Aufgaben, die ich gerne anderen überlassen wollte, vielleicht den Lesern selbst, deutschen wie nichtdeutschen.

Ich schrieb dem Verleger, daß ich mich außerstande

sähe, ein Vorwort zu schreiben, das das Buch nicht entstelle, und schlug ihm eine indirekte Lösung vor, die darin bestand, dem Text statt einer Einführung einen Auszug aus dem Brief voranzustellen, den ich im Mai 1960, nach Beendigung unserer intensiven Zusammenarbeit, an den Übersetzer schrieb, um ihm für sein Werk zu danken. Ich gebe ihn hier wieder:

> […] So sind wir am Ende. Ich freue mich darüber, bin mit dem Ergebnis zufrieden, bin Ihnen dankbar und bin zugleich doch etwas betrübt. Verstehen Sie, ich habe nur dies eine Buch geschrieben, und nun, da wir es in die deutsche Sprache gebracht haben, komme ich mir vor wie ein Vater, dessen Kind großjährig geworden ist und fortgeht; und man kann sich nicht mehr um es kümmern.
>
> Aber das ist nicht alles. Vielleicht haben Sie gemerkt, daß für mich das Lager und vom Lager geschrieben zu haben eine wichtige Erfahrung gewesen ist, die mich zutiefst verändert, mir Reife und ein Lebensziel gegeben hat. Mag es Anmaßung sein: Aber jetzt kann ich, Nummer 174517, durch Sie zu den Deutschen sprechen, kann sie an das erinnern, was sie getan haben, und ihnen sagen: »Ich bin am Leben, und ich möchte euch verstehen, um euch beurteilen zu können.«
>
> Ich glaube nicht, daß das Leben des Menschen notwendigerweise ein bestimmtes Ziel hat; aber wenn ich an mein Leben denke und an die verschiedenen Ziele, die ich mir bisher gesetzt habe, so erkenne ich nur eines als festumrissen und bewußt an, und es ist gerade dieses, Zeugnis abzulegen, das deutsche Volk meine Stimme hören zu lassen und dem Kapo, der sich die Hand an meiner Schulter säuberte, dem Doktor Pannwitz, denjenigen, die den Letzten erhängten [es handelt sich um Personen aus ›Ist das ein Mensch?‹], und ihren Erben zu »antworten«.
>
> Ich weiß, daß Sie mich nicht mißverstanden haben.

Ich habe das deutsche Volk nie gehaßt, und hätte ich es auch getan, so wäre ich jetzt, nachdem ich Sie kennengelernt habe, davon geheilt. Ich begreife nicht, ich ertrage nicht, daß man einen Menschen nicht nach dem beurteilt, was er ist, sondern nach der Gruppe, der er zufällig angehört [...]

Doch ich kann nicht sagen, daß ich die Deutschen verstehe. Und was man nicht verstehen kann, bildet eine schmerzhafte Leere, ist ein Stachel, ein dauernder Drang, der Erfüllung fordert. Ich hoffe, daß dieses Buch einigen Widerhall in Deutschland findet: nicht nur aus Ehrgeiz, sondern weil mir die Natur des Widerhalls vielleicht erlauben wird, die Deutschen besser zu verstehen und diesen Drang zu beschwichtigen.

Der Verleger nahm meinen Vorschlag an, dem der Übersetzer begeistert zugestimmt hatte. Aus diesem Grund stellt dieser Text die Einführung für alle deutschen Ausgaben von ›Ist das ein Mensch?‹ dar, ja, er wird als wesentlicher Bestandteil des Buchs angesehen. Das ist mir gerade durch die »Natur« des Widerhalls bewußt geworden, über die ich in den letzten Zeilen gesprochen habe.

Sie kommt in ungefähr vierzig Briefen zum Ausdruck, die mir von deutschen Lesern zwischen 1961 und 1964 geschrieben wurden, zur Zeit jener Krise also, die zum Bau der Mauer geführt hat, die Berlin noch immer in zwei Teile teilt und einen der stärksten Reibungspunkte in unserer heutigen Welt darstellt: der einzige, außer der Bering-Straße, an dem sich Amerikaner und Russen direkt gegenüberstehen. Alle diese Briefe spiegeln eine aufmerksame Lektüre des Buchs wider, aber alle antworten auf die im letzten Absatz meines Briefs implizierte Frage, nämlich, *ob es möglich sei, die Deutschen zu verstehen*, oder sie versuchen zu antworten oder stellen in Abrede, daß es eine Antwort gäbe. Andere Briefe haben mich hin und wieder in den nachfolgenden Jahren im Zusammenhang mit der Neuauflage des Buchs erreicht, aber sie sind um so nichtssagender, je neueren Datums sie sind: Die Schreiber sind inzwischen die Kinder und Enkel, das Trauma betrifft sie nicht mehr, sie haben es nicht am eigenen Leib erfahren. Sie bringen eine vage Solidarität, Unwissenheit und Distanz zum Ausdruck. Für sie ist jene Vergangenheit wirklich Vergangenheit, eine Zeit, die sie vom Hörensagen kennen. Sie sind keine typischen Deutschen: Von Ausnahmen abgesehen, könnte man ihre Briefe mit denen ihrer italienischen Altersgenossen verwechseln, die ich nach wie vor erhalte. Deshalb werde ich sie in diesem Zusammenhang nicht berücksichtigen.

Die ersten Briefe, die, die zählen, sind fast ausnahmslos von jungen Menschen (sie bezeichnen sich als solche oder gehen als solche aus dem Schreiben hervor), außer einem, der mir 1962 von Dr. H. T. aus Hamburg geschickt worden ist und den ich hier als ersten auszugsweise wiedergebe, weil ich ihn so schnell wie möglich hinter mich bringen will:

Hochverehrter Herr Levi,

Ihr Buch ›Ist das ein Mensch?‹ ist der erste uns bekannte Bericht eines Überlebenden von Auschwitz. Es hat meine Frau und mich tief erschüttert. Weil Sie nun nach all dem erlebten Grauen sich doch noch einmal an das deutsche Volk wenden, »um zu verstehen u. einen Widerhall zu erwecken«, [...] wage ich es, eine Antwort zu versuchen.

[...] von einem Menschen, der *nicht* unter Gott steht, muß man *alles* befürchten, er hat keine Bindung u. keine Hemmung! Dann gilt jenes andere Wort aus der Genesis 8,21: »Denn das Dichten des menschlichen Herzens ist böse von Jugend auf«, modern erläutert und bewiesen durch die furchtbaren Entdeckungen der Psychoanalyse Freuds im Unbewußten, die Ihnen wohl bekannt sind. Es hat immer Zeiten gegeben, »wo der Teufel los war«, ohne Hemmungen u. ohne Sinn: Judenverfolgungen und Christenverfolgungen, Ausrotten ganzer Völker in Südamerika u. der Indianer in Nordamerika, der Goten in Italien unter Narses, grausamste Folterungen und Massenmorde an ganzen Ständen während der Französischen u. Russischen Revolution. Wer will das »verstehen«?

Aber Sie erwarten wohl eine spezielle Antwort auf die Frage, warum Hitler an die Macht kam, und warum wir sein Joch nicht wieder abgeschüttelt haben.

Nun, 1933 [...] verschwanden parlamentarisch alle gemäßigten Parteien, und wir hatten nur die Wahl: Hitler oder Stalin, Nationalsozialisten oder Kommunisten, beide etwa gleich stark. Die Kommunisten kannten wir von mehreren großen Aufständen her nach dem Ersten Weltkrieg. Hitler erschien uns zwar verdächtig, aber doch entschieden als das kleinere Übel. Daß alle seine schönen Worte Lüge und Betrug waren, erkannten wir zunächst nicht. Außenpolitisch hatte er einen Erfolg nach dem anderen. Alle Staaten unterhielten diplomatische Beziehungen, der Papst als erster schloß ein Konkordat. Wer konnte ahnen, daß wir einem Verbrecher u. Betrüger aufgesessen waren? Und wenn schon, man kann doch nicht dem Betrogenen die Schuld geben. Schuld hat doch allein der Betrüger. Und nun die schwierigste Frage, sein blödsinniger Judenhaß: Nun, populär ist dieser Judenhaß nie gewesen. Deutschland galt mit Recht als das judenfreundlichste Land der Welt. Niemals ist – so viel ich weiß u. auch gelesen habe – zur ganzen Hitlerzeit bis zum Ende ein einziger Fall spontaner Schmähung oder Angriffs auf einen Juden bekannt geworden. Immer nur – sehr gefährliche Hilfsaktionen.

Und nun das Zweite: In einem totalitären Staat sich aufzulehnen, ist nicht möglich. Die ganze Welt hat auch seinerzeit den Ungarn nicht helfen können [...] So konnten wir alleine es schon gar nicht. Vergessen Sie nicht, daß, abgesehen von allen anderen Widerstandskämpfern, allein am 20. Juli 44 Tausende u. Abertausende von Offizieren hingerichtet worden sind. Das war keine »kleine Generalsclique«, wie Hitler sagte.

Lieber Herr Dr. Levi, so darf ich Sie einmal nennen, denn wer Ihr Buch gelesen hat, muß Sie lieb haben. Ich habe keine Entschuldigung, keine Erklärung. Schwer lastet die Schuld auf meinem armen, betrogenen und irregeleiteten Volke [...] Freuen Sie sich des neu geschenkten Lebens, des Friedens und Ihrer schönen Heimat, die auch ich kenne. Auch auf meinem Bücherbord stehen Dante u. Boccaccio.

Ihr sehr ergebener T. H.

Diesem Brief hatte Frau H., wahrscheinlich ohne Wissen ihres Gatten, die nachfolgenden lakonischen Zeilen hinzugefügt:

Wenn ein Volk zu spät erkennt, daß es ein Gefangener des Teufels geworden ist, so bewirkt das psychische *Veränderungen*.
1. Angesprochen wird das Böse im *Menschen*. Es entstehen die Dr. Pannwitze und die Kapos, die sich an der Schulter der Hilflosen den Schmutz abwischen.
2. Es entstand im Gegensatz dazu der offene Widerstand gegen das Unrecht, der sich und seine Familie als Märtyrer opferte, zwar ohne äußeren Erfolg zu haben.
3. Es bleibt die große Menge derer, die, um das eigene Leben und die Existenz zu retten, schweigt und den gefährdeten Bruder preisgibt.

Das bekennen wir als unsere Schuld vor Gott und den Menschen.*

Ich habe oft an dieses merkwürdige Ehepaar zurückdenken müssen. Er erscheint mir als typischer Vertreter der großen Masse des deutschen Bürgertums: kein fanatischer,

* Die Briefe werden, wenn nicht anders vermerkt, nach dem originalen Wortlaut zitiert [Anm. d. Ü.].

aber ein opportunistischer Nazi, einer, der bereut hat, als es geboten schien zu bereuen, dumm genug, um zu glauben, daß ich an seine vereinfachende Version der jüngsten Geschichte glauben könnte, und um es zu riskieren, Vergeltungsmaßnahmen des Narses und der Goten nachträglich ins Feld zu führen. Sie: ein bißchen weniger scheinheilig als der Ehemann, dafür bigotter.

Ich habe mit einem langen Brief geantwortet, dem einzigen zornigen vielleicht, den ich je geschrieben habe. Keine Kirche habe Nachsicht mit dem, der dem Teufel folgt, noch räume sie als Rechtfertigung ein, daß man dem Teufel die eigene Schuld zuschreibe. Daß man persönlich für Schuld und Irrtum einstehen müsse, weil sonst jede Spur von Zivilisation vom Erdboden verschwinden würde, wie sie in der Tat im Dritten Reich ja auch verschwunden war. Daß seine Wahlergebnisse höchstens ein kleines Kind täuschen könnten: In den Wahlen vom November 1932, den letzten freien Wahlen, hatten die Nationalsozialisten zwar 196 Sitze im Reichstag gewonnen, aber neben den Kommunisten mit 100 Sitzen hatten die Sozialdemokraten, die ganz gewiß keine Extremisten waren, sondern im Gegenteil von Stalin gehaßt wurden, 121 Sitze. Und vor allem, daß ich in *meinem* Bücherregal neben Dante und Boccaccio ›Mein Kampf‹ stehen hätte, das Adolf Hitler viele Jahre, bevor er an die Macht kam, geschrieben habe. Dieser verhängnisvolle Mann war kein Verräter. Er war ein Fanatiker, der sich selbst treu blieb, ein Mann mit außerordentlich klaren Vorstellungen, er hat sie nie geändert, noch hat er sie je verheimlicht. Wer für ihn stimmte, hat mit Sicherheit auch für seine Ideen gestimmt. In seinem Buch wird nichts ausgelassen: Blut und Boden, Lebensraum, der Jude als ewiger Feind, die Deutschen als Verkörperer »des höchsten Menschentums auf Erden«, die anderen Länder werden unverblümt als Werkzeuge der deutschen Herrschaft betrachtet. Das sind keine »schönen Worte«; möglicherweise hat Hitler noch andere gesagt, aber diese hier hat er nie widerrufen.

Was die deutschen Widerstandskämpfer angeht, gebühre ihnen Ehre, aber ehrlich gesagt sind die Verschwörer des 20. Juli 1944 ein bißchen zu spät aktiv geworden. Am Ende schrieb ich:

> Ihre kühnste Behauptung bezieht sich auf die Unbeliebtheit des Antisemitismus in Deutschland. Er war das Fundament des nationalsozialistischen Glaubensbekenntnisses, und zwar von allem Anfang an: Er hatte etwas Mystisches, die Juden konnten nicht das »auserwählte Volk« sein, weil die Deutschen es waren. Es gibt keinen Text und keine Rede von Hitler, in denen der Judenhaß nicht bis zur Besessenheit bekräftigt wurde. Er war keine Randerscheinung des Nationalsozialismus: Er war vielmehr sein ideologischer Kern. Also dann: Wie konnte das »judenfreundlichste Land der Welt« die Partei wählen und den Mann bejubeln, die die Juden als die primären Feinde Deutschlands definierten und deren primäres politisches Ziel es war, »die jüdische Hydra zu erwürgen«?
>
> Was die spontanen Schmähungen und Angriffe betrifft, so ist Ihr eigener Satz bereits eine Schmähung. Angesichts von Millionen von Toten scheint es mir müßig und widerwärtig, darüber zu diskutieren, ob es sich hierbei um spontane Verfolgungen gehandelt hat oder nicht. Im übrigen neigen die Deutschen kaum zur Spontaneität. Aber ich darf Sie daran erinnern, daß niemand die deutschen Industriellen gezwungen hat, ausgehungerte Sklaven einzustellen, außer ihr Profitdenken; daß niemand die Firma Topf (heute ein blühendes Unternehmen in Wiesbaden) dazu gezwungen hat, die riesigen Krematorien für die Lager zu bauen; daß die SS vielleicht den Befehl hatte, die Juden zu töten, daß aber der Eintritt in die SS freiwillig war; daß ich selbst nach der Befreiung in Kattowitz noch und noch Pakete mit Formularen gefunden habe, mit denen deutsche Familienoberhäupter autorisiert wurden, kostenlos Kleider

und Schuhe für Erwachsene und *für Kinder* aus den Magazinen von Auschwitz zu entnehmen. Hat sich niemand gefragt, woher so viele Kinderschuhe kamen? Und haben Sie niemals von einer sogenannten Reichskristallnacht sprechen hören? Oder glauben Sie, daß jedes einzelne in jener Nacht begangene Verbrechen kraft Gesetz verfügt worden ist?

Daß es Versuche gegeben hat zu helfen, weiß ich, und ich weiß auch, daß sie gefährlich waren. So weiß ich auch, da ich in Italien gelebt habe, daß »es nicht möglich ist, sich in einem totalitären Staat aufzulehnen«. Aber ich weiß, daß es tausend Möglichkeiten gibt und wesentlich ungefährlichere, seine Solidarität mit dem Unterdrückten zu bekunden, daß sie in Italien, auch nach der deutschen Besetzung, sehr zahlreich waren und daß sie in Hitler-Deutschland viel zu selten in die Tat umgesetzt wurden.

Die anderen Briefe sind grundverschieden von diesem: Sie entwerfen eine bessere Welt. Ich muß allerdings daran erinnern, daß sie, auch beim besten Willen zu vergeben, nicht als »repräsentativer Durchschnitt« des deutschen Volkes von damals angesehen werden können. Vor allem schon deshalb nicht, weil mein Buch in einigen zehntausend Exemplaren aufgelegt wurde und daher höchstens ein Promille der Bevölkerung der Bundesrepublik Deutschland es gelesen hat. Wenige werden es zufällig gekauft haben, die anderen deshalb, weil sie in irgendeiner Weise für den Zusammenprall mit den Fakten empfänglich, sensibilisiert und zugänglich waren. Von diesen Lesern haben sich, wie ich bereits erwähnte, nur vierzig dazu entschlossen, mir zu schreiben.

In vierzig Jahren meiner Tätigkeit bin ich mit dieser sonderbaren Person vertraut geworden, dem Leser, der dem Autor schreibt. Es gibt zwei deutlich unterscheidbare Gruppen, die eine ist angenehm, die andere unerfreulich. Fälle im Zwischenbereich sind selten. Die Leser der ersten

Gruppe machen Freude und sind lehrreich. Sie haben das Buch aufmerksam gelesen, oft mehr als einmal. Sie haben es gemocht und verstanden, manchmal sogar besser als der Autor selbst. Sie fühlen sich bereichert. Klar legen sie ihr Urteil dar, manchmal auch ihre Kritik. Sie danken dem Autor für sein Werk und entbinden ihn oft ausdrücklich von einer Antwort. Die zweite Gruppe ist unangenehm und stiehlt einem die Zeit. Sie stellen sich in den Vordergrund, sie brüsten sich mit Verdiensten. Oft haben sie Manuskripte in der Schreibtischschublade und lassen die Absicht erkennen, sich am Buch und am Autor hochzuranken wie Efeu an einem Baumstamm. Manchmal sind es auch Kinder oder Jugendliche, die schreiben, weil sie sich großtun wollen oder weil sie eine Wette abgeschlossen haben oder ein Autogramm wollen. Meine vierzig deutschen Briefpartner, denen ich mit Dankbarkeit diese Seiten widme, gehören alle (außer dem bereits erwähnten Herrn T. H., der ein Fall für sich ist) zur ersten Gruppe.

L. I. ist Bibliothekarin in Westfalen. Sie gesteht, daß sie, nachdem sie das Buch zur Hälfte gelesen hatte, die starke Versuchung verspürte, es zuzuschlagen, um sich »der Bilder zu erwehren, die darin heraufbeschworen werden«, sich dann aber sofort dieses selbstsüchtigen und feigen Impulses schämte. Sie schreibt:

> In Ihrem Vorwort wünschen Sie, uns Deutsche zu verstehen. Nehmen Sie es uns ab, wenn wir Ihnen sagen, daß wir uns selbst und all das, was wir getan haben, nicht begreifen. Wir sind schuldig. Ich bin 1922 geboren, in Oberschlesien, nicht weit von Auschwitz aufgewachsen und habe tatsächlich damals nicht gewußt – nehmen Sie dies bitte nicht als billige Entschuldigung, sondern als Tatsache –, daß diese furchtbaren Dinge sogar in unmittelbarer Nähe passierten. Aber mir begegneten – zumindest bis zum Ausbruch des Krieges – hier und da Menschen mit dem Judenstern, und diese habe ich nicht ins Haus geholt, sie wie andere Menschen

beherbergt und mich vor sie gestellt. Das ist meine Schuld. Diese schreckliche Gedankenlosigkeit, Feigheit und Egoismus kann ich nur ertragen in der christlichen Vergebung.

Darüber hinaus teilt sie mit, daß sie Mitglied der »Aktion Sühnezeichen« ist, einer evangelischen Vereinigung von jungen Menschen, die ihre Ferien im Ausland verbringen, um dort die Städte wieder aufbauen zu helfen, die während des Kriegs am schwersten von den Deutschen getroffen worden sind (sie war in Coventry). Sie sagt nichts über ihre Eltern, und das ist ein Symptom: Entweder wußten sie und sprachen nicht mit ihr darüber, oder sie wußten nicht, dann hatten die nicht mit ihnen gesprochen, die »dort« mit Sicherheit Bescheid wußten, die Eisenbahner der »Umsiedlertransporte«, die Lagerverwalter, die Tausende von deutschen Arbeitern in den Fabriken und Bergwerken, in denen sich die Sklavenarbeiter zu Tode schufteten, jeder also, der sich nicht die Augen mit den Händen zuhielt.

Ich wiederhole: Die wirkliche, kollektive und allgemeine Schuld nahezu aller Deutschen damals bestand darin, daß sie nicht den Mut besessen haben zu sprechen.

M. S. aus Frankfurt sagt nichts über sich selbst und versucht vorsichtige Unterscheidungen und Rechtfertigungen: Auch das ist ein Symptom.

[...] Sie schreiben, daß Sie die Deutschen nicht verstehen [...] Als Deutscher, der Trauer und Scham empfindet und bis zum Lebensende empfinden wird, daß das Grauenhafte durch Menschen seiner Nation geschah, fühle ich mich durch Ihre Worte angesprochen und will darauf antworten.

Auch ich verstehe Menschen wie jenen Kapo, der seine Hand auf Ihrer Schulter säuberte, und den Doktor Pannwitz und Eichmann und all die anderen nicht, die unmenschliche Befehle ausführten, ohne Gefühl dafür, daß man der eigenen Verantwortung nicht dadurch entgehen kann, daß man sich hinter der Verantwortung anderer versteckt. Daß es im deutschen Volk so viele Handlanger eines verbrecherischen Systems gab – teils echte Kriminelle, teils irregeleitete Fanatiker, teils solche, die glaubten oder sich einredeten, daß der Befehl des Vorgesetzten jede Untat decke, und daß alles erst durch die große Zahl der so Bereiten möglich war – wer sollte als Deutscher sich darüber nicht grämen!

Aber sind jene Menschen »die Deutschen«? [...] Kann man überhaupt von »den Deutschen«, »den Engländern«, »den Italienern« oder »den Juden« als Einheit sprechen? Sie machten Ausnahmen von »den Deutschen«, die Sie nicht verstehen [...] Ich danke Ihnen für dieses Wort, aber bitte denken Sie auch daran, daß unzählige Deutsche die gleiche Gesinnung haben und viele von ihnen im Kampf gegen das Unrecht litten und starben [...]

Ich wünsche von Herzen, daß viele meiner Landsleute Ihr Buch lesen, damit wir nicht träge und gleichgültig werden, sondern uns bewußt bleibt, wie tief der Mensch als Peiniger des Menschen sinken kann. Dann wird Ihr Buch dazu beitragen, daß so etwas nie wieder geschehen kann.

Bei meiner Antwort an M. S. war ich unschlüssig, wie im übrigen auch bei allen meinen Antworten an diese freundlichen und höflichen Gesprächspartner, die dem Volk angehören, das mein Volk (und viele andere) ausgerottet hat. Es handelt sich im Grunde um die gleiche Ratlosigkeit, wie sie jene Hunde an den Tag legen, die von Neurologen beobachtet werden, Hunde, die darauf abgerichtet sind, auf einen Kreis oder ein Viereck in einer jeweils anderen Weise zu reagieren: Wenn das Viereck sich rundete und anfing, einem Kreis zu gleichen, wußten sie nicht mehr weiter oder wiesen Anzeichen von Neurose auf. Ich schrieb ihm unter anderem:

Ich stimme Ihnen zu: Es ist gefährlich und unzulässig, von »den Deutschen« oder von jedem anderen Volk zu sprechen, als wären sie ein einheitliches, nicht differenziertes Gebilde, und jeden einzelnen in ein allgemeines Urteil einzubeziehen. Und doch möchte ich nicht leugnen, daß jedes Volk seine eigene Mentalität besitzt (sonst wäre es kein Volk); es gibt ein Deutschtum, eine Italianità, eine Hispanidad: Es handelt sich dabei um die Summe aus Tradition, Gebräuchen, Geschichte, Sprache, Kultur. Wer diese Mentalität, die im besten Sinn des Wortes »national« ist, nicht in sich spürt, gehört nicht nur nicht ganz zu seinem Volk, sondern ist auch nicht in die menschliche Kultur eingegliedert. Während ich also einerseits den Syllogismus »alle Italiener sind leidenschaftlich; du bist Italiener, also bist du leidenschaftlich« für unsinnig halte, halte ich es dagegen für zulässig, wenn man sich innerhalb eines bestimmten Rahmens von den Italienern in ihrer Gesamtheit oder von den Deutschen und so weiter ein bestimmtes kollektives Verhalten eher als ein anderes erwartet. Sicher wird es hierbei auch einzelne Ausnahmen geben, aber eine vorsichtige, probabilistische Voraussage ist meines Erachtens möglich [...]

Ich will aufrichtig mit Ihnen sein: Wie viele Deutsche wird es wohl in der Generation der über Fünfundvierzigjährigen geben, denen wirklich bewußt ist, was in Europa im Namen Deutschlands geschah? Nach dem bestürzenden Ausgang einiger Prozesse zu urteilen, fürchte ich, sind es wenige: Neben traurigen und mitleidsvollen Stimmen höre ich auch mißtönende und schrille, die sich auf die Macht und den Reichtum des heutigen Deutschlands allzuviel zugute halten.

I. J. aus Stuttgart ist Sozialarbeiterin. Sie schreibt mir:

Daß Sie so darüberstehen können, daß man nicht Haß und Unversöhnlichkeit gegen uns Deutsche aus Ihrem

Schreiben spürt, wie es nur zu verständlich wäre, ist wirklich wie ein Wunder und muß uns sehr beschämen. Ich möchte Ihnen dafür danken.

Es gibt leider bei uns noch viele Menschen, die ablehnen zu glauben, daß wir Deutsche so unmenschlich Grauenhaftes gegenüber den jüdischen Mitmenschen wirklich und wahrhaftig getan haben. Natürlich kommt diese Ablehnung aus mehreren verschiedenen Gründen, und sei es nur der, daß der Verstand des Durchschnittsbürgers sich sträubt, so abgründig Böses in uns »christlichen Abendländlern« für möglich zu halten.

Gut ist es, daß Ihr Buch nun in deutscher Übersetzung erschienen ist, daß manchem jungen Menschen Klarheit gegeben wird über die jüngste Vergangenheit. Auch, daß man das Buch vielleicht an manchen älteren Menschen weitergeben kann, wozu allerdings in unserm, wie Sie sagen, »schlafenden Deutschland« einige Zivilcourage gehören wird.

Ich habe ihr geantwortet:

[...] daß ich keinen Haß auf die Deutschen habe, wundert viele, sollte es aber nicht. In Wahrheit verstehe ich den Haß, aber nur »ad personam«. Wäre ich ein Richter, würde ich, wiewohl ich den Haß, den ich in mir fühlen würde, unterdrücken könnte, nicht zögern, die höchsten Strafen, sogar den Tod zu verhängen über die vielen Schuldigen, die heute noch unbehelligt auf deutschem Boden oder in anderen Ländern leben, in denen sie eine zweifelhafte Gastfreundschaft genießen. Dagegen empfände ich Schrecken, wenn auch nur ein einziger Unschuldiger für eine nicht begangene Schuld bestraft würde.

W. A., Arzt, schreibt aus Württemberg:

Für uns Deutsche, die wir die schwere Last unserer Vergangenheit und – Gott weiß es – unserer Zukunft tragen, ist Ihr Buch mehr als ein erschütternder Bericht: es ist Hilfe. Für diese Wegweise danke ich Ihnen. Zu unserer Entschuldigung kann ich nichts vorbringen. Zudem glaube ich, daß Schuld – und erst *diese* Schuld! nicht einfach tilgbar ist [...] Denn obgleich ich mich vom Ungeist des Vergangenen zu sondern versuche, bleibe ich ein Glied dieses Volkes, das ich liebe und das in der Abfolge der Jahrhunderte gleichermaßen Tiefbefriedendes und dämonisch-Gefährliches hervorgebracht hat. Im Consensus der Zeiten unserer Geschichte weiß ich mich einbezogen in das Ganze, in Größe und Schuld meines Volkes. So stehe ich vor Ihnen als ein Mit-Schuldiger an Ihrem Schicksal, am Los Ihres Volkes und an der geschändeten Menschenwürde in verflossener Zeit.

W. G. wurde 1935 in Bremen geboren. Er ist Historiker und Soziologe, zugleich Mitglied der Sozialdemokratischen Partei:

[...] war also bei Kriegsende noch ein Kind. An den großen Verbrechen, die von Deutschen begangen worden sind, kann ich mir keine Schuld beimessen; doch schäme ich mich dieser Verbrechen. Ich hasse die Verbrecher, unter denen Sie und Ihre Kameraden litten, und ich hasse die Helfer der Verbrecher, von denen eine Reihe noch lebt.

Sie schreiben, [...] Sie könnten nicht sagen, daß Sie die Deutschen verstünden [...] Was die Verbrecher und deren Helfer betrifft: Auch ich kann diese Menschen nicht verstehen. Und ich werde nie imstande sein zu lernen, diese zu verstehen. Aber ich hoffe, daß ich imstande sein werde, sie zu bekämpfen, falls sie sich aufs neue zeigen. Ich habe oben von Scham gesprochen. Damit meine ich das Gefühl: Was damals Deutsche taten, hätte niemals getan und niemals von anderen Deutschen gebilligt werden dürfen.

Mit H. L., Schülerin aus Bayern, haben sich die Dinge kompliziert. Sie hat mir zum ersten Mal 1962 geschrieben. Ihr Brief war von einer erstaunlichen Lebendigkeit, frei von der bleiernen Düsternis, die fast alle anderen kennzeichnet, auch die mit den besten Absichten. Sie glaubte, daß ich mir »einen Widerhall« vor allem von den wichtigen, offiziellen Persönlichkeiten erwartete, und nicht von einem jungen Mädchen, aber sie »fühlt sich aufgerufen, als Erbin und Mitschuldige«. Sie ist mit ihrer Schulausbildung zufrieden und auch mit dem, was ihr über die jüngste Geschichte ihres Landes beigebracht worden ist, aber sie ist sich nicht sicher, »ob eines Tages die Maßlosigkeit, die den Deutschen eigen ist, nicht in anderer Verkleidung und auf andere Ziele gerichtet wieder hervorbricht«. Sie bedauert, daß ihre Altersgenossen die Politik »als etwas Schmutziges« ablehnen. Gegen einen Geistlichen, der abfällig über die Juden sprach, hat sie sich heftig und »ungestüm« aufgelehnt, auch gegen ihre Russischlehrerin, eine Russin, die die Juden für die Oktoberrevolution verantwortlich machte und die nationalsozialistische Massenvernichtung als gerechte Strafe dafür empfand. In diesen Augenblicken hat sie »eine unsagbare Scham empfunden, zum barbarischsten aller Völker zu gehören«. »Auch jenseits aller Mystik und allen Aberglaubens« ist sie davon überzeugt, »daß wir Deutsche unserer gerechten Strafe für das, was wir getan haben, nicht entgehen werden«. Sie hält sich in bestimmter Weise für berechtigt, ja geradezu aufgefordert zu versichern, »daß uns, Kindern einer Generation, die schuldbeladen ist, dies voll bewußt ist, und wir werden versuchen, die Schrecken und Leiden von gestern zu lindern, um zu vermeiden, daß sie sich morgen wiederholen«.

Weil sie mir eine intelligente, vorurteilslose und »neue« Gesprächspartnerin zu sein schien, habe ich ihr geschrieben und sie um genauere Informationen zur damaligen

Lage Deutschlands (es war in der Ära Adenauers) gebeten. Was ihre Befürchtung einer kollektiven gerechten »Strafe« anging, habe ich versucht, sie davon zu überzeugen, daß eine Strafe, sofern sie kollektiv ist, nicht gerecht sein kann und umgekehrt. Sie schrieb mir postwendend eine Karte, auf der sie mir mitteilte, daß meine Fragen gewisse Nachforschungen erforderlich machten, ich möge etwas Geduld haben, sie würde mir so bald wie möglich ausführlich antworten.

Nach drei Wochen erhielt ich einen 23 Seiten umfassenden Brief von ihr, also fast schon eine Diplomarbeit, erstellt auf der Grundlage von mündlichen, telefonischen und schriftlichen Befragungen, die sie in aller Eile durchgeführt hatte. Auch dieses tüchtige Mädchen neigte also, wenngleich für einen guten Zweck, zur *Maßlosigkeit**, die sie selbst vorher beklagt hatte, aber sie entschuldigte sich mit komischer Aufrichtigkeit: »Ich hatte wenig Zeit, deshalb ist vieles, was ich kürzer hätte sagen können, so geblieben, wie es war.« Da ich jedoch nicht *maßlos** bin, beschränke ich mich darauf, zusammenzufassen und die Stellen zu zitieren, die mir als die bedeutungsvollsten erscheinen.

> [...] Ich liebe zwar die Landschaft, in der ich aufgewachsen bin, ich bete meine Mutter an, den Deutschen als ganz bestimmten Typ aber kann ich nicht mit Freude betrachten: vielleicht, weil er mir noch zu sehr mit jenen Eigenschaften behaftet zu sein scheint, die in jüngster Vergangenheit zu so hoher Blüte gelangten. Vielleicht aber auch deshalb, weil ich in ihm mich selbst als ihm wesensgleich verabscheue.

Auf eine meiner Fragen nach der Schule antwortet sie (mit Dokumenten), daß der gesamte Lehrkörper seinerzeit durch das Sieb der »Entnazifizierung« gegangen sei, die von den Alliierten gewollt, aber dilettantisch durchgeführt und auf breiter Ebene sabotiert wurde. Es hätte auch gar nicht anders sein können, weil man sonst eine ganze Generation in die Verbannung hätte schicken müssen. In den Schulen wird die jüngste Geschichte gelehrt, aber man spricht wenig über Politik. Die Nazi-Vergangenheit taucht hier und da auf, mit unterschiedlichen Tonfärbungen: Einige wenige Lehrer rühmen sich ihrer, einige wenige vertuschen sie, ganz wenige behaupten, sie seien dagegen immun. Ein junger Lehrer hat ihr gesagt:

> [...] daß die Schüler sich zwar für diesen Zeitabschnitt interessieren, daß sie aber sofort in Opposition gehen, wenn man von einer Schuld Deutschlands spricht. Viele behaupten sogar, daß sie genug hätten von dem »mea culpa«-Geschrei der Presse und ihrer Lehrer.

H. L. kommentiert:

> [...] aber selbst am Widerstand der Schüler gegen das »mea culpa-Geschrei kann man doch erkennen, daß für sie das Problem des Dritten Reiches noch genauso ungelöst, »ärgerlich« und typisch deutsch erscheint, wie für alle, die vor ihnen damit konfrontiert wurden. Erst wenn das einmal nicht mehr so ist, sollte man erschreckt aufhorchen.

An anderer Stelle, wo sie über ihre eigenen Erfahrungen spricht, schreibt H. L. (durchaus überzeugend):

> Die Lehrer wichen den Problemen nicht aus, im Gegenteil: Sie zeigten anhand alter Zeitungen die Propagandamethoden der Nazis. Sie erzählten, daß sie als junge Menschen meist kritiklos und voll Begeisterung der neuen Bewegung angehangen hätten: bei Jugendversammlungen, Sportveranstaltungen und ähnlichem. Wir Schüler haben sie deswegen heftig angegriffen, zu Unrecht, wie ich heute glaube: Kann man ihnen den Vorwurf machen, die Dinge weniger durchschaut zu

> haben als die Erwachsenen? Und hätten wir die satanischen Methoden Hitlers besser erkannt, mit denen er die Jugend für seinen Krieg gewann?

Man beachte: Die Rechtfertigung ist die gleiche wie bei Herrn Dr. T. H. aus Hamburg, und zudem hat kein Zeitzeuge Hitler eine wahrhaft dämonische Überzeugungsgabe abgesprochen, die ihm ja auch bei seinen politischen Kontakten zugute kam. Von Jugendlichen, die verständlicherweise die Generation ihrer Väter zu entschuldigen versuchen, kann man sie noch hinnehmen, aber nicht von den kompromittierten, Reue heuchelnden älteren Leuten, die versuchen, die Schuld einem Menschen allein zuzuweisen.

H. L. hat mir noch viele weitere Briefe geschrieben, mit denen sie zwiespältige Gefühle in mir hervorrief. Sie hat mir ihren Vater beschrieben, einen ruhelosen Musiker, scheu und sensibel, der starb, als sie noch ein kleines Kind war: Suchte sie einen Vater in mir? Sie schwankte zwischen dokumentarischer Ernsthaftigkeit und kindlicher Phantasie hin und her. Sie schickte mir ein Kaleidoskop und legte einen Brief dazu:

> […] Auch von Ihnen habe ich mir ein klares Bild entworfen: Sie, einem entsetzlichen Schicksal entronnen (verzeihen Sie meine Kühnheit), sind es, der durch unser Land streift, noch immer als Fremdling, wie in einem furchtbaren Traum. Und ich denke, daß ich Ihnen ein Bekleidungsstück nähen muß, wie das, das die Helden in den Legenden tragen und Sie vor allen Gefahren schützt.*

Zwar erkannte ich mich nicht in diesem Bild, aber ich habe es ihr nicht geschrieben. Ich antwortete ihr, daß man solche Kleider nicht verschenken könne: Jeder muß sie sich

* Aus dem Italienischen übersetzt [Anm. d. Ü.].

selbst weben und nähen. H. L. hat mir die beiden ›Henri-Quatre‹-Romane von Heinrich Mann geschickt, die zu lesen ich leider nie die Zeit gefunden habe. Ich habe ihr die deutsche Übersetzung meines Buchs ›Die Atempause‹ zuschicken lassen, die inzwischen erschienen war. Im Dezember 1964 schickte sie mir aus Berlin, wohin sie mittlerweile übergesiedelt war, ein Paar goldene Manschettenknöpfe, die sie von einer Freundin, einer Goldschmiedin, hatte anfertigen lassen. Ich habe es nicht übers Herz gebracht, sie ihr zurückzugeben. Ich dankte ihr, bat sie aber, mir nichts mehr zu schicken. Ich hoffe aufrichtig, diese zutiefst freundliche Person nicht verletzt zu haben. Ich hoffe, sie hat den Grund meiner Abwehr verstanden. Von da an habe ich keine Nachrichten mehr von ihr erhalten.

Meine Korrespondenz mit Frau Hety S. aus Wiesbaden, die so alt war wie ich, habe ich bis zum Schluß aufgehoben, weil sie eine in sich abgeschlossene Begebenheit ist, in qualitativer wie in quantitativer Hinsicht. Der Ordner »HS« allein ist umfangreicher als der, in dem ich alle anderen »Briefe von Deutschen« aufhebe. Unsere Korrespondenz erstreckt sich über einen Zeitraum von sechzehn Jahren, vom Oktober 1966 bis zum November 1982. Außer ihren ungefähr fünfzig Briefen (oft vier und mehr Seiten lang) und meinen Antwortschreiben enthält sie auch die Durchschläge mindestens ebenso vieler Briefe an ihre Kinder, an Freunde, andere Schriftsteller, an Verleger, örtliche Behörden und Vereine, Zeitungen und Zeitschriften, von denen Frau S. wollte, daß ich eine Kopie erhielt. Darüber hinaus finden sich in der Korrespondenz Zeitungsausschnitte und Buchrezensionen. Einige ihrer Briefe sind »Rundschreiben«: Eine halbe Seite besteht aus einer Fotokopie, gleich für alle Adressaten, das Übrige, leer, ist von Hand beschrieben und enthält eher persönliche Mitteilungen oder Fragen. Frau Hety schrieb mir auf deutsch, sie konnte kein Italienisch. Anfangs habe ich ihr auf französisch geantwortet, dann wurde mir klar, daß sie Verständnisschwierigkeiten hatte, und so habe ich lange Zeit auf englisch geschrieben. Später habe ich ihr dann, mit ihrer amüsierten Zustimmung, in meinem unsicheren Deutsch geschrieben, mit doppeltem Durchschlag. Einen davon schickte sie mir mit ihren »kommentierten« Verbesserungen zurück. Wir sind uns nur zweimal begegnet: bei ihr zu Hause, als ich eine eilige Geschäftsreise nach Deutschland machte, und in Turin, während sie eine ebenso eilige Urlaubsreise machte. Es waren keine entscheidenden Begegnungen: Die Briefe sind weitaus wichtiger.

Auch ihr erster Brief ging vom »Verstehen« aus, hatte aber einen energischen und gereizten Ton, der ihn von allen anderen unterschied. Mein Buch war ihr von einem gemeinsamen Freund, dem Historiker Hermann Langbein, geschenkt worden, ziemlich spät, zu einer Zeit, als die erste Auflage bereits vergriffen war. Als Kulturdezernentin der hessischen Landesregierung hat sie versucht, es sofort nachdrucken zu lassen, und schrieb mir:

> »Die Deutschen« zu verstehen, das wird Ihnen sicherlich nie gelingen – es gelingt uns Deutschen auch nicht; es ist damals so vieles geschehen, was nie und um keinen Preis hätte geschehen dürfen; es hat für eine ganze Anzahl von Deutschen dazu geführt, daß wir eigentlich für alle Zeiten das verloren haben, was uns Deutschland einmal bedeutet hat – Begriffe wie »Vaterland« sind ausgelöscht worden [...] Was wir trotzdem nicht dürfen, ist: dies alles zu vergessen. Bücher wie das Ihre, die auf eine so menschliche Weise an das Unmenschliche erinnern, sind deshalb gerade für die jüngere Generation so wichtig. [...] Wieviel ein Mensch aussagen kann über sich selbst – und damit über den Menschen schlechthin –, das ist Ihnen vielleicht gar nicht ganz bewußt; es macht aber jeden Abschnitt der Schrift nur wichtiger und wertvoller. – Was mich vor allem bewegt hat, waren die Erlebnisse im Buna-Labor. So also sah das aus, wenn die ›Freien‹ den ›Häftlingen‹ begegnet sind.

Etwas später erzählt sie von einem russischen Gefangenen, der ihr im Herbst Kohlen in den Keller brachte. Mit ihm zu sprechen war verboten: Sie stopfte ihm Eßbares und Zigaretten in die Tasche, und er, um sich zu bedanken, rief: »Heil Hitler!« Dagegen war es ihr nicht verboten (was für ein Labyrinth von Hierarchien und unterschiedlichsten Verboten muß Deutschland damals gewesen sein! Auch die »Briefe von Deutschen«, und die ihren insbesondere, erzählen mehr, als es scheint), mit einer jungen französischen »freiwilligen« Arbeiterin zu sprechen: Hety S. holte sie aus dem Lager, brachte sie zu sich nach Hause und nahm sie sogar in Konzerte mit. Das Mädchen konnte sich im Lager nicht richtig waschen und hatte Läuse. Hety S. wagte es nicht, es ihr zu sagen, sie war verlegen und schämte sich ihrer Verlegenheit.

Auf diesen ersten Brief von ihr habe ich geantwortet, daß mein Buch in Deutschland zwar ein Echo hervorgerufen habe, aber ausgerechnet unter den Deutschen, die es am wenigsten nötig hätten, es zu lesen: Schuldlose hätten mir reuevolle Briefe geschrieben, nicht aber die Schuldigen. Die schwiegen verständlicherweise.

In ihren folgenden Briefen hat mir Hety (ich nenne sie der Einfachheit halber so, obwohl wir nie zum Du gelangt sind) nach und nach, in ihrer indirekten Art, ein Bild von sich gezeichnet. Ihr Vater, ein Pädagoge, war seit 1919 aktiver Sozialdemokrat. 1933, in dem Jahr, als Hitler an die Macht kam, verlor er sofort seine Stellung, es folgten Hausdurchsuchungen und wirtschaftliche Not, die Familie mußte in eine kleinere Wohnung umziehen. 1935 flog Hety aus dem Gymnasium, weil sie sich geweigert hatte, in die Hitlerjugend einzutreten. 1938 heiratete sie einen Ingenieur der IG Farben (daher ihr Interesse für das »Buna-Labor«!), von dem sie sofort zwei Kinder bekam. Nach dem Attentat auf Hitler vom 20. Juli 1944 wurde ihr Vater nach Dachau deportiert, und ihre Ehe trat in eine Krise, weil ihr Mann, obwohl er kein Parteimitglied war, es nicht duldete, daß Hety sich, ihn und die Kinder in Gefahr brachte, um

»das zu tun, was getan werden mußte«, was hieß, daß sie jede Woche etwas Essen an die Tore des Konzentrationslagers brachte, in dem ihr Vater gefangen war:

> [...] er hielt das ganze Unternehmen für absolut sinnlos, was sich in einer kleinen Episode zeigte, als die Familie gemeinsam zu beraten suchte, ob es Möglichkeiten gebe und welche, unserem Pa zu helfen; er sagte ganz einfach: »Gebt euch doch keine Mühe, den seht ihr nie wieder!«

Statt dessen kam der Vater nach Beendigung des Kriegs zurück, aber er war zu einem Gespenst geworden (wenige Jahre später starb er). Hety, die ihm sehr verbunden gewesen war, fühlte sich verpflichtet, die Arbeit in der erneuerten Sozialdemokratischen Partei fortzuführen. Ihr Mann war damit nicht einverstanden, es kam zu einem Streit, er beantragte die Scheidung und bekam sie. Seine zweite Frau war Flüchtling aus Ostpreußen, die wegen der beiden Kinder leidlich gute Beziehungen zu Hety unterhielt. Einmal sagte sie zu Hety bezüglich ihres Vaters, Dachau und der Konzentrationslager:

> »Sei mir nicht böse, wenn ich es nicht ertragen kann, von alledem zu hören oder zu lesen – als wir auf die Flucht gingen, haben wir so Entsetzliches erlebt; und das Schlimmste war, daß wir die Straße entlang mußten, auf der vor uns die Häftlinge von Auschwitz evakuiert worden waren – diese Straße war gesäumt mit Toten; ich möchte alle diese Bilder vergessen und kann es nicht; ich träume noch immer von dieser Straße und von diesen Gestalten am Wegesrand.«

Der Vater war eben erst nach Hause zurückgekehrt, als Thomas Mann am Radio über Auschwitz, die Gaskammern und die Krematorien sprach.

> Wir hörten es mit Entsetzen, und lange sprach keiner von uns, mein Vater ging im Zimmer umher, schweigend, brütend, bis ich ihn schließlich fragte: »Hältst du das denn für menschenmöglich, daß man Menschen vergast und verbrennt, ihr Haar, ihre Haut und ihre Zähne verarbeitet…?!« Und er, der im KZ von Dachau gewesen war, antwortete: »Nein, das ist undenkbar. Ein Thomas Mann sollte sich solche Greuel nicht aufreden lassen…« Wenige Wochen später wußten wir es dann erst genau.

In einem anderen langen Brief hatte sie mir das Leben ihrer Familie in der »inneren Emigration« beschrieben:

> Meine Mutter hatte eine sehr liebe jüdische Freundin. Sie war verwitwet und lebte allein, ihre Söhne waren emigriert, aber sie konnte sich nicht dazu entschließen, Deutschland zu verlassen. Auch wir waren verfolgt, aber »politisch«: Für uns lag die Sache anders, und wir hatten Glück, trotz der vielen Gefahren. Ich werde den Abend nicht vergessen, an dem diese Frau im Dunkeln zu uns kam, um uns zu sagen: »Ich bitte euch, mich nicht mehr zu besuchen, und entschuldigt mich, wenn ich nicht mehr zu euch komme. Ihr versteht, ich würde euch in Gefahr bringen…« Natürlich haben wir sie auch weiterhin besucht, bis sie nach Theresienstadt deportiert wurde. Wir haben sie nicht mehr wiedergesehen, und für sie haben wir nichts »getan«: Was hätten wir tun können? Und dennoch, der Gedanke, nichts getan zu haben, quält uns noch immer: Ich bitte Sie, versuchen Sie zu verstehen.*

Sie hat mir berichtet, daß sie 1967 beim Euthanasie-Prozeß anwesend war. Einer der Angeklagten, ein Arzt, hatte vor Gericht ausgesagt, daß ihm der Befehl erteilt worden war,

* Aus dem Italienischen übersetzt [Anm. d. Ü.].

den Geisteskranken persönlich das Gift einzuspritzen, er dies aber aus berufsethischen Gründen verweigert habe. Dagegen schien ihm das Drehen am Gashahn zwar wenig angenehm, aber doch erträglich. Als Hety nach Hause zurückkehrt, findet sie dort ihre Zugehfrau, eine Kriegerwitwe, mit ihrer Arbeit beschäftigt, und ihren Sohn, der in der Küche etwas kocht. Alle drei setzen sich an den Tisch, und sie erzählt ihrem Sohn, was sie beim Prozeß gehört und gesehen hatte. Plötzlich

> [...] legte die Zugehfrau die Gabel hin und sagte in aggressivem Ton: »Was sollen eigentlich die ganzen Prozesse, die man jetzt macht? Was konnten unsere armen Soldaten denn tun, wenn man ihnen solche Befehle erteilte? Als mein Mann auf Urlaub aus Polen kam, hat er mir erzählt: ›Wir haben fast nichts anderes getan, als Juden erschossen: immer wieder Juden erschossen. Vor lauter Schießerei tat mir der Arm ganz weh.‹ Aber was konnte er denn tun, wenn ihm diese Befehle erteilt worden waren?« [...] Ich habe sie entlassen, wobei ich die Versuchung in mir unterdrückt habe, ihr zu ihrem armen Mann zu gratulieren, der im Krieg gefallen war... Daran sehen Sie, wir leben in Deutschland noch heute inmitten solcher Menschen.*

Hety hat über viele Jahre im hessischen Kultusministerium gearbeitet. Sie war eine fleißige, aber ungestüme Beamtin, Verfasserin polemischer Rezensionen, »leidenschaftliche« Organisatorin von Tagungen und Treffen mit jungen Leuten und ebenso leidenschaftlich bei Siegen oder Niederlagen ihrer Partei. Nach ihrer Pensionierung im Jahr 1978 hat sich ihr Leben kulturell noch bereichert: Sie schrieb mir über Reisen, Lektüren und Sprachkurse.

Vor allem, und zwar ihr ganzes Leben lang, war sie gierig, ja geradezu heißhungrig nach Begegnungen mit Menschen: Die mit mir hatte Bestand und war fruchtbar, war aber nur eine von vielen. »Mein Schicksal treibt mich zu

Menschen mit einem Schicksal«, hat sie mir einmal geschrieben. Aber es war nicht das Schicksal, das sie antrieb, sondern ihre Berufung. Sie suchte und fand diese Menschen und stellte den Kontakt unter ihnen her, höchst neugierig auf die Begegnung oder den Zusammenprall zwischen ihnen. Sie war es, die mir die Anschrift von Jean Améry und meine an ihn vermittelt hat, aber unter einer Bedingung: daß wir beide ihr Durchschläge von den Briefen zuschicken müßten, die wir uns schreiben würden (was wir getan haben). Sie hatte auch einen wesentlichen Anteil daran, mich wieder auf die Spuren jenes Doktor Müller gebracht zu haben, der Chemiker in Auschwitz war, später dann mein Lieferant chemischer Erzeugnisse, ein Reuiger, über den ich im Kapitel *Vanadium* im Buch ›Das periodische System‹ gesprochen habe: Er war ein Kollege ihres früheren Mannes. Auch vom »Dossier Müller« hat sie mit gutem Recht die Durchschläge erbeten. Sie hat dann intelligente Briefe an ihn über mich und an mich über ihn geschrieben, wobei sie pflichtgetreu die »Kopien zur Kenntnisnahme« über Kreuz zugestellt hat.

Nur bei einer einzigen Gelegenheit haben wir (oder wenigstens ich) eine Meinungsverschiedenheit festgestellt. 1966 wurde Albert Speer aus dem alliierten Gefängnis von Spandau entlassen. Wie bekannt ist, war er Hitlers »Hofarchitekt«, aber 1943 wurde er zum Minister für die Kriegsindustrie ernannt. In dieser Eigenschaft war er zum Gutteil verantwortlich für die Organisation der Fabriken, in denen *wir* vor Erschöpfung und Hunger starben. In Nürnberg war er der einzige Angeklagte, der sich schuldig bekannte, auch an den Dingen, von denen er nichts gewußt hatte, schuldig auch ebendeshalb, weil er nichts davon hatte wissen wollen. Er wurde zu zwanzig Jahren Haft verurteilt, die er darauf verwandte, seine Memoiren zu schreiben, die 1975 in Deutschland veröffentlicht wurden. Anfangs zögerte Hety, dann las sie das Buch und war zutiefst verwirrt. Sie bat Speer um ein Gespräch, das zwei Stunden dauerte. Sie ließ ihm Langbeins Buch über Auschwitz und ein Exemplar von ›Ist das ein Mensch?‹ mit den Worten da, daß er verpflichtet sei, sie zu lesen. Er gab ihr ein Exemplar seiner ›Spandauer Tagebücher‹ [Propyläen, Frankfurt a. M. 1975], damit sie es mir zuschickte.

Ich habe diese Tagebücher erhalten und gelesen. Sie sind geprägt von einem gebildeten und wachen Verstand und einer aufrichtig scheinenden Reue (aber ein intelligenter Mensch kann sich auch verstellen). Speer erscheint darin wie eine Shakespeare-Figur, von grenzenlosem Ehrgeiz, der ihn blind macht und vergiftet, aber er ist weder ein Barbar noch ein Feigling, noch ein Speichellecker. Ich hätte dieses Buch am liebsten nicht gelesen, denn es ist schmerzlich für mich, ein Urteil abzugeben, vor allem über einen Speer, einen Menschen, der alles andere als einfach ist, der schuldig war und dafür bezahlt hat. Ich schrieb an Hety mit einer Spur von Gereiztheit: »Was hat Sie nur zu Speer getrieben? Neugier? Pflichtbewußtsein? Eine ›Mission‹?«

Sie antwortete mir:

> Ich hoffe, daß Sie die Übermittlung des Speer-Buches richtig gewertet haben; aber Ihre Frage ist natürlich berechtigt [...] zunächst wollte ich ihn nur kennenlernen und einen Eindruck gewinnen, was für ein Mensch das sein kann, der Hitler ›verfiel‹ und sich zu ›seinem Geschöpf‹ machen ließ!? [...] Er sagt (und ich glaube es ihm), daß sowohl dieser ganze KZ-Komplex als mehr noch die ›Vernichtungsmaschinerie‹ in Auschwitz und anderswo ein Trauma für ihn sei; in seinen Büchern nimmt die stets wiederkehrende Frage einen breiten Raum ein, wie es nur möglich war, daß er dies alles »nicht sehen und nicht wissen wollte«, [...] und daß es ihm gelang, damals, einfach alles zu »verdrängen« [...] Ich habe nicht den Eindruck, daß er sich zu rechtfertigen versucht, er möchte selber verstehen lernen, was zu verstehen so unmöglich ist (auch für ihn) [...] Durch den Eindruck, den er auf mich gemacht hat (nämlich

eines Menschen, der ohne ›Falsch‹ ist, der ehrlich ringt und sich mit der Vergangenheit herumquält) – ist mir eine Art ›Schlüssel‹ verständlich geworden, wie ich glaube: Speer ist für mich so etwas wie eine »Symbolfigur« geworden – *Symbol für die deutschen Verirrungen* nämlich! [...] Wie er mir mitgeteilt hat, las er inzwischen Langbeins großes Auschwitz-Buch, so schwer ihm das geworden sein mag; und er wird Ihr Buch in den nächsten Tagen lesen – ich schreibe Ihnen dann, welcher Art seine Reaktion sein wird.

Diese Reaktionen sind, zu meiner Erleichterung, niemals gekommen. Wenn ich (wie es unter zivilisierten Personen Brauch ist) auf einen Brief von Albert Speer hätte antworten müssen, hätte ich vor einigen Problemen gestanden. 1978 hat Hety, die sich bei mir entschuldigte, weil sie die Mißbilligung in meinen Briefen gespürt hatte, Speer ein zweites Mal besucht und kam enttäuscht zurück. Sie fand ihn senil, egozentrisch, aufgeblasen und auf eine dümmliche Weise stolz auf seine Vergangenheit als pharaonischer Baumeister. Danach hat sich der Inhalt unserer Briefe auf alarmierendere, weil aktuellere Themen verlagert: der Fall Moro, Kapplers Flucht, der gleichzeitige Tod der Terroristen der Baader-Meinhof-Gruppe im Stammheimer Hochsicherheitsgefängnis. Sie neigte dazu, der offiziellen Version von einem Selbstmord Glauben zu schenken. Ich hatte meine Zweifel. Speer starb 1981 und Hety, völlig unerwartet, 1983.

Unsere fast ausschließlich auf Briefen beruhende Freundschaft war lang und ergiebig, oft auch heiter. Sie war seltsam, wenn ich an den großen Unterschied zwischen unseren Lebenswegen denke, an die räumliche und sprachliche Entfernung; sie war weniger seltsam, wenn ich anerkenne, daß Hety als einzige unter allen meinen deutschen Lesern eine »weiße Weste« hatte und daher nicht in irgendwelche Schuldgefühle verstrickt war; daß ihre Neugier die meine war und ist und sie sich mit denselben Themen quälte, die ich in diesem Buch behandelt habe.

Schlußwort

Die Erfahrung, deren Träger wir Überlebenden der nationalsozialistischen Lager sind, ist den neuen Generationen des Westens fremd und wird ihnen im Lauf der Jahre immer fremder. Für die Jugendlichen der fünfziger und sechziger Jahre handelte es sich um Dinge, die ihre Väter betrafen: Man sprach darüber im Familienkreis, die Erinnerungen bewahrten noch die Frische des Gesehenen. Für die Jugendlichen der achtziger Jahre handelt es sich um Dinge, die ihre Großväter betrafen: fern, undeutlich, »historisch«. Sie sind mit den dringlichen Problemen von heute beschäftigt, die anders sind: die atomare Bedrohung, die Arbeitslosigkeit, die Erschöpfung der Energiequellen, die Bevölkerungsexplosion, die sich pausenlos erneuernden Techniken, denen man sich anpassen muß. Das Gefüge der Welt hat sich tiefgreifend verändert. Europa ist nicht mehr die Mitte unseres Planeten. Die Kolonialreiche haben dem Druck der Völker Asiens und Afrikas nachgegeben, die nach Freiheit dürsteten, und haben sich aufgelöst, was nicht ohne Tragödien und Kämpfe zwischen den neuen Nationen vor sich ging. Deutschland, das auf eine unabsehbare Zukunft geteilt ist, ist »respektabel« geworden und hält sogar die Schicksale Europas in seinen Händen. Die beiden Blöcke Vereinigte Staaten – Sowjetunion, die aus dem Zweiten Weltkrieg hervorgegangen sind, bleiben weiterhin bestehen, aber die Ideologien, auf die sich die Regierungen der beiden einzigen Gewinner des letzten Krieges stützen, haben viel von ihrer Glaubwürdigkeit und von ihrem Glanz verloren. Eine skeptische Generation tritt ins Erwachsenenleben ein, die zwar noch Ideale, aber keine Gewißheiten mehr hat, ja, den großen Offenbarungswahrheiten mißtraut. Dagegen ist sie durchaus bereit, die kleinen Wahrheiten anzuerkennen, die sich von Monat zu Monat auf der verworrenen

Woge kultureller Moden ändern, seien sie nun gelenkt oder spontan.

Für uns wird das Gespräch mit den Jungen immer schwieriger. Wir fassen es als eine Pflicht auf, aber gleichzeitig auch als ein Risiko: das Risiko nämlich, anachronistisch zu erscheinen und nicht mehr angehört zu werden. Wir müssen aber angehört werden, denn jenseits unserer individuellen Erfahrungen sind wir alle miteinander Zeuge eines grundlegenden und unerwarteten Geschehens gewesen, das ebendarum grundlegend war, weil es unerwartet war, von niemandem vorausgesehen. Es hat sich gegen jede Vorhersage ereignet, es hat sich in Europa ereignet. Unfaßlicherweise hat es sich ereignet, daß ein ganzes zivilisiertes Volk, das die schöpferische kulturelle Blüte der Weimarer Zeit gerade hinter sich gelassen hatte, einem Hanswurst folgte, der einen heute nur noch zum Lachen bringt. Und dennoch gehorchte man Adolf Hitler und bejubelte ihn bis zur Katastrophe. Es ist geschehen, und folglich kann es wieder geschehen: Darin liegt der Kern dessen, was wir zu sagen haben.

Es kann geschehen, überall. Weder kann ich noch will ich behaupten, daß es geschehen wird. Wie ich weiter oben angedeutet habe, ist es wenig wahrscheinlich, daß noch einmal all die Faktoren zur selben Zeit zusammenkommen, die den nationalsozialistischen Wahnsinn ausgelöst haben, aber es zeichnen sich einige Vorboten ab. Die Gewalttätigkeit, ob »sinnvoll« oder »sinnlos«, ereignet sich vor unseren Augen. Sie geistert, in einzelnen und privaten Begebenheiten oder auch als vom Staat getragene Illegalität, in den beiden Welten, die man die erste und die zweite Welt zu nennen pflegt, also in den parlamentarischen Demokratien und in den Ländern des kommunistischen Bereichs. In den Ländern der dritten Welt ist sie endemisch oder breitet sich seuchenartig aus. Sie warten nur auf den neuen Hanswurst (an Kandidaten fehlt es nicht), der die Gewalttätigkeit organisiert, sie legalisiert, sie als notwendig und geboten erklärt und die Welt vergiftet. Nur wenige

Länder können für sich in Anspruch nehmen, gegen eine künftige Flut der Gewalt immun zu sein, die aus Intoleranz, Machtgier, wirtschaftlichen Gründen, aus politischem oder religiösem Fanatismus oder aus rassischen Reibungen entsteht. Daher müssen wir unsere Sinne schärfen, den Propheten, den Zauberern und all denen mißtrauen, die »schöne Worte« sprechen und schreiben, die durch keine guten Gründe gestützt sind.

Es ist gesagt worden, daß Konflikte notwendig seien: Die Spezies Mensch könne ohne sie nicht auskommen. Das ist obszön. Es ist auch gesagt worden, daß die lokalen Auseinandersetzungen, die Gewalttätigkeiten auf der Straße, in der Fabrik, in den Fußballstadien das Äquivalent des allgemeinen Krieges sind und uns vor ihm schützen, so wie das Petit mal als Äquivalent bei der Epilepsie vor dem Grand mal schützt. Es ist festgestellt worden, daß es in Europa noch niemals vierzig Jahre ohne Krieg gegeben habe: Ein europäischer Friede von dieser Dauer sei eine historische Anomalie.

Das sind verfängliche und verdächtige Argumente. Wir brauchen keinen Satan, wir brauchen keine Kriege und Gewalttätigkeiten, unter gar keinen Umständen. Es gibt keine Probleme, die nicht am runden Tisch gelöst werden könnten, sofern nur der gute Wille und gegenseitiges Vertrauen bestehen. Oder auch beiderseitige Furcht, wie die augenblickliche, nicht enden wollende Patt-Situation zu beweisen scheint, in der sich die beiden Supermächte mit herzlicher oder grimmiger Miene begegnen, aber nicht davor zurückscheuen, unter ihren »Schützlingen« blutige Kriege zu entfachen (oder zuzulassen, daß sie entfacht werden), und hochentwickelte Waffen, Spione, Söldner und Militärberater dorthin schicken anstelle von Friedensvermittlern.

Genausowenig ist die Theorie von der vorbeugenden Gewalt annehmbar: Aus Gewalt entsteht nichts anderes als Gewalt, und zwar mit einer Pendelbewegung, die im Lauf der Zeit immer weiter ausschlägt, anstatt abzunehmen. Tatsächlich lassen viele Zeichen an eine Genealogie der heutigen Gewalt denken, die sich eben aus der Gewalt ableitet, die in Hitler-Deutschland herrschte. Natürlich gab es sie auch schon zuvor, in der weit zurückliegenden sowie in der jüngeren Vergangenheit, und doch überlebten auch inmitten der wahnwitzigen Massaker im Ersten Weltkrieg bestimmte Formen gegenseitigen Respekts zwischen den Gegnern, eine Spur von Menschlichkeit gegenüber den Gefangenen und der wehrlosen Bevölkerung, ein tendenzieller Respekt gegenüber Vereinbarungen – ein Gläubiger würde sagen: »eine gewisse Furcht vor dem Herrn«. Der Gegner war weder ein Dämon noch ein Wurm. Aber nach dem nationalsozialistischen *Gott mit uns* ist alles anders geworden. Auf die terroristischen Bombenangriffe Görings haben die Alliierten mit ihren Bombenteppichen geantwortet. Die Vernichtung eines Volks und einer Kultur hat sich als möglich und wünschenswert erwiesen, sowohl an sich als auch als Herrschaftsinstrument. Die massive Ausbeutung von Sklavenarbeit hat Hitler in Stalins Schule gelernt, aber in der Sowjetunion ist sie am Ende des Kriegs um einiges vervielfacht wieder aufgekommen. Der Exodus bedeutender Köpfe aus Deutschland und Italien, der einherging mit der Angst vor einem Vorsprung der Nazi-Wissenschaftler, hat die Atombomben geboren. Die verzweifelten jüdischen Überlebenden, die nach dem großen Schiffbruch aus Europa flohen, haben inmitten der arabischen Welt eine Insel abendländischer Kultur geschaffen, eine mirakulöse Wiedergeburt des Judentums, und gleichzeitig den Vorwand für neuen Haß. Nach dem Zusammenbruch hat die schweigsame nationalsozialistische Diaspora die Künste der Verfolgung und der Tortur die Militärs und Politiker von einem guten Dutzend Ländern gelehrt, die am Mittelmeer liegen, am Atlantik und am Pazifik. Zahlreiche neue Tyrannen haben in der Schublade Hitlers ›Mein Kampf‹ liegen: Mit einigen Verbesserungen oder ein paar ausgetauschten Namen kann es wieder Verwendung finden.

Das Beispiel Hitlers hat bewiesen, in welchem Ausmaß ein Krieg im Industriezeitalter verheerend sein kann, auch ohne daß man zu atomaren Waffen greift. Für den Zeitraum der letzten zwanzig Jahre wird dies durch das unselige Vietnam-Unternehmen, den Falkland-Krieg, den Krieg zwischen Irak und Iran und die Ereignisse in Kambodscha und in Afghanistan bestätigt. Immerhin hat dieses Beispiel aber auch bewiesen (wenn auch leider nicht im strengen Sinn der Mathematiker), daß, zumindest manchmal, zumindest teilweise, historische Schuld bestraft wird. Die Mächtigen des Dritten Reichs sind am Galgen oder durch Selbstmord geendet. Das deutsche Volk hat eine biblische »Vernichtung der Erstgeborenen« erlebt, die eine ganze Generation dezimiert hat, und eine Zweiteilung, die dem jahrhundertealten germanischen Stolz ein Ende gesetzt hat. Es ist nicht abwegig anzunehmen, daß, hätte der Nationalsozialismus sich nicht von Anfang an so gnadenlos gebärdet, die Allianz seiner Gegner nicht zustande gekommen oder noch vor dem Ende des Konflikts auseinandergebrochen wäre. Der von den Nationalsozialisten und den Japanern gewollte Weltkrieg war ein selbstmörderischer Krieg: Jeder Krieg müßte in diesem Sinn gefürchtet werden.

Den Gemeinplätzen, die ich im siebten Kapitel untersucht habe, möchte ich am Ende noch einen hinzufügen. Je weiter jene Zeit sich entfernt, um so häufiger und mit um so größerer Eindringlichkeit werden wir von den Jungen gefragt, wer unsere »Folterknechte« waren, aus welchem Stoff sie gemacht waren. Der Begriff bezieht sich auf unsere ehemaligen Bewacher, auf die SS, und meines Erachtens ist er ungeeignet: Man denkt dabei an verkorkste Typen mit Geburtsfehlern, Sadisten, solche, die ein angeborenes Laster haben. Statt dessen waren sie aus dem gleichen Stoff gemacht wie wir, mittelmäßige Menschen, mittelmäßig intelligent, mittelmäßig böse: Abgesehen natürlich von einigen Ausnahmen, waren sie keine Bestien, sie hatten ein Gesicht wie wir, aber sie waren zum Schlechten erzogen.

Sie waren zum größten Teil ungebildete, eifrige Mitläufer und Funktionäre. Einige von ihnen waren fanatisch überzeugt vom nationalsozialistischen Glaubensbekenntnis, viele verhielten sich indifferent, befürchteten Strafen, wollten Karriere machen oder waren allzu gehorsam. Alle haben sie die schreckliche Umerziehung durchgemacht, die die Schule, die Hitler und seine Konsorten wollten, vermittelte und durchsetzte und die dann vom SS-Drill vervollständigt wurde. Dieser Kampftruppe haben sich viele wegen des Prestiges, das sie verlieh, angeschlossen, wegen ihrer Allmächtigkeit oder auch nur, um familiären Schwierigkeiten zu entgehen. Einige, allerdings sehr wenige, wurden anderen Sinnes und ließen sich an die Front versetzen, leisteten den Häftlingen vorsichtig Hilfe oder wählten den Freitod. Es muß deutlich gesagt werden, daß sie alle, in größerem oder geringerem Maß, verantwortlich waren. Aber es muß ebenso deutlich gesagt werden, daß hinter ihrer Verantwortlichkeit die der großen Mehrheit der Deutschen steht, die anfangs aus geistiger Trägheit, aus kurzsichtigem Kalkül, aus Dummheit oder aus Nationalstolz die »schönen Worte« des Gefreiten Hitler akzeptiert haben, die ihm gefolgt sind, solange das Glück und seine Skrupellosigkeit ihn begünstigten, die, von seinem Sturz hinweggerissen, heimgesucht wurden von Trauer, Elend und Gewissensbissen und wenige Jahre darauf, aufgrund eines skrupellosen politischen Spiels, rehabilitiert wurden.